中华经典名著

全本全注全译丛书

郑晓峰◎译注

博物志

中華書局

图书在版编目(CIP)数据

博物志/郑晓峰译注. —北京:中华书局,2019.10(2025.2 重印)
(中华经典名著全本全注全译丛书)
ISBN 978-7-101-13811-5

Ⅰ.博… Ⅱ.郑… Ⅲ.笔记小说-小说集-中国-晋代
Ⅳ.I242.1

中国版本图书馆 CIP 数据核字(2019)第 046185 号

书　　名　博物志
译 注 者　郑晓峰
丛 书 名　中华经典名著全本全注全译丛书
责任编辑　张彩梅
装帧设计　毛　淳
责任印制　管　斌
出版发行　中华书局
　　　　　(北京市丰台区太平桥西里 38 号　100073)
　　　　　http://www.zhbc.com.cn
　　　　　E-mail:zhbc@zhbc.com.cn
印　　刷　北京盛通印刷股份有限公司
版　　次　2019 年 10 月第 1 版
　　　　　2025 年 2 月第 7 次印刷
规　　格　开本/880×1230 毫米　1/32
　　　　　印张 9½　字数 200 千字
印　　数　40001-45000 册
国际书号　ISBN 978-7-101-13811-5
定　　价　28.00 元

目录

前言

西晋张华的《博物志》是一部内容驳杂，“撮取载籍”的地理博物类志怪小说。在文学史上地位突出，尤其是对小说、戏曲等体裁的文学作品，在题材选取、素材来源以及艺术表现等方面都产生了重要影响。

一、张华其人其作

张华(232—300)，字茂先，范阳方城(今河北固安)人。《晋书·张华传》记载他年少孤贫，牧羊谋生。先后得到卢钦、刘放和阮籍的器重，“学业优博，辞藻温丽，朗赡多通，图纬方伎之书莫不详览”。为人淡泊，器识弘旷，曾著《鹪鹩赋》以自寄，“委命顺理，与物无患”“静守性而不矜，动因循而简易。任自然以为资，无诱慕于世伪”，张华崇尚的这种知足止分的鹪鹩式人生态度影响了他一生为政的理念。在晋武帝朝先后被贬职和免官，不以物喜，不以己悲，随遇而安；在晋惠帝时采取“弥缝补阙”的执政措施，平衡各种政治关系，但终处乱世，随着贾后废杀太子，激起诸王起兵，暂时安稳近十年的政治局面被打破，张华最终被赵王司马伦杀害。整体观之，张华以出世的精神做着入世的事业，实现了名教与自然的调谐。

在文学上，张华对太康文学起到了巨大的推动作用。广接天下贤士，与由吴入洛的陆机、陆云兄弟交游，张华奖掖提携二陆，开南人北上求仕之潮流；调和南北学风，整合西晋文坛，形成良性的洛阳文化圈；推崇“篇体清淡”，文辞雅化之风，成为“太康之英”共性的审美追求。

《晋书》本传说他“雅爱书籍，身死之日，家无余财，惟有文史溢于机箧。尝徙居，载书三十乘。秘书监挚虞撰定官书，皆资华之本以取正焉。天下奇秘，世所希有者，悉在华所。由是博物洽闻，世无与比”。因喜爱搜奇觅异，详览图纬方伎之书，故“著《博物志》十篇，及文章并行于世”。《隋书·经籍志三》：“《博物志》十卷张华撰。《张公杂记》一卷张华撰。梁有五卷，与《博物志》相似，小小不同。……《杂记》十一卷张华撰。”《隋书·经籍志二》：“《神异经》一卷东方朔撰，张华注。”而《新唐书·艺文志》则著录“东方朔《神异经》二卷张华注”。《隋书·经籍志四》：“晋司空《张华集》十卷录一卷。”明人张溥《汉魏六朝百三家集》辑有《张茂先集》，等等。

二、《博物志》的著录、内容和性质

考查历代书目对《博物志》的著录情况，大体分为三类：《隋书·经籍志》《宋史·艺文志》《通志·艺文略》《中兴馆阁书目》《日本国见在书目录》录为杂家；《旧唐书·经籍志》《崇文总目》《新唐书·艺文志》《郡斋读书志》《遂初堂书目》《文献通考·经籍考》《四库全书总目》《越缦堂读书记》等均列之于小说类，宁稼雨先生在此基础上认为此书属于志怪类小说；《直斋书录解题》杂家及小说家兼收。若从传统四部的角度看，对于“撮取载籍”的《博物志》而言，其遍引经、史、子、集，仅凭引各部文献比重大小难以明晰其性质。但如果简单地说是杂家，未免望文生义，需要依照《汉书·艺文志》的杂家定义再作权衡：“杂家者流，盖出于议官。兼儒、墨，合名、法，知国体之有此，见王治之无不贯，此其所长也。及荡者为之，则漫羡而无所归心。”《博物志》引书驳杂，远非儒、墨、名、法所能概括。贯通王治，稍有论说，也不全然。

《博物志》性质，难以一语破的，需从内容细细爬梳。《博物志》起笔小序，颇能见其用心。“余视《山海经》及《禹贡》《尔雅》《说文》、地志，虽曰悉备，各有所不载者，作略说”。纵观全书前三卷，主要记录地理、动植物等内容，包含考实类、神话类、谶纬类等地理文献，内容多仿《山海经》以地理为编，缺少天文部分（宋李石《续博物志》惜遗天官，补之）；卷四多记物理、药性之言；卷五多为方术家言；卷六杂考，分人名考、文籍考、地理考、典礼考、乐考、服饰考、器名考、物名考八目，内容驳杂，以考据为主，颇合博物之名；卷七异闻，志怪小说意味浓厚；卷八史补，广收经史、杂传、传闻、轶事，所涉人物众多，上至远古帝王，下至射手车夫，覆盖面广；卷九、十为杂说上、下，巫、史皆有，夹杂谶纬方术内容，成为小说家的渊薮。可以说，从内容上看，《博物志》记录了异域、异人、异兽，动物、植物、矿物，海洋、山川、河流，药物、香料，书籍、轶闻、杂史，方术、神话等内容，展现了博物众采的文化景观。李剑国说：“《博物志》上承《山海经》《神异经》《洞冥记》一系，而内容更加广泛，实际是地理博物杂说异闻的总汇，但地理博物的内容仍处于突出地位，故书以‘博物’为名。”（《唐前志怪小说史》，天津教育出版社 2005 年版，265 页）这是从非故事性的杂说、杂考、杂物角度得出的判断，然而后四卷选材上增加了很多故事性较强的志怪小说方面的内容，二者不可偏废。另外，可以看到《博物志》在接受过程中，恰恰是古史异闻承载的“志怪”内容，对后世影响很大。唐林登《续博物志》（佚），宋李石《续博物志》（十卷存），明董斯张《广博物志》（五十卷存），游潜《博物志补》（存），清徐寿基《续广博物志》（十六卷存）纷继其踵，“次第仿华说，一事续一事”（李石序）。从这个意义上说，将《博物志》的性质概括为地理博物类志怪小说似乎合宜。

三、《博物志》的成书

《博物志》的成书大体有三种意见：

一是晋武帝命张华删书为十卷，此说本晋人王嘉《拾遗记》。此书卷九记载:“(张华)好观秘异图纬之部,捃采天下遗逸,自书契之始,考验神怪,及世间闾里所说,撰《博物志》四百卷,奏于武帝。帝诏诘问,卿才综万代,博识无伦,远冠羲皇,近次夫子,然记事采言,亦多浮妄,宜更删剪,无以冗长成文!昔仲尼删《诗》《书》,不及鬼神幽昧之事,以言怪力乱神;今见卿此志,惊所未闻,异所未见,将恐惑乱于后生,繁芜于耳目,可更芟截浮疑,分为十卷!”范宁加以驳斥,“因为武帝司马炎曾经在泰始三年下过命令,‘禁星气谶纬之学’,张华这本书就有许多谶纬之谈,它不仅只是言多‘浮妄’,而且直接违忤了这个禁令。同时还加上书中有‘泰始中武库火’的记载,它的编写年代可能要迟晚一些”(《〈博物志校证〉前言》,中华书局 1980 年版,1—2 页)。

二是非晋时张华作,疑后人拾掇佚文,杂取诸书而成。此说本于姚际恒与《四库提要》。姚际恒认为:“此书浅猥无足观,决非华作。殷之所云,正以饰是书之陋耳。魏晋间人何尝有著书四百卷者?”(《古今伪书考补正》,齐鲁书社 1980 年版,221 页)其实“学业优博”的张华著书四百卷,绝非难事。

据唐久宠统计,《博物志》明引典籍 29 种:《河图括地象》《考灵耀》《史记·封禅书》《老子》《庄子》《异说》《东方朔传》《神仙传》《新论》《河图玉版》《周官书》《诗含神雾》《周书》《春秋经》《春秋公羊传》《左氏传》《礼记》《南荆赋》《墨子》《列子》《曾子》《荆州图语》《神农经》《孔子家语》、魏文帝《典论》、曹植《辩道论》、左元放《荒年法》、《列传》《徐偃王志》。暗引 32 种:《尔雅》《援神契》《新书》《搜神记》《淮南子》《国语》《汉书》《三国志·魏书·东夷传》《后汉书·华佗传》《魏略》《皇览·冢墓记》《越绝书》《吴越春秋》《燕丹子》《十洲记》《归藏易》《山海经》《养生经》《抱朴子》《竹书纪年》《西京杂记》《晏子春秋》《论衡》《韩诗外传》《徐州地理志》《交州记》《括地图》《关中记》《大戴礼记》《战国策》《春秋繁露》《风俗通义》。(以上皆见《博物志校释序》,台湾学生书局 1980 年版,6—7 页)当然,也不排除疏漏处,透过十卷本所见的资料,加之张华的博学，凑合四百卷似不成问题。

《四库提要》指出："或原书散佚，好事者掇取诸书所引《博物志》而杂采他小说以足之……其余为他书所未引者，则大抵剽掇……诸书，饾饤成帙，不尽华之原文也。"(《四库全书总目》，中华书局 1965 年版，1214 页)今本《博物志》确有掇拾删改的痕迹，且自《隋书·经籍志》著录后，皆为十卷。马端临《文献通考·经籍考》载"周、卢注《博物志》十卷，卢氏注六卷"。此处指周日用与卢氏注释《博物志》十卷，卢氏注释六卷，非另外还有一本六卷本《博物志》。

三是撰成于元康时期(291—299)的可能性比较大。此说本于王媛《张华研究》。《四库提要》卷一四二子部"小说家类"云："是其书作于武帝时，今第四卷'物性'类中，称武帝泰始中武库火，则武帝以后语矣。"(《四库全书总目》，中华书局 1965 年版，1213 页)《四库提要》提出了一个问题，若《博物志》成书于武帝时，那么第四卷中使用了武帝的谥号，直接否定了《拾遗记》的记载。事实上，"武"作为司马炎死后的谥号，是否可以成为判断"武库火"一条不可能作于武帝朝的证据呢？若肯定，显然这又是孤证；若否定，可能是在抄写或刊刻时，也有改称谥号的情况。这都无法确定。先从具体情况入手，泰始为晋武帝司马炎年号，即 265—274 年。《晋书·五行志上》记载："惠帝元康五年闰月庚寅，武库火。张华疑有乱，先命固守，然后救火。是以累代异宝，王莽头，孔子屐，汉高祖断白蛇剑及二百万人器械，一时荡尽。"(《晋书》，中华书局 1974 年版，805 页)看来"武库火"发生在晋惠帝时，未见发生于晋武帝时的记载。这也不能完全否定武帝时未发生"武库火"，可能存在《晋书》漏记的情况。王媛通过考查《博物志》引书的情况，找到了解决这一问题的路径，和《四库提要》考辨思路恰恰相反，她比对《博物志》引《逸周书》《穆天子传》《三国志》《关中记》等书内容得出"撰成于元康时期的可能性比较大"的结论。王媛的考证很巧妙，她注意到《博物志》征引《逸周书》《穆天子传》等汲冢书的出土时间，据荀勖《穆天子传序》的记载在"太康二年"等的讨论,"推测《博物志》的成书时间当在太康二年以后"。又据《华阳国志·后贤志》记载,《三国志》撰著于平吴之后,《三国志》载孙皓太康五年(284)死于洛阳,其成书当在太康中后期。《博物志》引《三国志·魏书·东夷传》部分内容,据此推测其成书亦在太康中期后。另据《博物志》引潘岳为长安令时所作《关中记》,其成书时间为元康二年(292),进而推知《博物志》撰成于元康时期,很有说服力。

另外,还应看到《博物志》大量征引《列子》文,《列子》的成书时间虽然是众说纷纭,但是季羡林先生考查了《列子》化用佛经题材以及译经时间,得出"《列子》成书不早于太康六年(285)"的观点(《"列子"与佛典》,见《中印文化关系史论丛》,人民出版社1957年版,83页)。那么,在书成传播十余年后,"朗赡多通"的张华读到《列子》,并加以引用,这完全是可能的。

四、《博物志》的版本系统

据范宁、唐久宠等先生整理记录,今本《博物志》的版本主要有:秘书二十一种本、明弘治乙丑年贺志同刻本、又一部旧题宋刊贺志同刻本、明翻贺志同刻本、古今逸史本、日本刻本、《格致丛书》本、《稗海》本、《说郛》本、快阁藏书二十种本、二志合编本、《汉魏丛书》本、士礼居刊本、纷欣阁本、《指海》本、《汉魏丛书》本、文渊阁四库全书本、四库荟要本、《百子全书》本、四部备要本、上海文瑞楼石印本、笔记小说大观本、《绀珠集》本、《类说》本、黄丕烈重刻连江叶氏本。

经比对研究,今本《博物志》版本大体可以分为两个系统:明贺志同刻本系统与清黄丕烈重刻连江叶氏本系统。前一系统即是明以来通行本,《稗海》本、古今逸史本、秘书二十一种本(系用古今逸史本)、四库全书本等皆属此类,分门别类,目录清晰,分三十九个类目("杂说"分上、下两目)。后一系统即为黄丕烈重刻汲古阁旧藏影钞北宋连江叶氏本系统,士礼居刊本即此。没有分门标目,黄丕烈认为是依照引书次序编撰材料，并举《列子》《山海经》《逸周书》为例说明，仅作十卷。两个系统，内容条目完全相同，只是内容错落，分卷不一，可见二者祖本相同，通行本应是整理后的样态。尽管黄丕烈批判通行本“强立门类，割裂迁就，遂使荡析离居，失其旨趣”，但是，整理后毕竟纲举目张，条分缕析一些。黄丕烈在重刻连江叶氏本后跋中指出：“因检予向所刻汲古阁秘本书目中，有北宋版《博物志》一本，估价四两云。其次序与南宋版不同，系蜀本大字，真奇物也，影钞当出于此。”唐久宠统计《太平御览》引用《博物志》275条，出乎叶氏本之外者有91条。可以看出叶氏本早于宋初《太平御览》纂集之时就已存在，叶氏本系统早于贺志同刻本即通行本系统。

关于《博物志》辑佚本，有清王谟辑录一卷，见《汉唐地理书钞》；马国翰《博物记》一卷52条，见《玉函山房辑佚书》子编杂家类；周心如《〈博物志〉补遗》二卷，见纷欣阁本《博物志》；钱熙祚《〈博物志〉佚文》一卷，见《指海》本；王仁俊辑本122条，见《玉函山房辑佚书续编三种》；范宁先生从《三国志》裴松之注引、《初学记》等40部书中辑录出212条佚文，较为完备，王媛在此基础上补辑88条。

五、《博物志》译注的说明

（一）本书选择范宁《博物志校证》为工作底本。范校较为翔实，功力深厚，对范校合理处采用，对范校文献征引错讹处做了修正与增补。

（二）注释过程中，辨章学术，考镜源流，尽量找到文献出处，佐证材料，加诸按语，生僻字标音，以备读者核验，减少读者的翻检之劳，为研究者提供便利。在翻译过程中，力求直译，规避意译。但有时原文错乱较多，句子难以读通，为使行文意脉贯通，采用校正内容翻译。原文中的明显错误，依据丛书体例径改。涉及语法问题，笔者也加以注明，以《暂拟语法系统》为基准，便于中学生阅读。

（三）书证引用古籍均选用良善版本。如清阮元校刻《十三经注疏》

中华书局1980年版，中华书局繁体标点通行本(含修订本)《史记》《汉书》《后汉书》《三国志》《隋书》《新唐书》《旧唐书》等，袁珂《山海经校注》北京联合出版公司2014年版，宋李昉《太平御览》中华书局1960年版。

(四)每个条目均有序号，按照自然序号排列。

(五)《博物志》相关研究著作举要

1. 范宁《博物志校证》，中华书局1980年版。以秘书二十一种本(康熙戊申汪士汉校刻)为底本，以他本参校，资料翔实，共十卷323条，佚文212条，书末附录《历代书目著录及提要》《前人刻本序跋》《后记》。《后记》重点论述著录与版本问题，前人删削问题，《博物志》与《博物记》，通行本与士礼居刊本。论述明晰，可参看。2015年版后面还附录有王媛《〈博物志校证〉补正》《〈博物志〉佚文辑录》二文，考证精详，可补范校之失。

2. 唐久宠《博物志校释》，台湾学生书局1980年版。以黄丕烈士礼居丛书景刻汲古阁旧钞宋连江叶氏本为底本，参校十卷本、节本而成。前有序言，内容即为《张华〈博物志〉之编成及其内容》，发表于《中国古典小说研究专集》(2)，台北联经出版事业公司1980年版。遗憾的是，《校释》仅挑选难句校释，个别处未做详析。附录《〈博物志〉逸文补》《类书古注引用本书及本书他书互见表》《重要参考书目》，可参阅。

3. 祝鸿杰译注《博物志全译》，贵州人民出版社1992年版。

4. 祝鸿杰译注《博物志新译》，上海大学出版社2010年版。相比于《全译》，卷前增加了“导读”部分，且修正了部分注释。

5. 李剑国《唐前志怪小说史》，天津教育出版社2005年版。其中有张华《博物志》一节。

6. 王媛《张华研究》，北京师范大学出版社2015年版。其中第六章《〈博物志〉若干问题讨论》，围绕《博物志》的成书、《博物志》的内容与文献价值、《博物志》与张华形象的形成和《博物志》的流传考论四方面问题讨论。

7. 李剑锋《唐前小说史料研究》，山东教育出版社 2016 年版。其中有一节《两晋地理博物类志怪小说〈博物志〉与〈玄中记〉》。

《博物志》内容驳杂繁难，此译注远非一己之力所及。幸有范宁、祝鸿杰等诸位先生的大作可供借鉴，多有征引，在此一并致谢。

从 2018 年年初接到这项工作，其间夹杂繁重的教学任务，加之 5 月博士后出站事宜，拖沓至岁尾方告蒇。

北国隆冬已至，雪域高天朗，清辉伴夜长，也知天时冷，偏待祁寒春。回首寒来暑往，与《博物志》相伴的日子，颇为有趣。

最后忐忑再言一语，笔者才疏学浅，妄下断语、谬误之处所在多见，敬请读者批评指正。

郑晓峰

2018 年冬，哈学院欧亚寓中

卷一

【题解】

本卷分《地理略》《地》《山》《水》《山水总论》《五方人民》《物产》七目，《地理略》分小序、正文和赞语三部分，自成体系，较为完整。其余则分说一面，各自完融。

小序交代写作缘起。作者鉴于《山海经》《禹贡》《尔雅》《说文解字》以及其他地理志不能较为全面介绍各国的山川地理状貌以及指示吉凶休咎的情况，故在此略中修补前作遗说。

正文重点是对十四个地域的介绍，由于周是宗主国，吴为后起之国，故不计在内。序中说"正国十二"，实则十四。行文主要对"十四国"的地望做了详细介绍，秦、蜀汉、周、魏、赵、燕、齐、鲁、宋、楚、南越之国、吴、东越、卫等十四国的山川地理以南北东西的方位进行定点说明，突出地形险阻和各地特色。这种叙述模式不同于《禹贡》，但与《山海经》相类，按照方位叙事。记险不是目的，别有兴寄。

篇末赞语，卒章显志，旨在说明土地多寡随国君之德的优劣而变化，山川变化预示着社会人事的变迁。对国君恃险而荒淫恣意做出规谏，提出要以德治国，选贤与能，讲信修睦，孝道治民，以彰舜化，这都是有现实意义的。

正文既有宏观的地理学史的梳理意味，又有微观的具化解说。从

《河图》“九州”写起，加深了“宅兹中国”(《何尊》)的地理印迹，使最早的中国有了时空坐标。再从《地》《山》《水》《山水总论》《五方人民》《物产》等六目细化阐释，强化了人民与地域间的互利互用关系。尽管行文叙述中夹杂着很多巫风色彩，但也加深了对中国地理风物的复杂性与神秘感的理解；尽管其中有些提法中含有谶纬神学的色彩，但是较能清晰反映天人感应观念在魏晋文化界的存在样态。

余视《山海经》及《禹贡》《尔雅》《说文》、地志①，虽曰悉备，各有所不载者，作略说。出所不见，粗言远方，陈山川位象②，吉凶有征。诸国境界，犬牙相入。春秋之后，并相侵伐。其土地不可具详，其山川地泽，略而言之，正国十二③。博物之士，览而鉴焉④。

【注释】

①《山海经》：古代地理著作，相传为夏禹所作，经过秦汉人增删而成，包括《山经》五卷、《海经》十三卷，共十八卷，是研究我国上古社会的重要文献，保存了我国上古时代的民族、宗教、神话、历史、地理、医药、生物、矿产等方面的丰富资料。《禹贡》：《尚书》中的一篇。《禹贡》假托大禹治水之后的政治区划，实际是一种地理区划，将全国分为九州，并分别记述各地区的山川、薮泽、土壤、物产、贡赋以及交通道路等方面内容，是我国最早的地理学著作。《尔雅》：我国第一部词典，大约为秦汉人所编，“多识于鸟兽草木之名”，分为《释地》《释丘》《释山》《释水》等十九篇。《说文》：即《说文解字》简称。东汉许慎撰，是我国第一部系统地分析汉字字形和考究字源的字典，全书按部首编排，其中土、邑、阜、山、石等部多有与地理相关的资料。地志：地理志简称。自

班固在《汉书》中创立《地理志》后，历代史书皆有此志。主要记载各朝代县以上行政区划的建制，兼及其沿革与境内山川、城邑、关隘、物产、户口、道路等内容。

②陈山川位象：陈述山河的方位状貌。位象，在《周易》六十四卦中，每卦六爻，每爻各有其象，各有其位，爻象与爻位相结合可解释卦意吉凶。此处以山河类比卦之位象，指示吉凶悔吝。

③正国十二：主要叙述了十二国（秦、蜀汉、魏、赵、燕、齐、鲁、宋、楚、南越之国、东越、卫）的地理方位，因周是宗主国，不计在内。吴为后起之国，参阅《史记·十二诸侯年表》有“篇言十二，实叙十三者，贱夷狄不数吴，又霸在后故也。不数而叙之者，阖闾霸盟上国故也”之说，类推此国也不计在内。

④览而鉴焉：读后就以之为鉴。览，看，阅。鉴，镜子，引申为明察。

【译文】

我看《山海经》和《禹贡》《尔雅》《说文解字》以及其他地理志，虽然说都很详备，但各自皆有不记载的内容，因此我做了这篇《地理略》。补充出没有记载的内容，粗略介绍远方的地理概况，陈述山河的方位状貌，标注出它们的吉凶征兆。各国的交界线，如同犬牙互相交错般复杂。加之春秋之后，各国之间互相侵略征伐。各国的领土情况不能具体详细地知道，那里的山脉、河流、土地、湖泽的情况，只能简略地说说，主要分十二国来叙述。博识多闻之士，读了此文就请明察这些情况。

地理略，自魏氏目已前，夏禹治四方而制之[①]

1《河图括地象》曰[②]：“地南北三亿三万五千五百里[③]。地部之位起形高大者有昆仑山[④]，广万里，高万一千里，神物之所生，圣人仙人之所集也。出五色云气，五色流水，其白水东南流入中国[⑤]，名曰河也[⑥]。其山中应于天，最居中，八十城布绕之[7],中国东南隅,居其一分,是奸城也[8]。"

【注释】

①"地理略"几句:此为本篇标题。魏氏,指三国时魏秘书郎郑默,他曾将官内所藏经籍整理编目,定名《中经》。地理略是《中经》内目录分类之一,故称"魏氏目"。已,通"以"。夏禹,即大禹,传说古代部族首领,姓姒,夏后氏部族首领,奉舜命治水,因功大,成为舜的接班人。大禹治水将天下分为九州,事见《尚书·禹贡》。制,裁断,引申为划分。此题目意为:地理略,自三国魏时秘书郎郑默将官内所藏经籍编目命名为《中经》以前,夏禹治理天下时就已划分天下为九州了。

②《河图括地象》:汉代纬书的一种,是经学神化之作,与《河图》不同。《河图》出现很早,是儒家关于《周易》卦形来源的传说。《周易·系辞上》:"河出图,洛出书。"相传伏羲时,有龙马出现在黄河里,背负图形,伏羲根据它画成八卦。大禹时,有神龟出现在洛水里,背负图书,大禹把这些图书编成九类,即《尚书·洪范》,称为"洛书"。《尚书·顾命》:"大玉、夷玉、天球、河图,在东序。"孔安国传:"河图,八卦。伏羲王天下,龙马出河,遂则其文以画八卦,谓之河图。"而《河图括地象》则是汉代河图,系纬书中的一种。其篇名始见于《周礼》疏中,其题名之意,宋均以为"括地象者,穷地仪也"。《隋书·经籍志》有《河图》二十卷,未具列篇名。清河郡本《纬书》《太平御览》《文选》李善注、《北堂书钞》皆有征引。《河图括地象》附《括地图》一篇,《水经注》首见征引,黄奭认为《括地图》即《括地象》,故附于后,诸书所引皆同。从具体内容看,纬书中的河图可分为两大类:古河图和谶纬河图。古河图,指的是从先秦流传下来的各类传说河图;谶纬河图指的是纬书中汉代方士所编造的各类河图。纬书《尚书中候》注云:"河图,

谓括地象。"纬书《尚书刑德放》有"禹长于地理，水泉九州，得《括地象图》，故尧以为司空"，故认为禹受河图而治水，显系神化大禹治水乃受天命之意。

③地南北三亿三万五千五百里：《楚辞章句补注·天问》引张衡《灵宪》曰："八极之维，径二亿三万二千三百里。"《海外东经》郭璞注引《诗含神雾》及《开元占经》卷四引《河图括地象》并作"二亿三万一千五百里"，宜据正。

④地部之位起形高大者有昆仑山：范宁《博物志校证》(以下简称范校)将"地部"改为"地坻"，意为高坡地。王媛《〈博物志校证〉补正》(以下简称媛补)据《初学记》改为"地祇"，意为地神。昆仑是大地的中心，众神所在之地，媛补"地祇"较为合理。昆仑山，传说为西部神山，上居神仙。据《水经注》卷一"昆仑墟在西北"条注曰："《昆仑说》曰：昆仑之山三级，下曰樊桐，一名板松；二曰玄圃，一名阆风；上曰层城，一名天庭，是谓太帝之居。"从神话学视角看，昆仑神话系统是中国古代两个神话系统(另一为蓬莱)之一，多见于《山海经》《穆天子传》等书。若从地理学视角看，昆仑所在，自古地望无法确指，约有八说：一为昆仑即祁连山(《汉书·地理志》，中华书局1962年版)、二为玛沁雪山(《元史·地理志》，中华书局1976年版)、三为巴颜喀拉山(蒋廷锡《尚书地理今释》，商务印书馆1936年版)、四为冈底斯山(饶宗颐《论释氏之昆仑说》，见《梵学集》，上海古籍出版社1993年版)、五为喜马拉雅山(邹代钧《西征纪程 中俄界记》，岳麓书社2010年版)、六为今昆仑山脉(《史记·大宛列传》，中华书局2013年版)、七为葱岭(魏源《海国图志》"释昆仑上"，文物出版社2017年版)、八是顾颉刚以为昆仑乃为西域一国名(《〈禹贡〉中的昆仑》(遗著)，载《历史地理》创刊号，上海人民出版社1981年版)。

⑤其白水东南流入中国：白水，出于昆仑山，饮之可长生。《楚辞·

离骚》:"朝吾将济于白水兮,登阆(làng)风而绁(xiè)马。"王逸注引《淮南子》言:"白水出昆仑之山,饮之不死。"考之《淮南子·地形训》,"白水"又称"丹水""赤水"。中国,指中原地区。

⑥名曰河也:《楚辞补注》引《河图》云:"其白水入中国,名为河也。"此河为黄河,按洪兴祖说亦是"白水"。

⑦八十城布绕之:指广大的地域。《史记·孟子荀卿列传》记载:战国齐人邹衍创"大九州"说,将整个天下分为九州,外有大海环绕;各州又分九州,每一州外有小海环绕,九九八十一州,中国处其一,名曰"赤县神州"。赤县神州内又分九州。中居其一,则外有八十城环绕。

⑧是奸城也:《格致丛书》本、士礼居刊本、纷欣阁本、指海本作"是好城也",范校认为当作"好"。媛补据《诗经》郑玄《笺》改为"干城",大抵为捍卫和捍卫者之义。媛补较为牵强。

【译文】

《河图括地象》说:"地南北距离为三亿三万五千五百里。在地神的位置上,有巍峨高大的昆仑山拔地而起,绵延万里,高一万一千里,是神异物类生长的地方,也是圣人仙人聚居的地方。山中出五色的云气,五色的流水,其中白水向东南流入中原地区,名叫黄河。昆仑山与天的正中相对应,居于地的最中央,有八十个城分布环绕着它,中国处于东南角,属于其中的一个州,这是一块好地方。"

2 中国之城,左滨海,右通流沙①,方而言之,万五千里。东至蓬莱②,西至陇右③,右跨京北④,前及衡岳⑤。尧舜土万里,时七千里⑥,亦无常,随德劣优也。

【注释】

①右通流沙:右,指"西"。古人以西为右,以东为左,故有"陇右"

"江左"之名。流沙，沙流动而行，此指我国西北的沙漠地区。高诱注《吕氏春秋·本味》云："流沙，沙自流行，故曰流沙，在敦煌西八百里。"

②蓬莱：传说东海中神仙居住的山。

③陇右：泛指陇山以西地区。约为今甘肃六盘山以西、黄河以东一带。

④右跨京北：此与上句"西至陇右"重。范校据士礼居刊本改"右"为"后"字，疑"后""右"形近致讹。媛补认为"后跨京北"之"京北"所指不明。对此句学界有三种理解，第一种理解：据《四库全书》本《太平御览》卷三十六改作"后号蓟北"。蓟为蓟丘，在域内北部。蓟丘，亦作"蓟邱"。古地名，在北京德胜门外西北隅。《史记·乐毅列传》："蓟丘之植，植于汶篁。"张守节《正义》："幽州蓟地西北隅有蓟丘。"第二种理解：影宋本《太平御览》卷三十六引作"后跨荆北"。按文意，中国北境标志为河南灵宝的荆山，而实际上当时中国地域一直以河南为中心，似不应以此作为北境。据《辞源》，荆山有四，一在湖北，一在陕西，一在安徽，一在河南灵宝。在陕西富平西南的荆山，相传禹铸鼎于此。《尚书·禹贡》："导岍及岐，至于荆山。"孔颖达疏："《地理志》云：《禹贡》北条荆山，在冯翊怀德县南。"在河南灵宝的荆山，据《史记·封禅书》："黄帝采首山铜，铸鼎于荆山下。"第三种理解：唐久宠《博物志校释》疑"京北"之"京"乃"恒山"，《尚书·禹贡》所谓"太行、恒山，至于碣石"，汉避文帝讳，乃改"恒山"曰"常山"，"常"又讹为"京"，故今本并作"京"矣。"后跨恒北"与"前及衡岳"对文。

⑤衡岳：即南岳衡山，我国五大名山之一。

⑥时七千里：此句似为"汤时七千里"，强调德化，于意为胜。《太平御览》卷三十六引《博物志》："中国之域，左滨海，右通流沙，方而言之，万五千里。面二千五百里。东至蓬莱山，西至陇右，后跨

荆北，前及衡岳，若计共四隅，有三亿之余。降朝鲜、岷山，东治可西也，陇川以南及北海之国。此是尧舜土及万里，汤时七千里，此后亦无常，随德优劣也。”

【译文】

中国的地域，东面靠大海，西面连沙漠，取周边来说它，周长一万五千里。东面到蓬莱，西面到陇右，北面跨越荆山以北地区，南面到南岳衡山。尧舜时土地方圆一万里，到商汤时为七千里，这以后也没有定数，总是随着君主的德行优劣而变化了。

3 尧别九州①，舜为十二②。

【注释】

①尧别九州：据《禹贡》记载：传说尧时洪水泛滥，舜推荐禹治水。禹治水后分天下为九州，即兖、荆、豫、冀、徐、梁、扬、青、雍。

②舜为十二：《尚书·舜典》记载：舜从冀州分出幽、并二州，从青州分出营州，变成十二州。

【译文】

尧分天下为九州，舜又分为十二州。

4 秦，前有蓝田之镇①，后有胡苑之塞②，左崤函③，右陇蜀④，西通流沙，险阻之国也。

【注释】

①前有蓝田之镇：此地处秦岭北麓，川、原、岭、山兼备，地形高低悬殊，沟壑密布，溪流较多，十分险峻。蓝田，古属京畿之地，有峣(yáo)关要塞，今陕西蓝田东南，是关中平原通往南阳盆地的交

通要隘。镇，险要的地方。

②胡苑之塞：胡人牧养禽兽的苑囿，在此指胡人的地域。塞，边界上险要的地方。《史记·留侯世家》："南有巴蜀之饶，北有胡苑之利。"张守节《正义》："上郡、北地之北与胡接，可以牧养禽兽，又多致胡马，故谓胡苑之利也。"《汉官仪》引郎中侯应之言曰："阴山东西千余里，单于之苑囿也。又胡人歌曰：失我燕支山，令我妇女无颜色；失我祁连山，令我六畜不蕃息。"胡苑之利，当为此义。

③左崤（xiáo）函：崤山和函谷关。崤山，在今河南洛宁北。函谷关，战国秦在今河南灵宝东北置函谷关。汉武帝元鼎三年（前114）移关址于今新安东，于原函谷关地置弘农县。新函谷关废于曹魏时。

④陇：指甘肃一带。蜀：指四川一带。

【译文】

秦，南面有蓝田关这样的险要之地，北面有胡苑之利的边塞，东面是崤山、函谷关，西面是陇右和蜀地，向西通向沙漠地区，是一个地形险要的国家。

5 蜀汉之土与秦同域[①]，南跨邛笮[②]，北阻褒斜[③]，西即隈碍[④]，隔以剑阁[⑤]，穷险极峻，独守之国也。

【注释】

①蜀汉之土与秦同域：秦国惠王时灭巴蜀，取楚的汉中。秦朝时曾在此区域设置巴郡、蜀郡、汉中、陇西。《汉书·萧何曹参传》："初，诸侯相与约，先入关破秦者王其地。沛公既先定秦，项羽后至，欲攻沛公，沛公谢之得解。羽遂屠烧咸阳，与范增谋曰：'巴蜀道险，秦之迁民皆居蜀。'乃曰：'蜀汉亦关中地也。'故立沛公

为汉王，而三分关中地……”故有蜀汉与秦（统一六国之前）同属关中之地之意。

②邛笮（qióng zuó）：汉时西南夷邛都、笮都两名的并称。约在今四川西昌、汉源一带。后泛指西南边远地区或少数民族。

③褒斜：即褒斜道，古代穿越秦岭的山间大道。褒斜道南起褒谷口，北至斜谷口，沿褒、斜二水行，贯穿褒、斜二谷，故名。也称斜谷路，为古代巴蜀通秦川之主干道路。

④隈（wēi）碍：应为地名，具体地望不详。

⑤剑阁：古代蜀北要地，因剑山峭壁间栈道而得名。今指四川剑门关。

【译文】

蜀汉的疆域与秦是同一区域，南面跨越邛都、笮都两个西南少数民族聚居区，北面凭褒斜之谷阻隔，西面靠近隈碍，再凭借剑阁与外界阻隔，极其险峻，是一个独自据守的国家。

6 周在中枢①，西阻崤谷，东望荆山，南面少室②，北有太岳③。三河之分④，雷风所起⑤，四险之国也⑥。

【注释】

①周在中枢：按媛补，此条载周畿内封域。《毛诗正义·王城谱》：“王城者，周东都王城畿内方六百里之地。其封域在《禹贡》豫州太华、外方之间。北得河阳，渐冀州之南。”孔颖达《正义》：“《禹贡》云：‘荆、河惟豫州。’注云：‘州界自荆山而至于河。’而王城在河南、洛北，是属豫州也。太华，即华山也。外方，即嵩高也。《地理志》：‘华山在京兆华阴县南，外方在颍川嵩高县，则东都之域，西距太华，东至于外方，故云之间。’”据此，则周平王迁都洛邑，王畿东起嵩山，西至华山，北到河阳，南至冀州之南。太岳山

在黄河北岸,即“河阳”之地。本条“东望荆山,南面少室”句,当作“南望荆山,东面少室”,此为张华误记,抑或后人传抄致讹,则不得而知。荆山,《汉魏丛书》本作“荆川”。

②南面少室:在南方面向少室山。少室,山名,在今河南登封北嵩山之西,分东少室、西少室,总名嵩山,因山中有石室而得名。

③北有太岳:北方有太岳山。太岳,即太岳山,在黄河北岸,即“河阳”之地,位于今河南西北部。《春秋》记载,在周襄王二十一年(前632),“天王狩于河阳”。

④三河之分:指河东、河内、河南。《史记·货殖列传》:“昔唐人都河东,殷人都河内,周人都河南。夫三河在天下之中,若鼎足,王者所更居也。”

⑤雷风所起:《太平御览》卷一百五十八引“雷风”作“风雨”,《格致丛书》本作“风雷”。

⑥四险之国也:“国”字下《太平御览》卷一百五十八引有“武王克殷,定鼎郏鄏(jiá rǔ)以为东都”十二字,当据补。按,《左传·宣公三年》云:“成王定鼎于郏鄏。”杜预注云:“郏鄏,今河南也。武王迁之,成王定之。”定鼎,定都。鼎本是三脚炊器,又为祭器,后成为象征政权的重器,王都所在,即鼎之所在,故称定都为定鼎。郏鄏,古地名,即周王城所在地,在今河南洛阳西。武王灭商后,定都于镐(今陕西西安西南),武王死后,成王在周公辅助下营建郏鄏(洛阳)作为东都。这里说武王定东都,也许是张华所记有误。

【译文】

周处在中心枢纽部位,在西边把崤山、函谷关作为险阻的屏障,向东望见荆山,在南方面向少室山,在北面有太岳山。它位于河东、河内、河南三个地方的分界处,风雨兴起之地,是个四周都是要塞的国家。

7 魏，前枕黄河，背漳水[①]，瞻王屋[②]，望梁山[③]，有蓝田之宝[④]，浮池之渊[⑤]。

【注释】

①漳水：即漳河，在今河北、河南两地边境，有清漳河、浊漳河，源出山西东南部。

②王屋：王屋山，今山西垣曲与河南济源等地之间，属于中条山分支，济水发源地。《列子》记载"愚公移山"的故事，即指此山。

③梁山：即吕梁山，今山西西部，处于黄河与汾河之间。

④蓝田：今陕西渭河平原，古时蓝田出产美玉，李商隐《锦瑟》有"蓝田日暖玉生烟"之句。

⑤浮池之渊：浮池，当是湖泊名，地望不详。

【译文】

魏，前面枕靠着黄河，后面背对着漳水，仰视王屋山，远望梁山，有产美玉的蓝田，有深不可测的浮池。

8 赵，东临九州[①]，西瞻恒岳[②]，有沃瀑之流[③]，飞壶、井陉之险[④]，至于颍阳、涿鹿之野[⑤]。

【注释】

①九州：《战国策·赵策》中苏秦说赵王曰："赵地……西有常山，南有河、漳，东有清河，北有燕国。"据此，赵东无"九州"。按，《史记·赵世家》："王出九门，为野台，以望齐、中山之境。""九州"或为"九门"之误。九门，战国赵邑，在今河北藁城。

②恒岳：即恒山，在今河北曲阳西北与山西接壤处。

③有沃瀑之流：有倾泻而下的瀑布。沃，浇，灌，这里引申为倾泻。

④飞壶:《汉书·郦食其传》作“飞狐”,“狐”与“壶”通。飞狐,要隘名,在今河北涞源与蔚县界,是河北平原北方边郡间的交通咽喉。井陉(xíng):即井陉关,在今河北井陉山,是太行山区进入华北平原的要塞。

⑤颍阳:地名,故城在今河南许昌西南。涿鹿:指涿鹿山,在今河北涿鹿东南。有“黄帝与蚩尤战于涿鹿之野”之说。

【译文】

赵向东面临九门,向西仰望恒山,有飞流直下的瀑布,险峻的飞狐峪、井陉关,一直延伸到颍阳、涿鹿的旷野。

9 燕,却背沙漠,进临易水[①],西至君都[②],东至于辽[③],长蛇带塞[④],险陆相乘也[⑤]。

【注释】

①易水:河流名,在今河北北部。战国末年荆轲入秦刺秦王前,燕太子丹曾在易水边为之饯行。荆轲慷慨高歌“风萧萧兮易水寒,壮士一去兮不复还”,遂成千古绝唱。

②君都:《战国策·燕策》:“苏秦将为纵,北说燕文侯曰:‘燕东有朝鲜、辽东,北有林胡、楼烦,西有云中、九原,南有呼沱、易水,地方二千余里。’”据此,燕西无“君都”。《汉书·地理志》云燕地西有上谷郡,上谷郡(治所在今河北怀来东南)所属有“军都”。“君”“军”同部同音,二字古通用,此“君都”当即“军都”。

③辽:指辽河,战国燕时置辽东郡和辽西郡。

④蛇:指燕国在南北边境上修筑的长城。

⑤乘(chéng):一个连着一个,有叠加意。

【译文】

燕,北面背靠沙漠,向南面临易水,西边到达军都,东面至辽河,有长蛇般的带状边塞，险地一个紧接着一个。

10 齐，南有长城、巨防、阳关之险[①]。北有河、济[②]，足以为固。越海而东，通于九夷[③]。西界岱岳、配林之险[④]，坂固之国也。

【注释】

①巨防：古地名，本指战国时齐地防门，在今山东平阴附近。阳关：古邑名，春秋鲁地，后入齐，在今山东泰安南汶水东岸。

②河：指黄河。济：指济水，古与江、淮、河并称四渎（dú），源于今河南济源，其故道过黄河而南，东流至山东，与黄河并行入渤海。

③九夷：古代称东方的九种民族，亦指其所居之地。《尔雅·释地》"九夷"疏，一说依《后汉书·东夷列传》，夷有九种：畎（quǎn）夷、干夷、方夷、黄夷、白夷、赤夷、玄夷、风夷、阳夷；一说指玄菟、乐浪、高骊、满饰、凫更、索家、东屠、倭人、天鄙。

④岱岳：即泰山。配林：山名，在泰山西南，是诸侯祭祀之山。

【译文】

齐，南面有长城、巨防、阳关的险阻。北面有黄河、济水，足够用来作为坚固的边防。越过东海继续向东行，与九种外族相通。西面以泰山、配林的险固之地作为边界，这是个险要而稳固的国家。

11 鲁，前有淮水，后有岱岳，蒙、羽之向[①]，洙、泗之流[②]。大野广土，曲阜尼丘[③]。

【注释】

①蒙、羽之向：面向蒙山、羽山。蒙，蒙山，即蒙阴山，在山东蒙阴南

四十里，蜿蜒百余里，西南接费(bì)地。羽，羽山，在今山东郯城东北七十里。

②洙、泗之流：穿流着洙水和泗水。古时二水自今山东泗水县北合流而下，至曲阜北部，又分为二水，洙水在北，泗水在南。春秋时属于鲁国地方。孔子在洙、泗之间聚徒讲学，后世以洙、泗代称鲁国的文化和孔子的教泽。

③曲阜尼丘：曲阜有尼丘山。

【译文】

鲁，前面有淮河，后面有泰山，它面对蒙山、羽山，穿流着洙水、泗水。在这片广袤的土地上，有曲阜尼丘山。

12 宋，北有泗水，南迄睢、涡①，有孟诸之泽②，砀山之塞也③。

【注释】

①睢(suī)：水名。在河南，今上游仅有一支流流入惠济河，余皆湮塞。涡(guō)：水名，即涡河。淮河支流，源出河南通许，东南流至安徽，至怀远入淮河。《水经注·淮水》："(淮水)又东过当涂县北，涡水从西北来注之。"《水经注·睢水》"又东过相县南"条下郦注"东南流入于泗，谓之睢口"。又，《水经注·泗水》："又东南入于淮"条下郦注："泗水又东经角城北，而东南流注于淮。"据此看，睢水流入泗水，泗水流入淮水，此处不宜再言睢水。疑"睢"乃"淮"之讹。

②孟诸：古泽薮名。在今河南商丘东北、虞城西北。

③砀(dàng)山：山名，在今河南永城东北芒砀山。砀、芒两山相去八里。《汉书·高帝纪》记载，刘邦起兵前，曾"隐于芒、砀山泽间"，即此。

【译文】

宋,北面有泗水,南面直到睢水和涣水,有孟诸沼泽、砀山要塞。

13 楚,后背方城[①],前及衡岳,左则彭蠡[②],右则九疑[③],有江、汉之流[④],实险阻之国也。

【注释】

①方城:春秋时楚国的长城。为古九塞之一。《淮南子·地形训》:"何谓九塞?曰:太汾、渑阨、荆阮、方城、殽阪、井陉、令疵、句注、居庸。"

②彭蠡(lǐ):古泽薮名,即今江西鄱阳湖。

③九疑:山名。疑,又作"嶷",一名苍梧山,在今湖南宁远南,相传虞舜葬于此。

④江、汉之流:长江和汉水。汉水亦称汉江,是长江中游支流,源出陕西西南部,流经陕西、湖北,在武汉入长江。

【译文】

楚,后面背靠方城山,前面直到衡山,左面是彭蠡湖,右面是九嶷山,有长江、汉水穿流而过,实在是一个形势险要的国家。

14 南越之国,与楚为邻。五岭已前至于南海[①],负海之邦,交趾之土[②],谓之南裔[③]。

【注释】

①五岭:亦作"五领",是大庾岭、越城岭、骑田岭、萌渚岭、都庞岭的总称,位于江西、湖南、广东、广西四省之间,是长江与珠江流域的分水岭。已:通"以"。南海:即南中国海,我国三大边缘海之

一，北接今广东、广西、福建、台湾四个省区。

②交趾：亦作“交阯”。原为古地区名，指今越南北部一带，秦始皇所置象郡的一部分，后属赵佗南越国，后归汉。汉武帝时为所置十三刺史部之一，辖境相当今广东、广西大部和越南的北部、中部。东汉末改为交州。越南于10世纪独立建国后，宋亦称其国为交趾。

③谓之南裔(yì)：称它为南裔。裔，边远的地方。《左传·文公十八年》：“流四凶族，浑敦、穷奇、梼杌(táo wù)、饕餮(tāo tiè)，投诸四裔。”杜预注：“裔，远也。”

【译文】

南越国，与楚国是邻国。它从五岭向前一直延伸到南海，背靠大海，跨越交趾地区，人们称它为“南裔”。

15 吴，左洞庭，右彭蠡，后滨长江，南至豫章[①]，水戒险阻之国也。

【注释】

①豫章：古郡名，治所在今江西南昌。

【译文】

吴，东面是洞庭湖，西面是彭蠡湖，北面濒临长江，南面到豫章郡，是个以水为界、形势险要的国家。

16 东越通海，处南北尾闾之间[①]。三江流入南海[②]，通东冶[③]，嵩海深[④]，险绝之国也。

【注释】

①尾闾(lǘ)：古代传说中泄海水之处。李善注《文选·嵇叔夜〈养生

论〉》引司马彪曰:“尾闾,水之从海水出者也。一名沃燋,在东大海之中。尾者,在百川之下,故称尾。闾者,聚也。水聚族之处,故称闾也。”

②三江:古代各地众多水道的总称,“三”是虚数。

③东治:媛补“治”疑当作“冶”。东冶,即今福建福州。《史记·东越列传》载:“汉五年,复立无诸为闽越王,王闽中故地,都东冶。”

④嵩海深:嵩,范校疑“嵩”乃“山高”二字的合文。《百子全书》本作“山高”。

【译文】

东越通向大海,处于南海与北海的交界处。东越的众多河流注入南海,其地延伸到东冶一带,山高海深,是个形势险要至极的国家。

17 卫,南跨于河,北得洪水①,南过汉上②,左通鲁泽③,右指黎山④。

【注释】

①北得洪水:范校引《格致丛书》本、纷欣阁本“洪”均作“淇”。又按《诗经·卫风·竹竿》:“泉源在左,淇水在右。”《水经·淇水》:“武王以殷之遗民,封纣子武庚于兹邑,分其地为三,曰邶、墉、卫,使管叔、蔡叔、霍叔辅之,为三监。叛周,讨平,以封康叔为卫。……地居河、淇之间。”此云“卫,南跨于河,北得洪水”,正与《竹竿》及《淇水》注暗合,故“洪”乃“淇”之形讹。范校可从。淇水,河川名,源于今河南,古为黄河支流,流经汤阴至淇注入卫河。

②南过汉上:范校疑“汉”为“濮”字之误,卫地有濮水,无汉水。濮水流经卫国,在今河南北部,即是“桑间濮上”之濮。

③鲁泽:大野泽的别称。

④黎山：山名，一作“黎阳山”。在今河南浚县东南。

【译文】

卫，向南跨越黄河，北面得到淇水穿流而过，南面经过濮水之上，东面通到大野泽，西面直指黎山。

赞曰[①]：地理广大，四海八方，遐远别域[②]，略以难详。侯王设险，守固保疆，远遮川塞[③]，近备城埠[④]。司察奸非，禁御不良[⑤]，勿恃危厄[⑥]，恣其淫荒。无德则败，有德则昌，安屋犹惧，乃可不亡。进用忠直，社稷永康[⑦]，教民以孝[⑧]，舜化以彰[⑨]。

【注释】

①赞曰：常置于篇末，是作者的总结评价语。类似于《左传》的“君子曰”，《史记》的“太史公曰”，《汉书》篇末的评论即用“赞曰”。

②遐远别域：遥远的别国异域。遐，远。

③远遮川塞：远有山川要塞阻挡。遮，阻挡。

④近备城埠：近有护城河壕沟防备。城埠，城墙与护城河，泛指城池。城，城墙。埠，同“隍”。城壕。城外的护城河有水叫“池”，无水叫“隍”。

⑤禁御不良：抵御来犯之敌。不良，不好，此指外敌。

⑥勿恃危厄：不要依仗高而险隘之地。危厄，高而险隘。

⑦社稷永康：国家才可永葆安康。社稷，社为土神，稷为谷神，这里以社稷指国家。

⑧教民以孝：以孝道化民。这与西晋的治国方略有关。李密《陈情表》：“伏惟圣朝以孝治天下。”张华显然受此观念影响。西晋篡权，难以用“忠”，以孝治国，无非是偷换概念而已。

⑨舜化以彰：让虞舜的教化永远发扬。据《尚书》《史记》等有关典

籍，虞舜为人处世、治国理政，皆以德为先导。舜选贤任能，举用“八恺”“八元”等治理民事，放逐“四凶”（浑敦、穷奇、梼杌、饕餮），任命禹治水，完成了尧未完成的盛业。《左传·文公十八年》：“昔高阳氏有才子八人，苍舒、隤敳（tuí ái）、梼戭（táo yǎn）、大临、尨（méng）降、庭坚、仲容、叔达，齐、圣、广、渊、明、允、笃、诚，天下之民谓之八恺。高辛氏有才子八人，伯奋、仲堪、叔献、季仲、伯虎、仲熊、叔豹、季狸，忠、肃、共、懿、宣、慈、惠、和，天下之民谓之八元。”

【译文】

赞说：中国的地域广大无边，它与四海八方相连，遥远的别国异域，只能略说却难以详述。王侯设下险阻要塞，保卫国家边疆，远有山川要塞阻挡，近有护城河壕沟防备。督察国内的奸邪人事，抵御来犯的敌人，不依靠高险的地形，恣意地放荡佚乐。君主无德就必然失败，有德就昌盛，安居时要戒惧，才能不灭亡。进用忠诚善良的人，国家才可永葆安康，用孝道教育百姓，舜的教化才能永远彰显发扬。

地

18 天地初不足①，故女娲氏练五色石以补其阙②，断鳌足以立四极③。其后共工氏与颛顼争帝④，而怒触不周之山⑤，折天柱，绝地维⑥。故天后倾西北⑦，日月星辰就焉⑧；地不满东南，故百川水注焉。

【注释】

①天地初不足：当初天塌地陷。《淮南子·览冥训》：“往古之时，四极废，九州裂，天不兼覆，地不周载……于是女娲炼五色石以补苍天，断鳌足以立四极。”

②女娲:阴帝,辅佐伏羲治天下者。三皇时,天不足西北,故补天。练:通“炼”。冶炼。阙:残缺,缺失。

③断鳌足以立四极:天废倾,以鳌足柱之。鳌,大龟。《楚辞·天问》:“鳌戴山抃,何以安之?”

④其后共工氏与颛顼争帝:共工,《淮南子》高诱注:“官名,伯于伏羲、神农之间。其后子孙任智刑以强,故与颛顼(zhuān xū)、黄帝之孙争位。”共工在伏羲、神农之间曾为天下领袖。颛顼,古代五帝之一,号高阳氏。相传为黄帝之孙、昌意之子,生于若水,居于帝丘。十岁佐少昊,十二岁而冠,二十岁登帝位。在位七十八年。《淮南子·天文训》:“昔者,共工与颛顼争为帝,怒而触不周之山,天柱折,地维绝。天倾西北,故日月星辰移焉;地不满东南,故水潦尘埃归焉。”

⑤不周之山:传说中的山名,据说在昆仑山西北方。

⑥折天柱,绝地维:向宗鲁云:“柱折维绝,疑后人依《列子》互易。”似应为:“天维绝,地柱折。”维,以绳维系。

⑦故天后倾西北:《列子·汤问》:“故天倾西北,日月星辰就焉;地不满东南,故百川水潦归焉。”《淮南子·天文训》:“天倾西北,故日月星辰移焉;地不满东南,故水潦尘埃归焉。”考二文,均无“后”字。倾,高。见刘文典《淮南鸿烈集解》。

⑧就:靠近。《荀子·劝学》:“故木受绳则直,金就砺则利。”焉:代词,那里。

【译文】

当初天塌地陷,所以女娲氏炼五色石来补天缺,又斩断鳌足把它当作柱子立在四方。此后共工氏与颛顼争夺帝位,共工盛怒之下一头撞在不周山上,支天的地柱折断了,维系天地的绳索也断了。因此天向西北倾斜,日月星辰便移向那里;地在东南角凹陷下去,于是众多江河的水便倾泻到那里。

19 昆仑山北[①]，地转下三千六百里，有八玄幽都[②]，方二十万里。地下有四柱，四柱广十万里。地有三千六百轴，犬牙相举[③]。

【注释】

①昆仑山北：《太平御览》卷三十六引作"昆仑之东北"。《初学记》卷五、《分门集注杜工部诗》卷四《南池》诗注及《事类赋》卷六并引作"昆仑东北"，无"之"字。据此"北"上宜补一"东"字。

②八：八方，四方加四隅（角）。玄：黑色。幽都：北方极远之地。《尚书·尧典》："申命和叔，宅朔方，曰幽都。"孔安国传："北称幽都，南称明从可知也。都，谓所聚也。"蔡沉《书集传》："朔方，北荒之地……日行至是，则沦于地中，万象幽暗，故曰幽都。"

③举：即"制"或"牵"，牵制。

【译文】

在昆仑山东北，地势趋下的三千六百里处，有个八方阴暗的日没处叫幽都，方圆二十万里。地下有四根大柱子，每根柱子直径为十万里。大地又有三千六百根轴，它们像犬牙一样交错，相互牵制。

20 泰山一曰天孙，言为天帝孙也。主召人魂魄。东方万物始成[①]，知人生命之长短。

【注释】

①东方万物始成：东方，按照《礼记·月令》所记，古代以五方与四时相配，东、南、中、西、北与春、夏、季夏、秋、冬一一相配，东方对应的是春季，春季乃万物生长的时节。

【译文】

泰山又一名为天孙，就是说它是天帝的孙子。它主管召唤人魂灵的事。东方是世间万物开始生长的方位，所以泰山主管人寿命的长短。

21《考灵耀》曰[①]：地有四游[②]，冬至地上，北而西三万里，夏至地下，南而东三万里，春秋二分其中矣。地常动不止，譬如人在舟而坐，舟行而人不觉[③]。七戎六蛮，九夷八狄[④]，形总而言之[⑤]，谓之四海。言皆近海，海之言晦昏无所睹也。

【注释】

①《考灵耀》：《尚书纬》中的一卷。纬书是在董仲舒天人感应神学目的论哲学的基础上发展起来的，与经书相配合的辅助经义之书。《尚书纬》分为《尚书璇玑钤》《尚书考灵曜》《尚书刑德放》《尚书帝命验》《尚书运期授》等五卷。耀，又作"曜"。《尚书考灵曜》原文为："地有四游，冬至地上，北而西三万里。夏至地下，南而东复三万里。春秋二分，则其中矣。地恒动不止，人不知。譬如人在大舟中闭牖而坐，舟行而人不觉也。七戎六蛮，九夷八狄，形类不同，总而言之谓之四海，言皆近海。海之言，昏晦无所睹也。"《太平御览》卷三十六"地部"条引《尚书考灵曜》曰："地有四游，冬至地上北而西三万里；夏至地下南而东复三万里，春秋分则其中矣。地恒动不止，人不知。譬如人在大舟中闭牖而坐，舟行不觉也。"显然，此段文字是《尚书考灵曜》与《太平御览》卷三十六"地部"条引《尚书考灵曜》文字的综合版。

②地有四游：四游，向四面游动。《礼记·月令》题下疏云："地有升降，星辰有四游。又郑注《考灵耀》云：'天旁行四表之中，冬南、

夏北、春西、秋东，皆薄四表而止。地亦升降于天之中，冬至而下，夏至而上，二至上下，盖极地厚也。地与星辰俱有四游、升降。四游者，自立春，地与星辰西游。春分，西游之极。地虽西极，升降正中，从此渐渐而东，至春末复正。自立夏之后，北游。夏至，北游之极。地则升降极下，至夏季复正。立秋之后，东游，秋分，东游之极。地则升降正中，至秋季复正。立冬之后，南游。冬至，南游之极。地则升降极上，冬季复正。'此是地及星辰四游之义也。"

③"冬至地上"几句：《文选》中张华《励志》诗"天回地游"句下注引："《河图》曰：地有四游，冬至地上行，北而西三万里；夏至地下行，南而东三万里，春秋二分，是其中矣。地常动不止而人不知，譬如闭舟而行，不觉舟之运也。"

④七戎六蛮，九夷八狄：戎、蛮、夷、狄，分别为古代对西方、南方、东方、北方诸少数民族的泛称。《尔雅·释地》："九夷、八狄、七戎、六蛮，谓之四海。"郭璞注："九夷在东，八狄在北，七戎在西，六蛮在南，次四荒者。"

⑤形总而言之：宜为"形类不同总而言之"。范校据《说郛》本、《汉魏丛书》本、《百子全书》本，"形"字下均有"类不同"三字，与《北堂书钞》卷一百五十八及《初学记》卷六引合。当据补。

【译文】

《考灵耀》说：大地向四面升降游动，冬至时大地向上运行，由北向西运行三万里，夏至时大地向下运行，由南向东运行三万里，春秋二季处在二者之间。地面是经常运动的，好比人在船中坐着，船行人却无感觉。西南东北诸民族的形貌、种类不同，总起来，称他们为四海。是说他们都靠近大海，海还包含有昏暗愚昧没有见识的意思。

22 地以名山为之辅佐，石为之骨，川为之脉，草木为之毛，土为之肉。三尺以上为粪[①]，三尺以下为地[②]。

【注释】

①三尺以上为粪：范校疑“粪”字是“气”字之误，“气”初以音近误作“冀”，后又因形近讹作“粪”。《太平经》卷四十五曰：“穿凿地大深，皆为疮疡，或得地骨，或得地血。何谓也？泉者，地之血；石者，地之骨也；良土，地之肉也。……凡动土入地，不过三尺，提其上，何止以三尺为法？然一尺者，阳所照，气属天；二尺者，物所生，气属中和；三尺者，属及地身，气为阴。过此而下者，伤地形，皆为凶。”

②三尺以下为地：范校据《太平御览》卷三十六引“地”字下有“重(chóng)阴之性也”五字，宜补之。重阴之性也，意为“是阴气聚积的地心”。此句可理解为“三尺以下是阴气聚积的地心”。“性”训为“心”。“心”又与上文“骨”“脉”“毛”“肉”“气”相配。

【译文】

土地把名山作为它的辅佐，石头作为它的骨，河流作为它的脉，草木作为它的毛，土壤作为它的肉。地表三尺以上是地气，三尺以下是阴气聚积的地心。

山

23 五岳：华、岱、恒、衡、嵩[①]。

【注释】

①华、岱、恒、衡、嵩：指五大名山，合称五岳。《尔雅·释山》：“泰山为东岳，华山为西岳，霍山为南岳，恒山为北岳，嵩高为中岳。”《白虎通》引《尚书大传》云：“五岳，谓岱山、霍山、华山、恒山、嵩

也。”这里“霍”不作“衡”。只有《诗经·大雅·崧高》毛传称“衡”为南岳。《风俗通》卷十“五岳”条下云:“南方衡山,一名霍山”“岱宗,泰山也”,皆一山而二名。华,即西岳,在今陕西华阴南。岱,即泰山,世称东岳,在今山东中部。恒,即北岳,在今河北曲阳西北。衡,即南岳,在今湖南衡阳。嵩,即中岳,在今河南登封北。传说五岳为群神所居,历代帝王常在此祭祀天地,举行封禅大典。

【译文】

五大名山:华山、泰山、恒山、衡山、嵩山。

24 按北太行山而北去①,不知山所限极处②。亦如东海不知所穷尽也③。

【注释】

①太行山:在山西高原与河北平原间,从东北向西南延伸。北起拒马河谷,南至晋、豫边境黄河沿岸。西缓东陡,受河流切割,多横谷,为东西交通孔道,古有“太行八陉”之称,又名五行山、王母山、女娲山等。

②不知山所限极处:限极,犹极限意。《后汉书·李杜列传》:“而中常侍在日月之侧,声势振天下,子弟禄仕,曾无限极。”再如苏辙《上神宗皇帝书》:“近世以来,取人不由其官,士之来者无穷,而官有限极。”所字结构“所限极”做“处”的定语,“所限极处”译为“极限的地方”。

③穷尽:终止,尽头,亦指止境。谢灵运《临终》诗:“龚胜无余生,李业有终尽。”

【译文】

循着太行山向北去,不知山极限的地方。这也就如同东海一样,不知道它的尽头。

25 石者，金之根甲[①]。石流精以生水，水生木[②]，木含火[③]。

【注释】

①金之根甲：金，五行之一。《尚书·洪范》提出水、火、木、金、土五行体系及其性能作用。根甲，“根”即根源，“甲”则有外壳义，指石包孕着金，根甲含有本根的意思。

②水生木：此为五行相生说的内容。五行相生相胜说产生于战国初期，“相生”指相互间的联系，一种物质产生另一种物质，如木生火，火生土，土生金，金生水，水生木。据此看，“石者，金之根甲”，有“土生金”之义。“相胜”即五行相克，指相互排斥，如水克火，火克金，金克木，木克土，土克水。由此推衍的“五德终始说”是与五行相生相胜理论紧密相连的。《汉书·艺文志》阴阳家记有“《邹子》四十九篇”“《邹子终始》五十六篇”，虽已亡佚，但在《吕氏春秋·应同》中保留了“五德终始说”的样貌。邹衍的“五德终始说”即以五行相胜为基点，能够为改朝换代、帝王革命找到理论上的根据，如：黄帝土德—禹木德—汤金德—文王火德—秦始皇水德。刘歆的“新五德终始说”，则以五行相生为基点，能够为帝王禅让制找到合理的内核。如：刘歆在《世经》中编排的五行相生的次序，则为，(太昊)庖牺木德—(共工氏闰水德)—炎帝神农火德—黄帝土德—少昊金德—颛顼水德—帝喾木德—唐尧火德—虞帝土德—禹金德—汤水德—周木德—(秦始皇闰水德)—汉火德。

③木含火：仍然属于五行相生说的内容。含，包而未露，与上文“生”意相近。

【译文】

石头，是金产生的本源。石头流出精华可用来形成水，水产生木，木中又包孕着火。

水

26 汉北广远[①],中国人鲜有至北海者[②]。汉使骠骑将军霍去病北伐单于[③],至瀚海而还,有北海明矣。周日用曰[④]:“余闻北海,言苏武牧羊之所去,年德甚迩[⑤],柢一池[⑥],号北海。苏武牧羊,常在于是耳。此地见有苏武湖,非北溟之海。”

【注释】

①汉北广远:周心如校云:“‘汉’字应作‘漠’。”

②中国:上古时代,我国华夏族建国于黄河流域一带,以为居天下之中,故称中国,而把周围其他地区称为四方。后泛指中原地区。北海:一作“翰海”,与下文“瀚海”同。《史记·卫将军骠骑列传》:“封狼居胥山,禅于姑衍,登临翰海。”司马贞《索隐》引崔浩曰:“北海名,群鸟之所解羽,故云翰海。”《广志》云:“在沙漠北。”《史记·匈奴列传》“临翰海而还”,《集解》引如淳曰:“翰海,北海名。”《正义》按:“翰海自一大海名,群鸟解羽伏乳于此,因名也。”北海一说指今贝加尔湖。“有……者”结构,构成定语后置的标志。

③骠骑:古代将军的名号。霍去病(前140—前117):汉代名将,曾多次出击匈奴,战功卓著。单(chán)于:汉时匈奴人对其君主的称呼。泛指外族首领。

④周日用:汝南(今河南汝南)人,注《博物志》十卷。李慈铭《越缦堂读书记》谓:“周日用未知何时人?然《郡斋读书志》《文献通考》皆已载之,则必北宋以前人矣。”

⑤年德甚迩:据文意当指霍去病与苏武年龄、功德十分相近。苏武

(前140—前60),字子卿,杜陵(今陕西西安)人,代郡太守苏建之子,汉武帝时出使匈奴,遭扣押于北海,牧羊19年,归汉后,因其功绩,图像于麒麟阁。霍去病与苏武同年出生,皆有大功德,故有此比。

⑥柢(dǐ):通"氐"。大略,大概。

【译文】

沙漠以北地区路途辽远,中原很少有能到达北海的人。汉朝派遣骠骑将军霍去病向北攻打匈奴,一直打到北海才撤回,有北海之地是明确的。周日用说:"我听说北海,说是苏武牧羊所到处,霍去病与苏武年龄、功德十分相近,大概那里有一个池子,号称北海。苏武牧羊在这里常常居住吧。此地现在有苏武湖,不是北海的海。"

27 汉使张骞渡西海,至大秦[①]。西海之滨,有小昆仑[②],高万仞,方八百里。东海广漫[③],未闻有渡者。

【注释】

①汉使张骞(qiān)渡西海,至大秦:张骞出使西域,并未到大秦,只到了大夏。这里的张骞,可能是甘英。张骞(前164—前114),西汉汉中(今陕西汉中)人,官大行,封博望侯,曾两次奉汉武帝命出使西域,加强了中原与西域少数民族的联系,进一步发展了汉朝与中亚人民的友好关系,促进了经济文化的交流。西海,《后汉书·西域传》:"条支国,……临西海,海水曲环其南及东北,三面路绝,唯西北隅通陆路。"《史记·大宛列传》:"(安息)其西则条枝,北有奄蔡、黎轩。"《索隐》按:"三国并临西海。"《后汉书·西域传》:"班超遣掾甘英穷临西海而还。"一般认为此"西海"指今波斯湾。大秦,古国名。古代中国史书对罗马帝国的称呼。汉和帝永元九年(97),西域都护班超遣甘英出使大秦,至条支,

临海而回。汉桓帝延熹九年(166)大秦皇帝安敦遣使来中国。395年罗马帝国分裂后,以大秦称东罗马帝国。《后汉书·西域传》:"(大秦国)以在海西,亦云海西国……其人民皆长大平正,有类中国,故谓之大秦。"

②小昆仑:山名,地望不详。

③广漫:水广大无边貌。

【译文】

汉朝的使者张骞渡过西海,到达大秦。西海的海滨有座山叫小昆仑,山高达万丈,方圆八百里。东海水广大无边,没听说过有渡过东海的人。

28 南海短狄[①],未及西南夷以穷断[②]。今渡南海至交趾者,不绝也。

【注释】

①短狄:未详,大概是少数民族名。

②西南夷:汉时为巴蜀西南地区,也是汉时对分布在今甘肃南部、四川西部、南部和云南、贵州一带的少数民族的泛称。汉武帝元光五年(前130)至汉明帝永平十二年(69),在其地置犍为、牂牁(zāng kē)、越巂(xī)、沈黎、武都、汶山、益州和永昌等八郡。《史记·西南夷列传》:"西南夷君长以百数,独夜郎、滇受王印。"穷断:穷尽断绝。

【译文】

(过去)南海短狄人的分布,没到巴蜀西南地区就穷尽断绝了。如今渡过南海到交趾的短狄人,一直没有断绝。

29《史记·封禅书》云：威、宣、燕昭遣人乘舟入海，有蓬莱、方丈、瀛洲三神山，神人所集。欲采仙药，盖言先有至之者。其鸟兽皆白，金银为宫阙，悉在渤海中，去人不远[①]。

【注释】

①本条引《史记·封禅书》中的文字与原文有异，此录原文以供对照："自威、宣、燕昭使人入海求蓬莱、方丈、瀛洲。此三神山者，其传在勃海中，去人不远；患且至，则船风引而去。盖尝有至者，诸仙人及不死之药皆在焉。其物禽兽尽白，而黄金银为宫阙。"

【译文】

《史记·封禅书》说：齐威王、宣王和燕昭王派人乘船入海，海上有蓬莱、方丈、瀛洲三座神山，那里是神仙聚居的地方。他们打算先去那里采集仙药，据说先前已有人到过三座神山。山上的鸟兽全是白色，而且以黄金白银建造宫殿，都在渤海中，离人间不远。

30 四渎河出昆仑墟[①]，江出岷山[②]，济出王屋，淮出桐柏[③]。八流亦出名山：渭出鸟鼠[④]，汉出嶓冢[⑤]，洛出熊耳[⑥]，泾出少室[⑦]，汝出燕泉[⑧]，泗出涪尾[⑨]，沔出月台[⑩]，沃出太山[⑪]。水有五色，有浊有清。汝南有黄水[⑫]，华山有黑水、泞水[⑬]。渊或生明珠而岸不枯[⑭]，山泽通气，以兴雷云，气触石，肤寸而合[⑮]，不崇朝以雨[⑯]。

【注释】

①四渎(dú)：古人对四条浊流即江(长江)、河(黄河)、淮(淮河)、济(济水)的总称。渎，沟渠，泛指河川。按，《白虎通·巡狩》"五岳四渎"条释为："谓之渎何？渎者，浊也。中国垢浊，发源东注海，

其功著大，故称渎也。”《尔雅·释水》记载：“江、河、淮、济为四渎。四渎者，发源注海者也。……河出昆仑虚，色白。”昆仑墟：即昆仑山。

②江出岷山：岷山，在今四川松潘北，属北岭支脉，自巴颜喀喇山脉东北分出，北与西倾山止隔一洮(táo)河谷。其跗为羊膊岭，岷江出于此。《华阳国志》：“岷山一名沃焦山。其跗曰羊膊，江水所出。”岷江上源有二：北源出岷山羊膊岭东，南源出岷山羊膊岭南，至四川松潘境，合二为一。据《禹贡》记载，“岷山导江，东别为沱；又东至于澧。过九江，至于东陵；东迤北会于汇。东为中江，入于海”，指出大禹从岷山疏导，由此向东，疏导它的支流沱江，东到荆州境内的澧水，遂过九江，至于东陵境地，自九江东陵而东，向北斜行，东会彭蠡，此系中江，与汉彭蠡同入于海。

③淮出桐柏：桐柏，桐柏山，在今河南桐柏北一里，属北岭系，东南接湖北随地，西接湖北枣阳界。其主峰太白顶在河南桐柏西，系淮河的发源地。

④渭出鸟鼠：鸟鼠，即鸟鼠同穴山的省称。《尔雅·释鸟》：“鸟鼠同穴，其鸟为鵌(tú)，其鼠为鼵(tū)。”《汉书·地理志》：“道渭自鸟鼠同穴，东会于酆，又东至于泾，又东过漆、沮，入于河。”鸟鼠同穴山，在陇西首阳西南，渭水所出。《括地志》：“鸟鼠山，今名青雀山，在渭州渭源县西七十六里。”有关鸟鼠同穴的材料主要集中在《淮南子·地形训》《汉书·地理志》《续汉书·郡国志》《三辅黄图》《水经注》以及近代顾颉刚、刘起钎《尚书校释译论》(第二册)。

⑤汉出嶓冢(bō zhǒng)：嶓冢，山名。有两座嶓冢山：一在陕西宁强北九十里，东汉水出于此，此处山即为嶓冢。《尚书·禹贡》：“嶓冢导漾，东流为汉。”意思是漾水发源于嶓冢山，东流成为汉水。另一在甘肃天水西南六十里，系雍州山，西汉水从这里发

源。二山南北相距三四百里，但支脉隐然若接，连属成一，故而薛季宣《书古文训》卷三云："陇东之山皆嶓冢也。"

⑥熊耳：山名，在今河南卢氏。双峰峦高举，其状同熊耳，以此得名。

⑦泾出少室：《艺文类聚》卷八引《博物志》作"颍出少室"。泾水是关中八川之一，有南北二源：北源出甘肃固原南牛营，南流折东，经隆德、平凉会于南源；南源出泾源西南大关山，两水交会流至泾川，经陕西长武、彬州、淳化、醴泉、高陵入渭。泾水之源与少室山相距甚远，故作"颍"为确。少室，山名，在河南登封北。

⑧燕泉：山名，在今河南境内。

⑨泗出涪(fú)尾：涪尾，山名，在今山东泗水东。《水经注·泗水》及《艺文类聚》卷八均作"陪尾"。《尚书·禹贡》："熊耳、外方、桐柏，至于陪尾。"孔传："四山相连，东南在豫州界。洛经熊耳，伊经外方，淮出桐柏，经陪尾。"所在之地有二说：一说在今湖北安陆北。《水经注·禹贡山》："陪尾山在江夏安陆县东北。"另一说在今山东泗水东五十里，属阴山系，即泗水所出处之陪尾山。

⑩沔(miǎn)出月台：沔，《水经注·沔水》有"沔水出武都沮县东狼谷中""沔水一名沮水"。沮水出于今陕西略阳，东南流至沔地西南，入汉水，名曰沮江。月台，范校据《淮南子·地形训》云："淄出目饴。""目饴"一作"月台"。《左传·襄公四年》作"狐骀"，范校疑"月台"当作"胡台"，月是胡之缺体。按，淄水出今山东莱芜东泰山，北流经临朐、益都，至临淄入渤海。旧时下流由临淄东至博兴入济，魏以后，始改流今道。加之《左传·襄公四年》作"狐骀"，杜预注曰："狐骀，邾也，鲁国蕃县东南有目台亭。"据此推知，月台即是今山东境内之山。此句当理解为"淄出胡台"，似较为合理。

⑪沃出太山：沃，《艺文类聚》卷八作"沂"，《国语·吴语》"北属之

沂"，韦昭注云："沂，水名，出泰山。"疑"沃"当作"沂"。太山，即泰山。

⑫汝南：郡名。汉高帝四年（前203）设置，治所在平舆（今河南平舆北）。辖境相当今河南颍河、淮河之间。其后治所屡迁，辖境渐小。

⑬黑水：《尚书·禹贡》："黑水西河惟雍州。"黑水在雍州西。黑水有三：一出甘肃张掖鸡山（清代张澍辑注《十三州志》"居延泽"条注云："居延泽，古文以为流沙黑水，出县界鸡山。"）至于敦煌，俗名大通河，是雍州的黑水；二即金沙江，亦曰丽水，为长江上源，出青海可可穆立山和唐古拉山脉巴萨拉木山北麓，经西藏、云南，至四川始称长江，是梁州的黑水；三即云南的澜沧江。泞水：泥泞的水。

⑭渊或生明珠而岸不枯：《荀子·劝学》："玉在山而草木润，渊生珠而崖不枯。"不枯，不枯燥，有色彩。

⑮肤寸而合：形容云气密布。肤寸，古代长度单位，一指为寸，四指为肤。《公羊传·僖公三十一年》："山川有能润于百里者……触石而出，肤寸而合，不崇朝而遍雨乎天下者，唯泰山尔。"何休注："侧手为肤，按指为寸。"侧手，谓伸直四指。按指，为一指的宽度。

⑯崇朝：从天亮到早饭时。有时喻时间短暂，指一个早晨，也指整天。崇，通"终"。

【译文】

四条大川中黄河出自昆仑山，长江出自岷山，济水出自王屋山，淮河出自桐柏山。八条水流也出自名山：渭水出自鸟鼠山，汉水出自嶓冢山，洛水出自熊耳山，颍水出自少室山，汝水出自燕泉山，泗水出自陪尾山，淄水出自胡台山，沂水出自泰山。水有五种色彩，有清浊之分。汝南有黄色的水，华山有黑色的水、泥泞的水。深渊如果生长明珠，那么山崖就会增添光彩，高山水泽气流相通，就会兴起雷云，云气接触到山石，云气密布，不到一早上就会降雨。

31 江河水赤，名曰泣血。道路涉骸，于河以处也[①]。

【注释】

①“江河水赤”几句：纷欣阁本周心如案“此条疑有脱误”。《后汉书·五行志》云：“（安帝永初）六年，河东池水变色，皆赤如血。”注引《博物记》曰：“江河水赤，占曰，泣血道路，涉苏于何以处。”名曰，即占曰，指占卜问吉凶。泣血，痛哭泪尽血出，形容极度悲伤。“道路涉骸，于河以处也”二句，四库全书本作“道路惊骇，山河为墟也”。若按此勉强解为：行路之人见到江河水赤，心生惊骇，山河成为废墟。若按《五行志》注引文，可解为：道路上塞满了野草，哪里用来安处？范校以“骸”乃“苏”误。苏，草也。“河”为“何”误。

【译文】

长江、黄河水显现为红色，占卜问吉凶说是泪尽血出染红的。道路上塞满了野草，在哪里用来安处？

山水总论

32 五岳视三公，四渎视诸侯[①]。诸侯赏封内名山者，通灵助化，位相亚也。故地动臣叛，名山崩，王道讫，川竭神去，国随已亡。海投九仞之鱼，流水涸，国之大诫也。泽浮舟，川水溢，臣盛君衰。百川沸腾，山冢卒崩，高岸为谷，深谷为陵[②]，小人握命，君子陵迟[③]，白黑不别，大乱之征也。

【注释】

①五岳视三公，四渎视诸侯：《礼记·王制》：“天子祭天下名山大

川，五岳视三公，四渎视诸侯。”视，比照。三公，周代三公有两说：一说司马、司徒、司空，一说太师、太傅、太保。西汉时丞相（大司徒）、太尉（大司马）、御史大夫（大司空）合称三公。东汉时太尉、司徒、司空合称三公。又称三司。为共同负责军政的最高长官。唐宋仍沿此称，只是已经无实际职务。明清以太师、太傅、太保为三公，只用作大臣的最高荣誉头衔。

②“百川沸腾”几句：语出《诗经·小雅·十月之交》。冢（zhǒng），山顶。卒，通“碎”。崩坏。

③小人握命，君子陵迟：握命，犹得志。陵迟，斜平，迤逦渐平。引申为衰颓。《荀子·宥坐》：“三尺之岸而虚车不能登也，百仞之山任负车登焉，何则？陵迟故也……今夫世之陵迟亦久矣，而能使民勿逾乎？”《诗经·王风·大车》序：“礼义陵迟。”

【译文】

祭祀五岳比照三公宴享之数，祭祀四渎比照诸侯宴享之数。诸侯祭祀封地内的名山大川，沟通神灵帮助化育万民，诸侯祭祀规格比三公差一等。如果发生地震、臣子叛乱的事，名山崩塌，重仁义的王道就会终结，河水枯竭，护佑的神灵就会离去，国家随着就灭亡了。海中投入大鱼，流水干涸，是国家的大警戒。沼泽上浮起船只，河水涨溢，是臣盛君衰的征兆。江河沸腾，山峰倒塌乱石崩，高山变为深谷，深谷变为山陵，预示着小人得志，君子困厄，这叫黑白不辨，是大乱的征兆。

33《援神契》曰①：五岳之神圣，四渎之精仁②，河者水之伯，上应天汉③。太山，天帝孙也，主召人魂。东方万物始成，故主人生命之长短。

【注释】

①《援神契》：指《孝经援神契》。孝经纬之一。此段引文与清人赵

在翰辑稍有不同。原文如下:“五岳之精雄圣,四渎之精仁明。河者水之伯,上应天汉。泰山,天帝孙也,主召人魂。东方万物始成,故知人生命之长短。”

②五岳之神圣,四渎之精仁:《文选·蔡伯喈〈陈太丘碑文〉》注引《孝经援神契》作“五岳之精雄圣,四渎之精仁明”。

③天汉:银河。

【译文】

《援神契》上说:五岳的神灵圣聪,四渎的精灵仁慈,黄河是水的长官,对上呼应银河。泰山是天帝的孙子,它主管召唤人魂灵的事。东方是世间万物开始生长的方位,所以泰山主管人寿命的长短。

五方人民

34 东方少阳[①],日月所出,山谷清,其人佼好[②]。

【注释】

①东方少阳:按照阴阳四时五行对应理论,可知五方属东,五行属木,四时主春,五帝为太皞(hào),五神为句芒,五虫为鳞,五音为角,五数为八,五味为酸,五臭为膻,五祀为户,五色为青,五谷为麦,五牲为羊。少阳为东方。少阳代表阳气发动义,春主生。

②佼(jiǎo)好:美好。

【译文】

东方是阳气发动、日月初生的地方,东方的山谷清秀明朗,这里的人长得俊美。

35 西方少阴[①],日月所入,其土窈冥[②],其人高鼻、深目、多毛[3]。

【注释】

①西方少阴:按照阴阳四时五行对应理论,五方属西,五行属金,四时主秋,五帝为少皞,五神为蓐收,五虫为毛,五音为商,五数为七,五味为辛,五臭为腥,五祀为门,五色为白,五谷为麻,五牲为犬。少阴为西方。少阴代表阴气发动义,秋主收。

②窈冥:幽暗。

③多毛:应为"面多毛"。

【译文】

西方是阴气发动、日月下落的地方,这里土地幽暗,这里的人高鼻子,眼窝深陷,面上多毛。

36 南方太阳[1],土下水浅,其人大口多傲[2]。

【注释】

①南方太阳:按照阴阳四时五行对应理论,五方属南,五行属火,四时主夏,五帝为炎帝,五神为祝融,五虫为羽,五音为徵,五数为九,五味为苦,五臭为焦,五祀为灶,五色为赤,五谷为菽,五牲为鸡。太阳为南方。太阳代表阳气旺盛,夏主长。

②其人大口多傲:《淮南子·地形训》作"大口决眦"。决,开。眦(zì),眼眶。

【译文】

南方是阳气旺盛之地,土地低下水流清浅,这里的人口大眼大。

37 北方太阴[1],土平广深,其人广面缩颈。

【注释】

①北方太阴：按照阴阳四时五行对应理论，五方属北，五行属水，四时主冬，五帝为颛顼，五神为玄冥，五虫为介，五音为羽，五数为六，五味为咸，五臭为朽，五祀为行，五色为黑，五谷为黍，五牲为彘。太阴为北方。太阴有阴气极盛义，冬主藏。

【译文】

北方是阴气极盛之地，土地平坦宽广深邃，这里的人面部宽，脖子短。

38 中央四析，风雨交，山谷峻，其人端正。

【译文】

中央是四方平分之地，风雨汇聚，山谷陡峭险峻，这里的人容貌庄严端正。

39 南越巢居①，北朔穴居②，避寒暑也。

【注释】

①南越：即南粤，今广东、广西一带。

②北朔：北方。

【译文】

南越人筑巢而居，北方人挖洞穴而居，是为了躲避寒冷酷暑。

40 东南之人食水产①，西北之人食陆畜。食水产者，龟、蛤、螺、蚌以为珍味②，不觉其腥臊也③。食陆畜者，狸、兔、鼠、雀以为珍味，不觉其膻也④。

【注释】

①水产：海洋、江河、湖泊里出产的动物或藻类等的统称，一般指各种鱼、虾、蟹、贝类、海带、石花菜等。

②蛤(gé)：蛤蜊(lí)。螺：指海螺、田螺、螺蛳之类。蚌：河蚌。

③腥臊：腥臭的气味。

④膻(shān)：羊臊气，像羊肉的气味。这里泛指类似羊臊气的恶臭。

【译文】

东南方的人吃水产品，西北方的人吃陆上的禽兽。吃水产的，把乌龟、蛤蜊、海螺、河蚌当作珍奇的美味，不觉得它们是腥臭的。吃陆上禽兽的，把狐狸、兔子、老鼠、鸟雀当作珍奇的美味，不觉得它们是臊腥的。

41 有山者采，有水者渔。山气多男，泽气多女。平衍气仁，高凌气犯，丛林气躄[①]，故择其所居。居在高中之平，下中之高，则产好人。

【注释】

①“山气多男”几句：可与《淮南子·地形训》中下列文字相参看：“土地各以其类生。是故山气多男，泽气多女，障气多喑，风气多聋，林气多癃(lóng)，木气多伛(yǔ)，岸下气多肿，石气多力，险阻气多瘿(yǐng)，暑气多夭，寒气多寿，谷气多痹，邱气多狂，衍气多仁，陵气多贪，……中土多圣人：皆象其气，皆应其类。”衍，低而平坦之地。凌，快阁本、《汉魏丛书》本并作“陵”。“高陵”与“平衍”相对。躄(bì)，瘸腿。

【译文】

有山的人采伐，有水的人捕捞。吸纳吞吐山气的多生男，吸纳吞吐水泽气的多生女。吸纳吞吐平原气的人多仁慈，吸纳吞吐高原气的人多冒犯，吸纳吞吐丛林气的人多瘸腿，所以对居住地要有所选择。住在高原中的平地，或者平原中的高处，就能生产品貌身体俱佳的人。

42 居无近绝溪，群冢狐虫之所近[①]，此则死气阴匿之处也。

【注释】

①冢（zhǒng）：坟墓。

【译文】

住地不要挨近溪流断绝的地方，大量坟墓、狐狸、虫豸靠近处，这是死气隐藏的地方。

43 山居之民多瘿肿疾[①]，由于饮泉之不流者。今荆南诸山郡东多此疾[②]。瘇[③]，由践土之无卤者，今江外诸山县偏多此病也。卢氏曰："不然也。在山南人有之，北人及吴楚无此病，盖南出黑水，水土然也。如是不流泉井界，尤无此病也。"

【注释】

①瘿（yǐng）肿疾：头颈部肿大长瘤的一种疾病，即大脖子病。

②荆南：荆山以南，古楚地，荆州一带，亦泛指南方。

③瘇（zhǒng）：足肿。

【译文】

居住在山区的人多有颈部长瘤的疾病，这是因为喝了不流动的泉水。现在荆南群山的州郡东多有这种病。脚肿，是因为踩踏没有盐卤的土地，现在江南各山区县偏偏多有这种病。卢氏说："不是这样的。在江南山区人有这种病，江北和吴楚地区的人没有这种病，原因大概是黑水流经江南，水土就是这样了。像这样不流动的泉水井水，就不会有这种脚肿病。”

物产

44 地性含水、土、山、泉者，引地气也[①]。山有沙者生金，有谷者生玉。名山生神芝，不死之草[②]。上芝为车马，中芝为人形，下芝为六畜。土山多云，铁山多石。五土所宜[③]，黄白宜种禾，黑坟宜麦黍，苍赤宜菽芋[④]，下泉宜稻，得其宜，则利百倍。

【注释】

①地气：地中之气。

②不死之草：传说中能使死者复活的仙草。

③五土：指青、赤、白、黑、黄五色土。

④菽（shū）：豆类。芋：多年生草本植物，作一年生栽培。地下有肉质的球茎，含淀粉很多，可供食用，亦可药用。俗称芋头。

【译文】

土地的形态包括水、土、山、泉，是因为它们各自牵引着地中之气。有沙石的山产金，有峡谷的山产玉。名山上生长灵芝草，是一种能使死者复活的仙草。上等的灵芝呈车马形，中等的灵芝呈人形，下等的灵芝呈六畜形。土质的山多云雾，产铁之山多石头。五种颜色的土壤有各自适宜种的庄稼，黄白色土壤适宜种粟，黑色高地适宜种麦子和高粱，青色、红色土壤适宜种豆类和芋头，低下多水的土壤适宜种稻，各自根据不同的土质种植适宜的庄稼，就能获取百倍的利润。

45 和气相感则生朱草[①]，山出象车[②]，泽出神马[③]，陵出黑丹[④]，阜出土怪[⑤]，江南大贝，海出明珠，仁主寿昌，民延寿命，天下太平。

【注释】

①和气：古人以为是天地间阴阳交合而成之气，万物由此而生。朱草：一种红色的草，古人认为是祥瑞之物。

②山出象车：古人谓太平盛世山林中自然产生一种圆曲之木，可以制车，以为瑞应之物。

③泽出神马：《后汉书·南蛮西南夷列传》："有神马四匹出滇池河中，甘露降，白乌见……"神马，谓神异祥瑞之马。

④黑丹：黑色的丹砂。丹砂即朱砂，是可制颜料的一种矿石，本呈红色。今为黑色，是祥瑞之征。

⑤阜出土怪：《国语·鲁语下》："木石之怪曰夔、蝄蜽，水之怪曰龙、罔象，土之怪曰羵(fén)羊。"土怪，土中的妖怪。

【译文】

祥瑞之气交互感应就会生出朱草，山林里会生出象车木，大泽里会跃生出神马，高原上会产出黑丹，丘陵上会生出土怪，江里会生出大贝，海里会生出明珠，仁德的君主就会长寿昌盛，百姓就会延年益寿，天下就会太平。

46 名山大川，孔穴相内，和气所出，则生石脂、玉膏[①]，食之不死，神龙、灵龟行于穴中矣[②]。

【注释】

①石脂：石类，性黏，可入药。玉膏：神话传说中谓玉的膏脂。

②神龙：古以龙为神物，故称龙为神龙。灵龟：通过灼龟显示的兆象来判断吉凶，故称龟为神龟或灵龟。甲骨占卜大致分为五个

程序：A. 整治甲骨：取龟、攻龟、治龟、钻凿、备灼具，这一程序主要是对甲骨进行物理性操作，通过整治，使之符合占卜的规范要求。B. 命龟：告龟以所卜之事。卜辞命龟曰“令龟”。C. 灼龟见兆：即通过灼龟显示的兆象来判断吉凶。D. 占龟：视龟甲出现的纵横兆纹、龟体兆象、龟色兆气等来断吉凶，君王、贞卜等皆可断占。E. 书写记录：在甲骨占卜呈兆以后，占卜的主要过程宣告结束，接着把有关卜问事项（占卜时间、贞人名、所问事项、占卜结果等）的内容契刻在甲骨上。这些内容就是所说的“卜辞”。如果事情最后应验了，就要把验辞补录在甲骨上，卜辞的完整形式才全部呈现出来。最后再将甲骨贮存起来，以备查验。

【译文】

名山大川，洞穴是相通的，祥瑞之气出现的洞穴，就会生出石脂和玉膏，吃了这些就会长生不老，神龙、灵龟也就穿行在这些洞穴中了。

47 神宫在高石沼中①，有神人，多麒麟②，其芝神草，有英泉，饮之，服三百岁乃觉，不死③。去瑯琊四万五千里④。三珠树生赤水之上⑤。

【注释】

①高石沼：疑似为神话中的地名。石与沼或山与水并置的环境，可以看作是被赋予了理想化的女性生殖崇拜的意味，具有通神的意义。

②麒麟：古代传说中的一种动物。形状像鹿，头上有角，全身有鳞甲，尾像牛尾。古人以为仁兽、瑞兽，用它象征祥瑞。

③“有英泉”几句：《太平御览》卷七十引《括地图》曰：“昆丘之上有赤泉，饮之，不老。神宫有美泉，饮之眠三百岁乃觉，不死。”

④瑯琊（láng yá）：即琅琊，山名。在今山东诸城东南海滨。

⑤赤水：神话传说中的水名，据说发源于昆仑山东南。

【译文】

神宫在高石沼之中，有神仙，多麒麟，那里的灵芝是神草，那里有美泉，饮用之后，睡三百年才会醒过来，可使人长生不死。神宫离琅琊山有四万五千里。在赤水上生长着三珠树。

48 员丘山上有不死树①，食之乃寿。有赤泉，饮之不老。多大蛇，为人害，不得居也。

【注释】

①员丘山：山名，相传神仙居住之地。

【译文】

员丘山上有不死树，吃了它的果实就可以长寿。山上有赤泉，喝了这泉水就可不衰老。山上多大蛇，成为人的祸害，不能居住。

卷二

【题解】

卷二分《外国》《异人》《异俗》《异产》四目，大多取材于《山海经》《河图》《括地图》《墨子》《国语》《诗含神雾》等，此外鲛人取自《洞冥记》，续弦胶取自《十洲记》等书。

《外国》显系抄录《山海经》之《海外西经》《海外东经》《海外南经》，以及《括地图》等，具体介绍了轩辕国、白民国、君子国、三苗国、驩兜国、大人国、厌火国、结胸国、羽民国、穿胸国、交趾民、孟舒国等外国人的形体状貌、民俗习性、地理方位等，展现了异域殊方的想象世界。

《异人》抄自《山海经》《河图》《国语》《三国志》《洞冥记》等，这里有大人国，小人国，长寿国，独手独足的柔利国，穴居且心、肺、肝不朽的三国民，复活后同颈的蒙双民，海中的女儿国，双面怪人，岐首人，穿胸人，南海鲛人，呕丝野女，能变虎的貙人，皆怪诞不经，无从验证。然而，也有真实可信的。日南之野女，群行裸身求偶，早期有"会男女"式的求偶、求育形式，有现实依据。涂抹额头并雕刻花纹的雕题人、涂黑牙齿的黑齿人，这是在原始部落中存在的样态，不足为奇，更有甚者，还有凿齿之民，如76条荆州獠子，这也有考古上的证据。

《异俗》多抄自《墨子》《三国志》等，越之东，长子出生，剖解而食，父死弃母；楚之南，父母死，剐肉埋骨；秦之西，父母死火葬，葬俗野蛮；交州一带地域偏远，更是环境恶劣，毒箭伤身，肌烂骨存，飞虫啮尸，防不胜防；高句丽以东海岛七夕娶女童沉海。总之，周边民俗与中原迥异。荆州獠民之妇女早产临水生子，视沉浮选弃留，生育方式独特。当然，现代也有水中生育的情况，不能简单视为异俗。

《异产》记弱水西国献辟疫香；西海国进献续弦胶，进献的贡品还有火浣布、切玉刀、石胆，皆奇异之物。曹丕认为火浣布乃古人妄说，后来发现却有此物。临邛井虽然奇异，即是今人所谓天然气井，当时人以为奇特，不能说明成因，故记录在案。硫黄矿藏也属稀奇之物，故采录篇中。

外国

49 夷海内西北有轩辕国①，在穷山之际②，其不寿者八百岁。渚沃之野，鸾自舞，民食凤卵，饮甘露③。

【注释】

①轩辕国：传说中的国名。《山海经·海外西经》："轩辕之国在此穷山之际，其不寿者八百岁，在女子国北。人面蛇身，尾交首上。"《山海经·大荒西经》："有轩辕之国，江山之南栖为吉，不寿者乃八百岁。"《西次山经》有轩辕之丘，郭璞注云："黄帝居此丘，娶西陵氏女，因号轩辕丘。"即此是也。

②穷山：地名。《山海经·海外西经》："穷山在其北，不敢西射，畏轩辕之丘。"

③"渚沃之野"几句：《山海经·海外西经》："此诸夭之野，鸾鸟自歌，凤鸟自舞；凤皇卵，民食之；甘露，民饮之，所欲自从也。"《山海经·大荒西经》："有沃之国，沃民是处。沃之野，凤鸟之卵是食，甘露是饮。"鸾(luán)，传说中凤凰之类的神鸟。

【译文】

东方海内地区西北部有个轩辕国，在穷山的附近，这里的国民最短命的也有八百岁。沃民居住在号称沃野的富饶原野上，鸾鸟自由自在地歌舞，沃民吃凤鸟生的蛋，喝天降的甘美雨露。

50 白民国[①]，有乘黄[②]，状如狐，背上有角，乘之寿三千岁。

【注释】

①白民国：国民皆白身白发，披头散发。《淮南子·地形训》："凡海外三十六国，自西北至西南方，有修股民、天民、肃慎民、白民、沃民、女子民、丈夫民、奇股民、一臂民、三身民。"高诱注云："白民，白身民，被发，发亦白。"《山海经·海外西经》："白民之国，在龙鱼北，白身被发。有乘黄，其状如狐，其背上有角，乘之寿二千岁。"《山海经·大荒东经》："有白民之国。帝俊生帝鸿，帝鸿生白民，白民销姓，黍食，使四鸟：虎、豹、熊、罴。"《山海经》两处所记之"白民国"方位迥异，是否为一国，不能详知。

②乘黄：又名飞黄、訾（zī）黄，传说中的奇兽名。郭璞注《山海经》云："《周书》曰：'白民乘黄，似狐，背上有两角。'即飞黄也。"

【译文】

白民国，有乘黄兽，形状像狐狸，背上长着两只角，若是有人骑了它，寿命可到三千岁。

51 君子国[①]，人衣冠带剑，使两虎。民衣野丝，好礼让，不争。土千里，多熏华之草[②]。民多疾风气，故人不番息[③]，好让，故为君子国。

【注释】

①君子国：地处东南至东北一带，衣冠带剑，喜好谦让。《淮南子·地形训》："自东南至东北方，有大人国、君子国、黑齿民、玄股民、毛民、劳民。"《山海经·海外东经》："君子国在其北，衣冠带剑，食兽，使二大虎在旁，其人好让不争。有薰华草，朝生夕死。一曰在肝榆之尸北。"

②多薰华之草：薰，通"蕣(shùn)"。《齐民要术》卷十引《外国图》作"木堇之花"，《艺文类聚》卷八十九引《外国图》作"木槿(jǐn)之华"，《吕氏春秋·仲夏纪》"木堇荣"，高诱注云："木堇，朝荣暮落，……一名蕣。《诗》云'颜如蕣华'是也。""薰"与"蕣"音近通假。

③番息：繁殖增多。

【译文】

君子国，这里的人衣冠齐整，腰间佩带宝剑，在身旁役使两匹花斑老虎。百姓穿着野丝织成的衣裳，讲究礼貌谦让，从不争斗。国土方圆一千里，长着很多早晨开花、傍晚凋谢的薰华草。这儿的人多数怕风吹，所以不易繁衍，由于喜好谦让，因此叫君子国。

52 三苗国[①]，昔唐尧以天下让于虞，三苗之民非之[②]。帝杀，有苗之民叛，浮入南海，为三苗国。

【注释】

①三苗国：《山海经·海外南经》："三苗国在赤水东，其为人相随。一曰三毛国。"郭璞注："昔尧以天下让舜，三苗之君非之，帝杀之。有苗之民，叛入南海，为三苗国。"

②三苗：古部族名，即有苗，亦即苗民。袁珂进一步解释之，《山海经·大荒北经》云"颛顼生驩(huān)头，驩头生苗民"，即此苗民。

苗民实是天帝之裔孙。然关于苗民之神话传说，一则以附同蚩尤以抗皇帝（黄帝），故皇帝乃“遏绝苗民”，使“无世在下”（《尚书·吕刑》）；另一则以联结丹朱以抗尧，故尧乃“与有苗战于丹水之浦”（《汉学堂丛书》辑《六韬》），使之败入南海而为三苗国。非：反对。

【译文】

三苗国，先前帝尧把天下禅让给虞舜，三苗的部族首领反对尧这样做。帝尧杀了三苗的部族首领，于是三苗的部族就反叛了，后来他们乘船漂流进入南海定居下来，建立了三苗国。

53 驩兜国①，其民尽似仙人。帝尧司徒②。驩兜民。常捕海岛中③，人面鸟口④，去南国万六千里，尽似仙人也⑤。

【注释】

①驩兜国：《山海经·海外南经》：“讙头国在其南，其为人人面有翼，鸟喙，方捕鱼。一曰在毕方东。或曰讙朱国。”郭璞注云：“讙兜，尧臣，有罪，自投南海而死。帝怜之，使其子居南海而祠之。画亦似仙人也。”邹汉勋《读书偶识》二云：“驩兜（《舜典》《孟子》）、驩头、驩朱（《山海经》）、鴅吺（《尚书大传》）、丹朱（《益稷》），五者一也，古字通用。”驩兜，尧臣，因违尧命自作主张，误用共工做工师，共工放纵邪僻而被流放幽陵。驩兜则被逐崇山。事见《史记·五帝本纪》。

②帝尧司徒：驩兜在帝尧时为司徒。司徒，官名，管理土地和征发徒役。

③常捕海岛中：讙兜投南海而死，帝尧怜之，使其子居南海以捕鱼为业。

④人面鸟口：“口”当是“喙（huì）”字剥蚀所致。

⑤尽似仙人也："尽（盡）"当为"画（畫）"。据《山海经·海外南经》郭注"画似仙人也"，宜改。毕沅曰："言图象如此。"陶渊明诗："流观《山海图》。"魏晋时代似应有《山海图》等流行。

【译文】

驩兜国，这里的人全都像仙人。驩兜在帝尧时做过司徒。驩兜国的百姓常常在海上捕鱼，他们长有人的面孔，鸟的嘴巴，这个国离南国有一万六千里，从画像上看，这些人确实像仙人。

54 大人国[①]，其人孕三十六年，生白头，其儿则长大能乘云而不能走，盖龙类，去会稽四万六千里[②]。

【注释】

①大人国：传说为东南到东北方之国。《山海经·海外东经》："大人国在其北，为人大，坐而削（shāo）船。一曰在𨸏（jiē）丘北。"袁珂按，《大荒东经》云："东海之外，大荒之中，有山名曰大言，日月所出。有波谷山者，有大人之国。有大人之市，名曰大人之堂。有一大人踆其上，张其两臂。"即此大人国也。《淮南子·地形训》亦有"自东南至东北方，有大人国、君子国、黑齿民、玄股民、毛民、劳民"。高诱注云："东南墟土，故人大也。"然北方亦有大人，《海内北经》："大人之市在海中。"《大荒北经》："有人名曰大人。有大人之国，釐姓，黍食。"则不限于东南矣。

②会（kuài）稽：山名，在今浙江绍兴。

【译文】

大人国，那里的人怀孕三十六年才生孩子，孩子一生下就是白头发，身材高大，能乘云却不能跑步，大概是属于龙种之类，大人国离会稽山有四万六千里。

55 厌光国民，光出口中[①]，形尽似猿猴[②]，黑色。

【注释】

①厌光国民，光出口中：《山海经·海外南经》："厌火国在其国南，兽身黑色，生火出其口中。一曰在讙朱东。"宜补正。

②形尽似猿猴：郭璞注《山海经·海外南经》："言能吐火，画似猕猴而黑色也。"

【译文】

厌火国的人，口中能吐出火来，从画像上看其人身子像猿猴，身呈黑色。

56 结胸国[①]，有灭蒙鸟[②]。奇肱民善为拭扛[③]，以杀百禽，能为飞车，从风远行。汤时西风至，吹其车至豫州[④]。汤破其车，不以视民。十年东风至，乃复作车遣返，而其国去玉门关四万里。

【注释】

①结胸国：因其人都是鸡胸而得名。《山海经·海外南经》："结匈国在其西南，其为人结匈。"《淮南子·地形训》："自西南至东南方，结胸民、羽民、讙头国民、裸国民、三苗民、交股民、不死民、穿胸民、反舌民、豕喙民、凿齿民、三头民、修臂民。"指出结胸民分布区域。

②灭蒙鸟：鸟名，长有乌青羽毛，红尾巴。《山海经·海外西经》："灭蒙鸟在结匈国北，为鸟青，赤尾。"

③奇肱（jī gōng）民善为拭扛：《山海经·海外西经》："奇肱之国在其北，其人一臂三目，有阴有阳，乘文马。有鸟焉，两头，赤黄色，

在其旁。”郭璞注：“其人善为机巧，以取百禽；能作飞车，从风远行。汤时得之于豫州界中，即坏之，不以示人。后十年，西风至，复作遣之。”善为拭扛，范校据《太平广记》卷四百八十二引作“善为机巧”，加之《山海经·海外西经》郭注，可知拭扛即为机巧，机巧意为灵巧的装置。

④豫州：古九州之一。

【译文】

结胸国，有一种灭蒙鸟。奇肱国的人善于做各种灵巧的装置，用来捕杀百禽，又能做飞车，乘风远行。商汤时西风刮来，吹动飞车到达豫州。商汤毁掉了他们的车，不让百姓看到。十年后东风吹到，他们又重新做好飞车飞回去，这个奇肱国离玉门关有四万里。

57 羽民国[①]，民有翼，飞不远。多鸾鸟，民食其卵。去九疑四万三千里[②]。

【注释】

①羽民国：《山海经·海外南经》：“羽民国在其东南，其为人长头，身生羽。一曰在比翼鸟东南，其为人长颊。”郭璞注云：“能飞不能远，卵生，画似仙人也。”羽民又称羽蒙，地处西南至东南方。

②九疑：山名。疑，又作“嶷”，一名苍梧山，在今湖南宁远南。相传为舜所藏处。

【译文】

羽民国，这里的人长有羽翼，但飞不远。当地多凤凰鸟，人们吃凤鸟的蛋。羽民国距离九疑山四万三千里。

58 穿胸国[①]，昔禹平天下，会诸侯会稽之野，防风氏后到[②],杀之。夏德之盛,二龙降之[③]。禹使范成光御之,行域外。既周而还至南海,经房风[④],房风之神二臣以涂山之戮[⑤],见禹使怒而射之[⑥],迅风雷雨,二龙升去。二臣恐,以刃自贯其心而死。禹哀之,乃拔其刃疗以不死之草,是为穿胸民。

【注释】

①穿胸国:穿胸国的人胸上都有个透过胸腔达到后背的洞。《山海经·海外南经》:"贯匈国在其东,其为人匈有窍。一曰在𢧀(zhí)国东。"《淮南子·地形训》:"自西南至东南方,结胸民、羽民、讙头国民、裸国民、三苗民、交股民、不死民、穿胸民、反舌民、豕喙民、凿齿民、三头民、修臂民。"高诱注"穿胸民"云:"胸前穿孔达背。"

②防风氏:汪芒氏之君名也。汪芒是长狄之国名。《国语·鲁语下》记载孔子追述防风氏史迹的话,"汪芒氏之君也,守封、嵎(yú)之山者也,为漆姓。在虞、夏、商为汪芒氏,于周为长狄,今为大人"。

③二龙降之:《稗海》本作"二龙降庭"。

④房风:即防风。

⑤房风之神二臣以涂山之戮:之神,《汉魏丛书》本作"氏之",宜改。涂山,在今浙江绍兴,古史称禹会诸侯于涂山。

⑥使:士礼居刊本作"便"。

【译文】

穿胸国,从前夏禹平定天下,召集各路诸侯到会稽山的郊野,防风氏迟到了,禹便杀了他。夏禹有盛大的德政,两条神龙降临到了他的朝廷上。禹便派范成光驾驭神龙,出游境外。走遍境外后回到南海,在经过防风氏辖地时，防风氏的两个臣子因为禹在涂山杀防风氏的深仇，一见禹便发怒，拔箭射禹，突然狂风大作，雷雨交加，两条龙飞升而去。这两个臣子见状十分恐惧，便用刀刺穿了自己的心胸而死去。禹怜悯他们，就把刺胸的刀拔了出来，并用不死草给他们治疗，这就是穿胸民的来历。

59 交趾民在穿胸东①。

【注释】

①交趾民在穿胸东：交趾，当作“交胫”。《山海经·海外南经》：“交胫国在其东，其为人交胫。一曰在穿匈东。”郭璞云：“言脚胫曲戾相交，所谓雕题、交趾者也。或作‘颈’，其为人交颈而行也。”《淮南子·地形训》：“自西南至东南方，结胸民、羽民、讙头国民、裸国民、三苗民、交股民、不死民、穿胸民、反舌民、豕喙民、凿齿民、三头民、修臂民。”高诱注“交股民”云：“脚相交切。”

【译文】

交胫民居住在穿胸国东。

60 孟舒国民①，人首鸟身。其先主为雹氏②，训百禽③。夏后之世，始食卵。孟舒去之，凤皇随焉④。

【注释】

①孟舒国民：《事类赋》卷十八引《括地图》曰：“孟亏（kuī），人首鸟身，其先为虞氏，驯百禽。”“舒”与“亏”二字古通用。

②其先主为雹（zhà）氏：“雹”为“虞”之讹。

③训：引申为驯御。

④凤皇随焉：《路史·后纪》卷七："夏后氏衰，孟亏去之，而凤皇随焉。"

【译文】

孟舒国的人，人头鸟身。他的先代君王叫虞氏，曾驯服上百种鸟。夏朝的时候，他们开始吃鸟的蛋。当孟舒人离开夏朝时，凤凰跟随着他们。

异人

61 《河图玉板》云[①]：龙伯国人长三十丈[②]，生万八千岁而死。大秦国人长十丈，中秦国人长一丈，临洮人长三丈五尺[③]。

【注释】

①《河图玉板》：谶纬书《河图》中的篇名，孙瑴(jué)所辑《古微书》中有此篇。

②龙伯国：古代神话中的巨人国，国中人称龙伯。

③临洮(táo)人长三丈五尺：《初学记》卷一九引《河图龙文》曰："龙伯国人长三十丈，以东得大秦国人，长十丈。又以东十万里得佻国人，长三丈五尺。又以东十万里中秦国人，长一丈。"媛补："临洮人"疑作"佻国人"。临洮，地名，在今甘肃。

【译文】

《河图玉板》说：龙伯国的人身高三十丈，活一万八千岁才死。大秦国的人身高十丈，中秦国的人身高一丈，临洮人身高三丈五尺。

62 禹致宰臣于会稽[①]，防风氏后至，戮而杀之，其骨专车[②]。长狄乔如[③]，身横九亩，长五丈四尺，或长十丈。

【注释】

①宰臣:也作“群臣”。

②其骨专车:他的骨节装满一车。《国语·鲁语下》:“吴伐越,堕会稽,获骨焉,节专车。吴子使来好聘,……客执骨而问曰:‘敢问骨何为大?’仲尼曰:‘丘闻之,昔禹致群神于会稽之山,防风后至,禹杀而戮之,其骨节专车。此为大矣。’”

③长狄:春秋时狄族的一种,狄有赤狄、白狄与长狄。传说为防风氏的后代,形体高大。乔如:人名,或作“侨如”。《左传·文公十一年》:“冬十月甲午,败狄于咸,获长狄侨如。”《穀梁传·文公十一年》:“长狄也,弟兄三人,佚害中国,瓦石不能害。叔孙得臣,最善射者也。射其目,身横九亩。断其首而载之,眉见于轼。”

【译文】

禹在会稽召集群臣,防风氏后到,禹便杀了他,他的骨节装满了一车。长狄族的乔如,此人身子横下来要占九亩地,身高五丈四尺,有的也说是身高十丈。

63 秦始皇二十六年,有大人十二见于临洮[①],长五丈,足迹六尺。东海之外,大荒之中[②],有大人国僬侥氏[③],长三丈[④]。《诗含神雾》曰:东北极人长九丈[⑤]。

【注释】

①见:同“现”。

②大荒:最荒芜遥远的地方。

③大人国:即巨人国,下面疑有脱误。僬侥(jiāo yáo):《山海经·海外南经》:“周饶国在其东,其为人短小,冠带。一曰焦侥国在三首东。”郭璞注云:“其人长三尺,穴居,能为机巧,有五谷也。”又云:“《外传》云:‘焦侥民长三尺,短之至也。’《诗含神

雾》曰：'从中州以东西四十万里，得焦饶国人，长尺五寸也。'"周饶、焦侥与"侏儒"为一声之转，意思皆为小人国。《史记·孔子世家》："僬侥氏三尺，短之至也。"韦昭曰："僬侥，西南蛮之别名也。"

④长三丈：范校据《国语·鲁语下》云："僬侥氏长三尺，短之至也。"《晋语四》韦昭注云："焦侥，长三尺，不能举动。"《荀子·富国》杨倞(liàng)注云："僬侥，短人，长三尺者。"既云短，则"三丈"应作"三尺"明甚。

⑤《诗含神雾》曰：东北极人长九丈：《法苑珠林》卷五《六道篇第四》引《诗含神雾》曰："东北极有人长九寸。"《诗含神雾》，《诗纬》三篇之一，是研究汉代诗学与齐诗的重要参考资料。《诗纬》包含《诗推度灾》《诗泛历枢》《诗含神雾》三卷。《诗纬》是汉人伪托孔子所做的纬书，以儒家经义，附会人事吉凶祸福。九丈，《山海经·大荒东经》郭注、《法苑珠林》卷五、《太平御览》卷三百七十八皆作"九寸"。

【译文】

秦始皇二十六年，在临洮有十二个巨人出现，身高五丈，足迹有六尺长。东海的外面，最荒芜遥远的地方，有大人国、小人国，小人国的人身高只有三尺。《诗含神雾》说：东北极地的人，身高只有九寸。

64 东方有螗螂、沃焦[①]。防风氏长三丈。短人处九寸[②]。远夷之名雕题、黑齿、穿胸、檐耳、大竺、岐首[③]。

【注释】

①螗螂、沃焦：古代传说中的异人。

②短人处九寸：范校疑为"靖人长"之误。《山海经·大荒东经》："有小人国，名靖(jìng)人。"《列子·汤问》："东北极有人名曰诤

人，长九寸。”靖人，即矮小的人。

③远夷之名雕题、黑齿、穿胸、檐耳、大竺、歧首：“雕题”以下皆为国名。雕题，用丹青颜料在额头上雕刻花纹。题，额。黑齿，《山海经·海外东经》有黑齿国，“黑齿国在其北，为人黑，食稻啖蛇，一赤一青，在其旁。一曰：在竖亥北，为人黑首，食稻使蛇，其一蛇赤。”穿胸，上文已注。檐耳，当为“儋（dān）耳”。《山海经·大荒北经》：“有儋耳之国，任姓，禺号子，食谷。北海之渚中，有神，人面鸟身，珥两青蛇，践两赤蛇，名曰禺强。”郭璞注：“其人耳大下儋，垂在肩上，朱崖儋耳，镂画其耳，亦以放之也。”依照字形，儋，应作“瞻”。《说文解字》：“瞻，垂耳也。”大竺，范校疑“大竺”为“交趾”之脱误。“交趾（qí）”为《山海经·海外南经》之交胫国，“交胫国在其东，其为人交胫。一曰在穿匈东”，郝懿行云：“《广韵》引刘欣期《交州记》云：‘交阯之人，出南定县，足骨无节，身有毛，卧者更扶始得起。’”歧首，一个身子，两个脑袋。

【译文】

东方有异人名蟾蜍、沃焦。防风氏身高三丈。短小的靖人身高九寸。远方外族，有雕题、黑齿、穿胸、儋耳、交趾、歧首。

65 子利国，人一手二足，拳反曲[①]。

【注释】

①“子利国”几句：子利国，疑当为柔利国。《山海经·海外北经》：“柔利国在一目东，为人一手一足，反膝，曲足居上。一曰留利之国，人足反折。”郭璞注“柔利国”条有“一脚一手反卷曲也”。拳反曲，指脚心反卷朝上。据此，“二”应为“一”。

【译文】

柔利国，那里的人只有一条胳膊一条腿，脚是反过来弯曲朝上的。

66 无启民[①]，居穴食土，无男女。死埋之，其心不朽，百年还化为人。细民，其肝不朽，百年而化为人。皆穴居处，二国同类也。

【注释】

①无启民：《山海经·海外北经》："无脊(qǐ)之国在长股东，为人无脊。"郭璞注云："死百廿岁乃复更生"，实际是不死民。《淮南子·地形训》作"无继"，"自东北至西北方，有跂踵民、句婴民、深目民、无肠民、柔利民、一目民、无继民"。高诱注云："无继民，其民盖无嗣也。北方之国也。"

【译文】

无启国的人，住洞穴，吃泥土，没有子女。死后埋掉他们，他们的心不会腐烂，百年后还能复活转为人。细国的人，他的肝不会腐烂，一百年后也会化成人。都居住在洞穴中，两国是同类的国家。

67 蒙双民，昔高阳氏有同产而为夫妇[①]，帝放之此野[②]，相抱而死。神鸟以不死草覆之。七年男女皆活，同颈二头、四手，是蒙双民。

【注释】

①高阳氏：传说古代部族的首领颛顼，五帝之一，号高阳氏。同产：同母所生。

②帝放之此野：《搜神记》卷十四为"帝放之于崆峒之野"。

【译文】

蒙双民，从前高阳氏有同母所生一儿一女结为夫妻，高阳帝流放他们到原野上，两人相互搂抱着死去。神鸟用不死草覆盖他们。七年后男女都复活了，他们同一个颈项，上面长着两个头，又有四只手，这就是蒙双民。

68 有一国亦在海中，纯女无男。又说得一布衣，从海浮出，其身如中国人衣，两袖长二丈。又得一破船，随波出在海岸边，有一人项中复有面，生得，与语不相通，不食而死。其地皆在沃沮东大海中①。

【注释】

①沃沮：古县名。汉武帝元封二年（前109）伐朝鲜，杀满孙右渠，在沃沮地置玄菟郡。后郡治内移，仍于其地置沃沮（今朝鲜咸兴）。东汉光武帝封其首领为沃沮侯。后属高句丽。依据《三国志·魏书·东夷传》，此68段接77段后，是为一体，在此被分割两处。士礼居刊本即相连。此段内容又见《后汉书·东夷列传》。

【译文】

有一个国家也在海中，全为女人，没有男人。又听说得到一件布衣服，是从海中浮出，那衣服像中原人的，两只袖子竟长达二丈。又得到一条破船，是随着海浪浮出飘到海岸边，船上有个人颈部还有一张脸，活捉他后，跟他谈话，但言语不通，此人不吃食物，便饿死了。那些地方都在沃沮东部的大海中。

69 南海外有鲛人，水居如鱼，不废织绩，其眼能泣珠①。

【注释】

①“南海外有鲛人”几句：范校认为《事文类聚·续集》卷二十五引《博物志》文，与此异。云：“鲛人水底居也，俗传从水中出，曾寄

寓人家，积日卖绡（xiāo），绡者竹孚俞也。鲛人临去，从主人索器，泣而出珠满盘，以与主人。”鲛人，神话传说中的人鱼。绩，把麻搓捻成线或绳。眠，周心如据《太平御览》改为“眼”。

【译文】

南海外有一种鲛人，他们像鱼类一样生活在水中，但不停歇地纺织，他们眼里流下的泪会变成珍珠。

70 呕丝之野①，有女子方跪，据树而呕丝。北海外也。

【注释】

①呕丝之野：《山海经·海外北经》：“欧丝之野在大踵东，一女子跪据树欧丝。”郭璞注云：“言啖桑而吐丝，盖蚕类也。”呕丝，即欧丝，吐丝之义。

【译文】

呕丝之野，有个女子正跪着，靠在大树上吐丝。这呕丝之野在北海外。

71 江陵有猛人①，能化为虎。俗又曰虎化为人②，好著紫葛衣③，足无踵。

【注释】

①江陵有猛人：李善注《文选·左思〈蜀都赋〉》、《太平御览》卷八百八十八、《尔雅翼》卷十九《释兽》二并作“江汉有貙（chū）人”。江陵，地名，今属湖北。猛人，当作“貙人”，是虎一类的猛兽，这里当指某族人。

②虎：指貙人变成的虎。

③葛衣：用葛布制成的粗布夏衣。葛，多年生草本植物，茎的纤维可织布。

【译文】

江陵有一种人叫貙人，能变化成老虎。人们又传说这种老虎能变化成人，变人后喜欢穿紫色的粗布衣服，没有脚后跟。

72 日南有野女①，群行见丈夫②。状皛目③，裸袒无衣襩④。

【注释】

①日南：古郡名，地域在今越南中部地区，治所在西卷（今越南广治）。汉武帝元鼎六年（前111）设郡，辖地包括越南横山以南到平定以北的地区。

②群行见丈夫：此句当为“群行觅夫”。苏轼《雷州八首》之一：“旧时日南郡，野女出成群。此去尚应远，东风已如云。蚩氓托丝布，相就通殷勤。可怜秋胡子，不遇卓文君。”盖咏野女觅夫事。《齐东野语》卷七亦曰：“邕宜以西，南丹诸蛮皆居穷崖绝谷间。有兽名野婆，黄发椎髻，跣（xiǎn）足裸形，俨然一媪也。……其群皆雌，无匹偶，每遇男子，必负去求合。”此亦野女觅夫之证。

③状皛（xiǎo）目：范校据《太平御览》卷七百九十引作“其体皛白”。皛目，士礼居刊本作“皛自”。《后汉书·郡国志》日南郡刘昭注及《太平御览》卷七百九十引作“皛且白”“皛白”，故作“皛且白”为宜。皛白，即洁白的样子。

④裸袒（tǎn）：赤身露体。襩（bó）：短袖衫。

【译文】

日南郡有野女，成群结队出行寻觅丈夫。她们肤色洁白，赤身露体，什么衣服都不穿。

异俗

73 越之东有骇沐之国[①]，其长子生则解而食之，谓之宜弟。父死则负其母而弃之[②]，言鬼妻不可与同居。周日用曰："既其母为鬼妻，则其为鬼子，亦合弃之矣。是以而蛮夷于禽兽、犬、豕一等矣[③]，禽兽、犬、豕之徒犹应不然也。"

【注释】

①越之东有骇沐之国：《列子·汤问》："越之东有辄沐之国。"殷敬顺释文云："沐，作休。辄，《说文》作耴（zhé），猪涉切，耳垂也。休，美也。盖儋耳之类是也。"辄休，国名，类似于儋耳国。

②父死则负其母而弃之：《列子·汤问》："越之东有辄沐之国，其长子生则鲜而食之，谓之宜弟。其大父死，负其大母而弃之，曰鬼妻不可以同居处。"大父、大母，指祖父、祖母。

③是以而蛮夷于禽兽、犬、豕一等矣：应为"是以蛮夷如禽兽犬豕一等矣"。范校以为"而"字疑为衍文，"于"字疑是"如"字之误。从文意看，"于"意为"比"，似更合理。

【译文】

越国的东面有个名叫辄休的国家，那里的人长子出生就被肢解而食，说这样做能使今后多生儿子。父亲死了就背负母亲到野外去扔掉，扬言鬼的老婆不能同她住在一起。周日用说："既然他的母亲是鬼妻，那么他的儿子就是鬼子，也应该一起抛弃。因此蛮夷比禽兽、狗、猪还差一等，禽兽、狗、猪这一类尚且不这样。"

74 楚之南有炎人之国[①]，其亲戚死[②]，朽之肉而弃之[③]，然后埋其骨，乃为孝也。

【注释】

①楚之南有炎人之国：炎人，或作“啖人”。《墨子·鲁问》：“鲁阳文君语子墨子曰：‘楚之南有啖人之国者桥，其国之长子生，则鲜而食之，谓之宜弟。美，则以遗其君，君喜则赏其父。岂不恶俗哉？’子墨子曰：‘虽中国之俗，亦犹是也。杀其父而赏其子，何以异食其子而赏其父者哉？苟不用仁义，何以非夷人食其子也？’”孙诒让注引《后汉书·南蛮西南夷列传》云：“（交阯）其西有啖人国，生首子辄解而食之，谓之宜弟。”

②亲戚：指父母。

③朽之肉而弃之：朽，同“死(xiǔ)”。剔肉，割肉离骨。《说文解字》：“死，腐也，死或从木。”可知死、朽为同字。《列子·汤问》：“死其肉而弃之，然后埋其骨，乃成为孝子。”

【译文】

楚国的南面有个啖人国，他们的父母死了，他们便剔下尸体上的肉扔掉，之后掩埋父母的骨骸，这样才算是孝。

75 **秦之西有义渠国**[①]**，其亲戚死，聚柴积而焚之勋之**[②]**，即烟上谓之登遐**[③]**，然后为孝。此上以为政**[④]**，下以为俗，中国未足为非也。此事见《墨子》。**周日用曰：“此事庶几佛国之法且如是乎[⑤]？中国之徒，亦如此也。”

【注释】

①义渠国：古西戎国名，也作“仪渠”。分布于岐山、泾水、漆水以北今甘肃庆阳及泾川一带。春秋时势力强大，自称为王，有城郭。地近秦国，与秦国时战时和。周赧王四十五年（前270）为秦所并，以其地置北地郡。

②勋:《汉魏丛书》本作“熏”。

③登遐(xiá):升天成仙。遐,遥远之地。

④政:通“正”。正确。

⑤庶几:差不多,近似。

【译文】

秦国的西面有个义渠国,他们的父母死了,便堆积柴草焚烧熏烤父母的尸体,那烟气上升了,就说父母登天成仙,这样做才可称为孝子。这种做法,官方认为正确,民间把它作为风俗,中原地区的人也不去非议它。这类事情见于《墨子》。周日用说:“或许佛国的葬法像这样吧?中原地区的这类人,也是像这样啊。”

76 荆州极西南界至蜀,诸民曰“獠子”[①],妇人妊娠七月而产。临水生儿,便置水中。浮则取养之,沉便弃之,然千百多浮。既长,皆拔去上齿牙各一,以为身饰。

【注释】

①獠(lǎo)子:旧时称南方少数民族的人。

【译文】

荆州最西南边界到蜀地一带,那里的人被称为“獠子”,妇女怀孕七个月便生小孩。她们到水边生孩子,生下就把婴儿放到水里。如果婴儿浮在水面上,就抱回家哺养,如果沉入水中,就丢弃不管,不过大多都是浮起的。等孩子长大后,拔去上面门牙、臼齿各一颗,用来作为身上的装饰品。

77 毌丘俭遣王领追高句丽王宫[①],尽沃沮东界,问其耆老[②],言国人常乘船捕鱼,遭风吹,数十日,东得一岛,上有人，言语不相晓。其俗常以七夕取童女沉海。

【注释】

①毌(guàn)丘俭(？—255)：字仲恭，河东闻喜(今山西闻喜)人。三国时期曹魏后期的重要将领。《三国志·魏书·王毌丘诸葛邓锺传》："正始中，俭以高句骊数侵叛，督诸军步骑万人出玄菟，从诸道讨之。句骊王宫将步骑二万人，进军沸流水上，大战梁口。宫连破走。……六年，复征之，宫遂奔买沟。俭遣玄菟太守王颀追之，过沃沮千有余里，至肃慎氏南界，刻石纪功，刊丸都之山，铭不耐之城。"王领：据上及《高句丽传》，应作"王颀"。高句(gōu)丽：古国名，在辽东之东千里(今辽宁新宾境)。宫：高句丽国王之名。

②耆(qí)老：六十曰耆，七十曰老，此处泛指老人，特指德行高尚受尊敬的老人。

【译文】

毌丘俭派太守王颀追逐高句丽国的国王宫，一直追到沃沮东部边界，问那里的老人海的东面还有没有人，老人答说：这里的百姓曾经乘船到海上捕鱼，遭遇狂风吹袭，几十天后，吹到东面发现一座海岛，岛上有人，语言互不通晓。当地的习俗常常在七月初七取童女沉入海中。

78 交州夷名曰俚子[①]，俚子弓长数尺，箭长尺余，以焦铜为镝[②]，涂毒药于镝锋，中人即死[③]。不时敛藏[④]，即膨胀沸烂，须臾焦煎都尽[⑤]，唯骨耳。其俗誓不以此药法语人。治之，饮妇人月水及粪汁，时有差者[⑥]。唯射猪犬者，无他，以其食粪故也。焦铜者，故烧器[⑦]。其长老唯别焦铜声，以物杵之[⑧]，徐听其声，得焦毒者，便凿取以为箭镝。

【注释】

①交州：东汉置，辖境相当于今广东、广西大部及越南北部地区，治所在今广州。俚子：古代对南方某些少数民族的称呼。

②爒(jiāo)铜：一种含有毒素的铜。镝(dí)：箭头。

③中(zhòng)：射中。即：就。

④斂藏：殡葬，给尸体穿着整齐后放入棺材埋入墓中。斂，通“殓”。给尸体穿着后下棺。

⑤爒煎：《稗海》本作“肌肉”。

⑥差(chài)：病除。后作“瘥”。

⑦烧器：指锅、釜之类烧煮东西的器具。

⑧杵(chǔ)：用长形的东西戳、捣，这里指叩击。

【译文】

交州的少数民族名叫俚子，俚子的弓有好几尺长，箭长一尺多，都是用一种爒铜来做箭头，又在箭头上涂上毒药，射中的人立即就死。如不及时殡葬，尸体就会膨胀溃烂，不多久肌肉会全烂光，只剩下骨头了。当地风俗要发誓不把这种制作药箭的方法告诉别人。治疗中毒箭的方法是喝妇女的月经和粪汁，有时也有治愈的。这种箭只有射到猪、狗身上的，不会造成伤害，这是因为它们都吃粪便的缘故。爒铜，本来是用来制作烧煮食物的材料。那里唯独年长者能辨别铜烧器的声音，他们用物体叩击它，慢慢地辨听它的声音，找到带有毒素的，便凿取下来把它做箭头。

79 景初中[①]，苍梧吏到京[②]，云：“广州西南接交州数郡，桂林、晋兴、宁浦间人有病将死[③]，便有飞虫大如小麦，或云有甲，在舍上。人气绝[④]，来食亡者。虽复扑杀有斗斛[⑤]，而来者如风雨，前后相寻续[⑥]，不可断截，肌肉都尽，唯余骨在，便去尽。贫家无相缠者，或殡殓不时，皆受此弊。有物力者，则以衣服布帛五六重裹亡者。此虫恶梓木气[⑦]，即以板鄣防左右[⑧]，并以作器，此虫便不敢近也。入交界更无，转近郡亦有，但微少耳。”

【注释】

①景初：三国魏明帝曹叡（ruì）年号（237—239）。

②苍梧：郡名，西汉元鼎六年（前111）置，治所为广信（今广西梧州）。辖今广西都庞岭、大瑶山以东，广东肇庆、罗定两市以西，湖南江永、江华以南，广西藤县、广东信宜以北。南朝辖境减缩，相当今广西梧州、苍梧及蒙江下游地区。隋开皇九年（589）废。大业及唐天宝、至德时又曾分别改封州、梧州为苍梧郡。

③桂林、晋兴、宁浦：皆郡名，均在今广西境内。

④“或云有甲”几句：《太平寰宇记》卷百六十六引作“或云有甲，尝伺病者居舍上，候人气绝”，宜据补。

⑤斛（hú）：中国旧量器名，亦是容量单位，一斛本为十斗，后来改为五斗。

⑥寻续：相续，连续。

⑦梓（zǐ）木：落叶乔木，木材可供建筑及制造器物之用。适合做寿材。

⑧鄣（zhàng）：同“障”。

【译文】

景初年间，苍梧郡的官吏到京都，说：“广州西南邻接交州的几个郡，桂林、晋兴、宁浦一带，人有病将死时，就有大如小麦般的飞虫出现，有人说还是带甲壳的，常常为窥伺病人而停在房上。等人一断气，就飞下来吃死人。虽经反复扑打，消灭的飞虫成斗，但飞来的虫仍像风雨一样，前后连续不断，无法阻拦截断，尸体的肌肉都被吃尽，只剩下骨头在时，这些虫便全都飞走了。贫穷人家没有缠裹尸体的东西，或者尸体入棺收殓殡葬不及时，都会受这种伤害。有财力的家庭，就用五六层衣服布帛包裹起尸体。这种虫子厌恶梓木的气味，于是人们就用梓木板遮隔在尸体的两旁，并用梓木来做寿材，这种飞虫就不敢飞近了。进入交州境内，这种飞虫就没有了，靠近这个郡的也有，只是稍微少些罢了。”

异产

80 汉武帝时，弱水西国有人乘毛车以渡弱水来献香者[①]，帝谓是常香，非中国之所乏，不礼其使。留久之，帝幸上林苑[②]，西使千乘舆闻[③]，并奏其香，帝取之，看大如燕卵，三枚，与枣相似。帝不悦，以付外库[④]。后长安中大疫，宫中皆疫病，帝不举乐。西使乞见，请烧所贡香一枚，以辟疫气。帝不得已听之，宫中病者登日并差。长安中百里咸闻香气，芳积九十余日，香由不歇[⑤]。帝乃厚礼发遣饯送。

【注释】

①弱水：即张掖河。《尚书·禹贡》：“弱水既西。”故《史记集解》引郑玄注云：“众水皆东，此独西流也。”弱水发源于今甘肃山丹焉支山西麓，穷石之东，西北流至张掖，合来自祁连山西南之羌谷水后，也称张掖河。继向西北流经今高台，过合黎山西南，亦称合黎水。经合黎峡口折而向北流，经酒泉东的金塔东北，过巴丹吉林沙漠西部，即所谓“入于流沙”，最后东北入于居延海。毛车：可能是一种用鸟兽毛羽制成的，可在水上浮行的车辆。

②幸：指封建帝王到达某地。上林苑：古宫苑名，秦时旧苑，汉初荒废，至汉武帝时重新扩建。故址在今陕西西安附近。苑中蓄养

禽兽,是皇帝打猎的地方。

③千:应为“干”字。干,求谒。乘舆:本泛指皇帝用的器物,后用作皇帝的代称。这里代指汉武帝。闻:使皇帝听到。

④外库:皇宫外的仓库,与“内库”相对。

⑤由:通“犹”。还。

【译文】

汉武帝时,弱水西边的国家有人乘着毛车渡过弱水前来进献香料,武帝认为是普通香料,不是中国缺乏的,就没有礼遇那个使者。使者逗留了好久,有一次武帝巡幸上林苑,西方使者请求晋见武帝,并献上那些香料,武帝取来观看,香料大的像燕子的蛋,共三枚,和枣子相似。武帝很不高兴,就把它交给了外库收藏。后来长安发生大瘟疫,宫里的人都染上了疫病,武帝不再使人奏乐。西方使者前来求见,请求烧一枚进贡的香料,来祛除疫病。汉武帝没有其他办法可想只得听从了他的建议,宫里的病人当即就痊愈了。长安城一百里内都能闻到香气,芳香积聚九十多天,还没有消散。武帝就备了厚礼并派人给他饯行。

81 一说汉制献香不满斤①。西使临去,乃发香气②,如大豆者,拭著宫门,香气闻长安数十里,经数日乃歇。

【注释】

①一说汉制献香不满斤:此条紧承上条,是关于西使献香的又一版本。一说,即另一种说法。不满斤,后面应有“不得受”三字。范校据《法苑珠林》卷三十六《华香篇》第三十三、《太平御览》卷九百八十一并引“斤”下有此三字,宜补。

②发香气:指装香料的器皿。《法苑珠林》卷三十六、《太平御览》卷九百八十一引作“发香器”,宜改。

【译文】

还有一种说法：依照汉朝的规矩，献香不满一斤的不能接受。西方使者临走时打开装香的器皿，取出大豆一般大的香料，把它涂擦在宫门上，香气弥漫在长安数十里，经过数日才消散。

82 汉武帝时，西海国有献胶五两者，帝以付外库。余胶半两，西使佩以自随。后从武帝射于甘泉宫[①]，帝弓弦断，从者欲更张弦，西使乃进，乞以所送余香胶续之，座上左右莫不怪。西使乃以口濡胶为以住断弦两头[②]，相连注弦，遂相著。帝乃使力士各引其一头，终不相离。西使曰："可以射。"终日不断，帝大怪，左右称奇，因名曰续弦胶。

【注释】

①甘泉宫：《读史方舆纪要》引《括地志》云："甘泉山有宫，秦始皇所作林光宫，周匝十余里。汉武帝元封二年于林光宫旁更作甘泉宫。"唐《括地志》云："秦之林光宫，汉之甘泉，在雍州云阳县[西]北八十里。"

②以住：以，《稗海》本作"水"。住，《稗海》本、《格致丛书》本并作"注"。

【译文】

汉武帝时，西海国有人进献五两胶，武帝把它交给了外库。剩下半两，西使随身携带。后来跟随武帝在甘泉宫打猎，武帝的弓弦断了，随从想要重新绷上新弦，西使于是走上前去，请求用剩下的香胶接续好弓弦，左右在座的人无不感到惊奇。西使接着用嘴湿润黏胶使之成水状，涂在断弦的两头，然后把断弦连接起来，再涂黏胶，这样，断弦就互相接起来了。武帝于是派大力士各拉一头，最终也不能拉断。西使说："现在可以用这弦来射猎了。”射了整天弦也没断，武帝对此大为震惊，身边人也都称奇，因此这种胶被称为续弦胶。

83《周书》曰[①]：西域献火浣布[②]，昆吾氏献切玉刀[③]。火浣布污则烧之则洁，刀切玉如腊[④]。布，汉世有献者，刀则未闻。

【注释】

①《周书》：《汉书·艺文志》：“《周书》七十一篇，周史记。”颜师古注“周史记”则说：“刘向云：‘周时诰、誓、号令也。盖孔子所论百篇之余也。’今之存者四十五篇矣。”此书即为儒家整理《尚书》所逸，故又称《逸周书》。

②西域：也作“西戎”。火浣布：指用石棉纤维纺织而成的布。因其具有不燃性，在火中能除去污垢。

③昆吾氏献切玉刀：《山海经·中山经》：“又西二百里，曰昆吾之山，其上多赤铜。”郭注云：“此山出名铜，色赤如火，以之作刀，切玉如割泥也；周穆王时西戎献之，《尸子》所谓‘昆吾之剑’也。”此与《列子·汤问》、张湛注引《河图》、东方朔《十洲记》等所记相合。昆吾氏，昆吾山上的部族。

④刀切玉如腊：《列子·汤问》：“西戎献锟铻之剑、火浣之布。其剑长尺有咫，练钢赤刃，用之切玉如切泥焉。”《初学记》卷二十二引《十洲记》云：“周穆王时，西胡所献，切玉如切泥。”梁吴均《咏宝剑》诗云：“我有一宝剑，出自昆吾溪。照人如照水，切玉如切泥。”可知，“腊”为“切泥”意为宜。

【译文】

《周书》说：西域进献火浣布，昆吾氏进献切玉刀。火浣布脏了，用火烧就会干净，刀切玉如切泥。汉代有进献火浣布的记载，至于献切玉刀的事就没有听说过。

84 魏文帝黄初三年[①],武都西都尉王褒献石胆二十斤[②]。四年,献三斤。

【注释】

①黄初三年:222年。黄初,魏文帝曹丕年号(220—226)。

②武都:郡名,在今甘肃。媛补:汉魏时武都未分东西都尉,当据《太平御览》卷九百八十七引,作"武都西部都尉"。《华阳国志·汉中志》载:"武都郡,本广汉西部都尉治也。"《太平寰宇记》卷一五四"陇右道五"载:"魏黄初中徙武都于美阳,在今京兆好畤界武都故城是也。其时以故地为武都西部都尉理。"

【译文】

魏文帝黄初三年,武都西部都尉王褒献上二十斤石胆。黄初四年,又进献三斤。

85 临邛火井一所[①],从广五尺[②],深二三丈。井在县南百里。昔时人以竹木投以取火,诸葛丞相往视之。后火转盛热,盆盖井上,煮盐得盐[③]。入以家火即灭[④],讫今不复燃也[⑤]。酒泉延寿县南山名火泉,火出如炬[⑥]。

【注释】

①临邛(qióng)火井一所:《文选·左思〈蜀都赋〉》云:"火井沉荧于幽泉,高焰飞煽于天垂。"刘逵注:"蜀郡有火井,在临邛县西南。火井,盐井也。"按,《初学记》卷七"火井、云井"条注引《异说》云:"临邛县有火井,汉室之盛则赫炽。桓、灵之际,火势渐微。诸葛

孔明一窥而更盛。至景曜元年,人以烛投即灭。其年蜀并于魏。"可为参照。临邛,县名,今四川邛崃。

②从:同"纵"。长。

③煮盐得盐:此句应为"煮水多得盐"。范校据《后汉书·郡国志》"蜀郡"下引《蜀都赋》注曰:"取井火还,煮井水,一斛水得四五斗盐,家火煮之,不过二三斗盐耳。"据此,则"煮盐"应作"煮水","煮盐"下应有"多"字。

④入以家火即灭:《太平御览》卷八百六十九作"后人以家烛火投井中,火即灭"。

⑤讫:通"迄"。到。

⑥火出如炬:嫒补,炬,当作筥(jǔ),即圆形的竹筐。《后汉书·郡国志》"酒泉郡"条刘昭注引《博物记》曰:"(酒泉郡延寿)县南有山,石出泉水,大如筥篆,注地为沟。其水有肥,如煮肉洎,羕羕(yàng)永永,如不凝膏,然之极明,不可食。县人谓之石漆。"这是对石油产地、性能及其用途观察的最早记录。

【译文】

临邛有一口火井,长宽五尺,深二三丈。井在县南一百里。以前人们用竹木投入井中来取火,诸葛丞相曾经前往观看。后来火势转旺,温度越来越高,用盆子盖在井上煮水,得的盐比家火煮的要多。拿家里的烛火投入井中,井里的火就灭了,直到今天也不能再燃起来。酒泉郡延寿县南山有个著名的火泉,那里的火喷出来就像圆形的竹筐一样。

86 徐公曰:西域使王畅说石流黄出足弥山[①],去高昌八百里[②],有石流黄数十丈,从广五六十亩。有取流黄,昼视孔中,上状如烟而高数尺。夜视皆如灯光明,高尺余,畅所亲见之也。言时气不和,皆往保此山。

【注释】

①石流黄：即硫黄，可制火药，也用于中药。足弥山：也作“且弥山”。《太平御览》卷九百八十七引《博物志》曰：“西域使至，王畅说，石流黄出且弥山，去高昌八百里，有石流黄高数十丈，纵广五六亩，有取流黄，孔穴昼视，其孔上状如青烟，常高数尺。夜视皆如燃灯光明，高尺余，畅所亲视见也。且弥人言是时气不和，皆往保此山。毒气自灭。”可参看。

②高昌：郡名，故城在今新疆吐鲁番。

【译文】

徐公说：西域使王畅说，硫黄矿出自足弥山，这座山离高昌郡八百里，那里的硫黄高几十丈，长宽五六十亩。有人取带孔穴的硫黄，白天看孔中，上面像青烟一样的形态却有好几尺高。夜晚看去，都像是燃着灯，光焰高一尺多，这是王畅亲眼见到的情景。足弥山的人说，时令节气不和，人们都前往此地祈求此山保佑自己。

卷三

【题解】

卷三分《异兽》《异鸟》《异虫》《异鱼》《异草木》五目，李剑国《唐五代志怪传奇叙录》："古载动植之书，除序所云之《山海经》《尔雅》，……而《神异经》《十洲记》《洞冥记》《博物志》《玄中记》《拾遗记》《述异记》《洽闻记》等小说亦多载动植，开地理博物体志怪一系。"从此体系看，此卷多抄自《山海经》，有时常两条合为一条，易造成误解。

《异兽》，有虎口溺尿的猛兽，令狮子俯首的怪兽。有声如霹雳的神牛，割肉复生的越嶲牛。至情的南贡雌象，盗妇的貜猴，人面能言的猩猩，一足的夔，食虎豹的能飞的文马，皆是子虚乌有的奇特异兽。

《异鸟》，有一足一翼一目的崇丘鸟，青红齐飞的比翼鸟，衔木石填海的精卫，似为越祝之祖的治鸟，更是非同寻常，奇之又奇。

《异虫》，有头能飞的落头虫，用气射人影的射工虫，奇毒无比的蛇迹，能飞的肥遗蛇，首尾皆有头的率然蛇，真乃无端崖之辞。

《异鱼》，有死而复生的鳄鱼，剥皮毛仍可随潮水起伏的牛体鱼，子惊可还入母腹的鲛鲭鱼，生鱼片可变化的怪鱼，无头目无内脏的鲊鱼，可谓千古奇谈。

《异草木》，有收获至冬的禹余粮，分辨忠奸的指佞草，炎帝女儿死后化作䔄草，千仞高竹，使人中毒、狂笑不止的树椹，皆似天书。

这里也有较为真实的，诸如出汗如血的天马，正史有记。“多识草木鸟兽鱼虫之名”，可趋利避害，这是其现实意义。李剑国认为：“本虚多实少，于乌有之物以见奇美，非得求之以实而斥为谬妄。”谬悠之说，虚妄之言，构成了《博物志》瑰奇诡谲的想象世界。

异兽

87 汉武帝时，大苑之北胡人有献一物，大如狗，然声能惊人，鸡犬闻之皆走，名曰猛兽。帝见之，怪其细小。及出苑中，欲使虎狼食之。虎见此兽即低头著地，帝为反观，见虎如此，欲谓下头作势，起搏杀之。而此兽见虎甚喜，舐唇摇尾，径往虎头上立，因搦虎面，虎乃闭目低头，匍匐不敢动。搦鼻下去，下去之后，虎尾下头去。此兽顾之，虎辄闭目[①]。

【注释】

①此 87 段考之《太平御览》卷八百八十九“猛兽”条云：“《十洲记》曰：汉武帝时，月支国献猛兽一头，形如犬子，似狸而色黄，帝怪其羸细秃悴，问使者何谓猛兽？使者对曰：‘猛兽生昆仑，食气饮露。’帝使使者令猛兽发声，忽叫，如天雷霹雳之声，诸牛、羊、马、豕、犬之属皆惊骇，以付上林苑，径上虎头溺虎口，去十许步，虎辄闭目。明日，失使者及猛兽所在。”可参看。大苑，即大宛(yuān)，古国名。为西域三十六国之一。《汉书·西域传》：“大宛国，王治贵山城，去长安万二千[五]百五十里，……东至都护治所四千三十一里，北至康居、卑阗城千五百一十里，西南至大月氏六百九十里。北与康居、南与大月氏接。”

【译文】

汉武帝时，大宛国的北面有胡人献来一只动物，形状像狗那样，但叫声能使人震惊，鸡犬听到这声音都逃跑，所以人们称它为“猛兽”。武帝看见它，奇怪这猛兽长得小。等到将它放出林苑，想让虎狼吃掉它。老虎见了这猛兽，就把头低下来贴到地面，武帝想反了，他看到老虎这样俯首帖耳，认为是老虎想低头蓄势，将会跃起身来搏击并杀死猛兽。然而这猛兽见了老虎十分高兴，它舔舔嘴唇，摇摇尾巴，径直跳到虎头上站着，然后往老虎脸上撒尿，老虎只是闭着眼低着头，趴在那儿一动也不敢动。撒完尿后，才从虎头上下去，下去之后，老虎尾巴低垂，头稍稍低下。这猛兽转过头来看时，老虎就会立即闭上眼睛。

88 后魏武帝伐冒顿①，经白狼山②，逢师子③。使人格之，杀伤甚众。王乃自率常从军数百击之，师子哮吼奋起，左右咸惊。王忽见一物从林中出，如狸，起上王车轭④。师子将至，此兽便跳起在师子头上，即伏不敢起。于是遂杀之，得师子一。还，来至洛阳，三千里鸡犬皆伏，无鸣吠。

【注释】

①魏武帝：即曹操。冒顿(mò dú，前234—前174)：秦末汉初匈奴单于名。此88段考之《太平御览》卷八百八十九，此段紧承87段。“《博物志》曰：魏武伐蹋顿(tà dùn)，经白狼山，逢师子，使格之，杀伤甚众。忽见一物从林中出，如狸，上帝车轭上。师子将至，便跳上其头，师子伏不敢起。遂杀之，得师子儿。还，未至，四十里鸡犬皆无鸣吠也。”据此，“冒顿”应为“蹋顿”(？—207)，系汉献帝时乌桓族首领名，东汉建安十二年(207)，曹操征乌桓时被杀。《后汉书·乌桓鲜卑列传》有载。

②白狼山：古山名，即今白鹿山，蒙古语名布虎图。在今辽宁喀喇沁左翼蒙古族自治县东境。《三国志·魏书·武帝纪》记载：

"（曹操）八月，登白狼山，卒与虏遇，众甚盛。公车重在后，被甲者少，左右皆惧。公登高，望虏阵不整，乃纵兵击之，使张辽为先锋，虏众大崩，斩蹋顿及名王已下，胡、汉降者二十余万口。"说明曹操征乌桓时，曾登此山。

③师子：即狮子。狮，古作"师"。

④车轭（è）：车辕前端用以扼住牛、马之颈的器具。

【译文】

后来，魏武帝曹操讨伐乌桓族首领蹋顿，途经白狼山时，遇上了狮子。武帝派人与狮子格斗，死伤很多。武帝就亲自率领数百名常从军围攻它，狮子咆哮怒吼着奋跃而起，四周的人都惊恐不已。武帝忽然看见有个怪兽从林中出来，样子像狐狸，跳起就登上了武帝的车轭。狮子将到时，这怪兽就跳起来站到狮子的头上，狮子马上伏地，不敢起来。于是人们就杀死了它，得了一只狮子。回师到了洛阳，方圆三千里鸡犬都趴在地上，没有鸡鸣狗吠的声音。

89 九真有神牛，乃生溪上，黑出时共斗，即海沸，黄或出斗，岸上家牛皆怖，人或遮则霹雳，号曰神牛[①]。

【注释】

①"九真有神牛"几句：《太平御览》卷八百九十九"牛中"条有："九真有神牛，生溪上里，时时共斗，即海沸而昏，或出斗岸上，人家牛皆怖，人或遮捕即霹雳，号曰神牛。"可参看。九真，郡名，前3世纪末南越赵佗设置，前111年入汉。辖境相当于今越南清化、河静两地东部地区。三国吴末以后辖境逐渐缩小。隋平陈废弃。

【译文】

九真郡有一种神牛，生活在溪水中，黑牛出来相斗时，就会导致海水沸腾，黄牛出来相斗时，岸上的家牛都很害怕，有人要是遮拦捕捉它，就会发出霹雳般的叫声，人们称它为神牛。

90 昔日南贡四象，各有雌雄。其一雄死于九真，乃至南海百有余日，其雌涂土著身，不饮食，空草。长史问其所以，闻之辄流涕①。

【注释】

①"昔日南贡四象"几句：《太平御览》卷八百九十引《博物志》："南海四象，各有雌雄。其一雌死百有余日，其雄泥土著身，独不饮酒食肉，长吏问其所以，辄流涕，若有哀状。"文字与此条略有不同，可参看。

【译文】

从前日南郡进贡了四头大象，有雌有雄。其中的一头雄象在九真郡死去，于是在前往南海郡一百多天的路上，那雌象把泥土涂在身上，不吃不喝，坐卧在草丛中。长史询问这其中的缘由，雌象听了就会流泪。

91 越嶲国有牛①，稍割取肉，牛不死，经日肉生如故②。

【注释】

①越嶲：郡名。西汉元鼎六年（前111）设置。治所在邛都（今四川西昌东南）。辖境相当今云南丽江及绥江两地间金沙江以东、以西的祥云、大姚以北和四川木里、石棉、甘洛、雷波以南地区。南朝齐废。隋大业及唐天宝、至德时又曾改嶲州为越嶲郡。《汉书·地理志》"越嶲郡"条注："应劭曰：故邛都国也。有嶲水。言

越此水以章休盛也。"《后汉书·南蛮西南夷列传》:"邛都夷者,武帝所开,以为邛都县。无几而地陷为污泽,因名为邛池,南人以为邛河。后复反叛。元鼎六年,汉兵自越嶲水伐之,以为越嶲郡。"注曰:"言其越嶲水以置郡,故名焉。"

②经日肉生如故:此句应为"经日必复生如故"。《太平御览》卷一百六十六引《博物志》曰:"越嶲国有牛,稍割取肉,经日必复生如故。又《玄中记》曰:'割而复生名曰及牛。'"

【译文】

越嶲国有一种牛,从它身上稍微割取些肉,牛不会死,而且经过一天肉又会重新长好,像原来一样。

92 大宛国有汗血马,天马种,汉、魏西域时有献者。

【译文】

大宛国产汗血马,这种马属于天马一类,汉、魏时西域时常有进献的。

93 文马[①],赤鬣身白[②],目若黄金,名吉黄之乘[③],复蓟之露犬也[④]。能飞,食虎豹。

【注释】

①文马:士礼居刊本作"犬戎文马"。《山海经·海内北经》:"犬封国曰犬戎国,状如犬。有一女子,方跪进柸(bēi)食。有文马,缟身朱鬣,目若黄金,名曰吉量,乘之寿千岁。""犬封国"条下郭璞注曰:"犬戎文马,赤鬣白身,目若黄金,名曰吉黄之乘。"故应补"犬戎"二字。犬戎国即是犬封国,国人长得像狗。文马,毛色有

文采的马。

②鬣(liè):马颈上的长毛。

③吉黄:神马名,又作"吉量""吉黄""古皇""吉光"。《瑞应图》:"腾黄,神马,一名吉光。"方以智《通雅》卷四十六:"飞黄、訾(zī)黄、翠黄、乘黄、吉量、古皇、吉光、吉黄,一物。"

④复蓟:范校疑为"渠叟"之误。渠叟,《禹贡》作"渠搜",《穆天子传》作"巨蒐(sōu)",《山海经》作"猍狻",或因形近致讹。孔晁注《逸周书》"渠叟"条云:"渠叟,西戎之别名也。"露犬:传说中的兽名。《逸周书·王会解篇》:"渠叟以鼩(zhuó)犬。鼩犬者,露犬也,能飞,食虎豹。

【译文】

花纹马,红色的鬣毛,白色的身子,眼睛像黄金一样金光灿灿,名叫吉黄马,原是复蓟的露犬。能飞,以虎豹为食。

94 蜀山南高山上[①],有物如猕猴,长七尺,能人行,健走,名曰猴玃[②],一名化[③],或曰猳玃[④]。同行道妇女有好者[⑤],辄盗之以去,人不得知。行者或每遇其旁,皆以长绳相引,然故不免。此得男女气,自死,故取男也[⑥]。取去为室家,其年少者终身不得还。十年之后,形皆类之,意亦迷惑,不复思归。有子者辄俱送还其家,产子皆如人。有不食养者,其母辄死,故无敢不养也。及长与人无异,皆以杨为姓,故今蜀中西界多谓杨率皆猳玃、(马)化之子孙,时时相有玃爪也[⑦]。

【注释】

①蜀山南高山上:据《太平寰宇记》卷七十五、《搜神记》卷十二,此

句应为“蜀中西南高山上”。宜改。西汉焦延寿《焦氏易林》始见“猴玃盗妇”事,《焦氏易林》卷一《坤之剥》云:“南山大玃,盗我媚妾。怯不敢逐,退然独宿。”开创“猴玃盗妇”的文学母题。

②猴玃(jué):兽名,猴类。《古今注·鸟兽第四》:“猿五百岁化为玃。”《抱朴子·对俗》卷第三引《玉策记》亦云:“猕猴寿八百岁变为猿,猿寿五百岁变为玃,玃寿千岁。”

③一名化:据《太平御览》卷九百一十,宜补“马”字。周心如校本亦作“马化”。

④猳(jiā)玃:《尔雅·释兽》:“玃父,善顾。”郭璞注:“猳玃也,似猕猴而大,色苍黑,能攫持人,好顾眄。”

⑤同行道妇女有好者:同,周心如云:“同字误,宜从《法苑》作伺。”

⑥“此得男女气”几句:据《太平御览》卷九百一十改为“此能别男女气臭,故取女不取男”,意方显明。范校据《稗海》本“男女”本作“男子”,张皋文校云:“故取男”当作“故不取男”。按,《太平寰宇记》卷七十七引亦同《太平御览》卷九百一十。

⑦“蜀山南高山上”至段尾:《太平御览》卷九百一十有相似的段落,可作参照。

【译文】

蜀地西南的高山上,有怪物像猕猴,七尺长,能像人一样站立行走,善于奔跑,名叫猴玃,又名马化,也有人称它为猳玃。它窥伺发现有出行的漂亮妇女,就偷偷把她带走,同行的人都不知道。过路人每当经过这一带时,都用长绳相互牵引着,但仍旧不能幸免。这怪物能辨别男女的气味,所以能只偷女人,不要男人。偷走女子后就作为自己的老婆,那些年轻女子便终身不能回家。十年之后,这些女子形体上都变得像猴,心智也被迷惑,不再想回家了。如果生下孩子,猴玃就将其母子一起送回家,生下的孩子都像人。如果有不抚养的,那母亲就会死掉,所以没有人敢不抚养。等孩子长大后,跟人没什么两样,都用杨作姓,因此今天蜀地西部边界多说杨姓的人家大多是猳玃、马化的子孙，这些人常常有像猴玃那样的手爪。

95 小山有兽，其形如鼓，一足如蠡[1]。泽有委蛇，状如毂，长如辕，见之者霸[2]。

【注释】

①“小山有兽”几句：《太平御览》卷八百八十六引《博物志》曰：“山有夔，其形如鼓，一足。”《山海经·大荒东经》：“身而无角，一足，出入水则必风雨，其光如日月，其声如雷，其名曰夔。黄帝得之，以其皮为鼓。”《说文解字》云：“夔，如龙，一足。”据此，“蠡”应为“夔”。

②“泽有委蛇（yí）”几句：《山海经·海内经》：“有神焉，人首蛇身，长如辕，左右有首，衣紫衣，冠旃（zhān）冠，名曰延维。人主得而飨食之，伯天下。”郭璞注：“延维，委蛇。”又见《庄子·达生》：“委蛇，其大如毂，其长如辕，紫衣而朱冠。其为物也，恶闻雷车之声，则捧其首而立。见之者殆乎霸。”委蛇，神话传说中的怪物，又名延维。毂（gǔ），车轮中心有洞可以插轴的部分。辕，车前驾牲畜的两根直木。

【译文】

小山里有一种怪兽，它的形状像鼓一样，只有一条腿，像夔一样。湖泽有一种怪物名叫委蛇，形状像车毂，有车辕那样长，见到它的人可以称霸天下。

96 猩猩若黄狗[1]，人面能言。

【注释】

①猩猩:《山海经·海内经》:“有窫窳(yà yǔ,亦猰貐),龙首,是食人。有青兽,人面,名曰猩猩。”《山海经·海内南经》:“狌狌知人名,其为兽如豕而人面,在舜葬西。”《淮南子·泛论训》:“猩猩知往而不知来。”高诱注曰:“猩猩,北方兽名,人面兽身,黄色。”

【译文】

猩猩像黄狗,长有人一样的面孔,会说话。

异鸟

97 崇丘山有鸟,一足,一翼,一目,相得而飞,名曰蝱①。见则吉良,乘之寿千岁②。

【注释】

①“崇丘山有鸟”几句:《山海经·西山经》:“西次三经之首,曰崇吾之山,在河之南,北望冢遂,……有鸟焉,其状如凫,而一翼一目,相得乃飞,名曰蛮蛮,见则天下大水。”郭璞注:“比翼鸟也,色青赤,不比不能飞。《尔雅》作‘鹣鹣(jiān)鸟’也。”蝱(méng),应为“蛮”之误。

②见则吉良,乘之寿千岁:《山海经·海内北经》:“有文马,缟身朱鬣,目若黄金,名曰吉量,乘之寿千岁。”郭璞注:“量,一作良。”据此看,97 段是组合了《山海经》之《西次三经》与《海内北经》两部分内容。

【译文】

崇丘山上有一种鸟,有一只脚,一只翅膀,一只眼睛,两只鸟互相并合才飞翔,它的名字叫蛮蛮。见到神马吉良,乘上它,寿命可达千岁。

98 比翼鸟[①]，一青一赤，在参嵎山[②]。

【注释】

①比翼鸟：即蛮蛮、鹣鹣。见上条。《尔雅·释地》："南方有比翼鸟焉，不比不飞，其名谓之鹣鹣。"郭璞注："似凫，青赤色。一目一翼，相得乃飞。"《史记·封禅书》："西海致比翼之鸟。"韦昭注："各有一翼，不比不飞，其名曰鹣鹣。"更为清晰。

②参嵎(yú)山：山名。据《山海经·西山经》，为崇吾之山。郝懿行云："《博物志》及《史记·封禅书》索隐引此经并作崇丘；《博物志》又作参嵎。"按照方位看，崇丘似为今四川松潘的崇山，亦即《清一统志》卷三一九松潘厅的崇山。

【译文】

比翼鸟，羽毛一只青色一只红色，生活在参嵎山。

99 有鸟如乌，文首，白喙，赤足，曰精卫。故精卫常取西山之木石，以填东海[①]。

【注释】

①"有鸟如乌"几句：《太平御览》卷九百二十五："有鸟如乌，文首，白喙，赤足，名曰精卫。昔赤（帝之女名）女媱(yáo)，往游于东海，溺死而不反，其神化为精卫。故精卫常取西山之木石，以填东海。"《山海经·北山经》："又北二百里，曰发鸠之山，其上多柘(zhè)木。有鸟焉，其状如乌，文首、白喙、赤足，名曰精卫，其鸣自詨(xiào)。是炎帝之少女名曰女娃，女娃游于东海，溺而不返，故为精卫，常衔西山之木石，以堙于东海。"郭璞注："炎帝，神农也。"《述异记》："昔炎帝女溺死东海中，化为精卫，其名自呼，常

衔西山木石填东海。偶海燕而生子，生雌状如精卫，生雄如海燕。今东海精卫誓水处，曾溺于此川，誓不饮其水。一名鸟誓，一名冤禽，又名志鸟，俗呼帝女雀。”炎帝，即赤帝，神农氏，传说中上古姜姓部族首领。相传少典娶于有蛴(jiǎo)氏而生。原居姜水流域，后向东发展到中原地区。白喙(huì)，白色的鸟兽的嘴。

【译文】

有一种鸟，形体像乌鸦，有花纹的脑袋，白嘴壳，红足爪，名叫精卫。精卫鸟常常衔取西山的小树枝、小石子，意欲用它们填平东海。

100 越地深山有鸟如鸠①，青色，名曰冶鸟②。穿大树作巢如升器③，其户口径数寸，周饰以土垩④，赤白相次，状如射侯⑤。伐木见此树⑥，即避之去。或夜冥，人不见鸟，鸟亦知人不见己也，鸣曰咄咄去⑦，明日便宜急上树去；咄咄下去，明日便宜急下。若使去但言笑而不已者⑧，可止伐也。若有秽恶及犯其止者⑨，则虎通夕来守，人不知者即害人。此鸟白日见其形，鸟也；夜听其鸣，人也⑩。时观乐便作人悲喜⑪。形长三尺，涧中取石蟹就人火间炙之，不可犯也。越人谓此鸟为越祝之祖⑫。

【注释】

①越地：古越国之地。越国疆域为苏北运河以东、苏南、皖南、赣东、湖北一带。

②冶鸟：应作“治鸟”。范校据姚旅《露书》卷二云：“治鸟者，木客之类，鸟形而人语，时作人形，高三尺，入涧取蟹，就人火炙食之。今《博物志》《搜神记》并作‘冶鸟’，恐久而眩人，聊记以正之。”

③穿大树作巢如升器:《搜神记》卷十二“升”字上有“五六”二字,宜补。

④垩(è):白土,泛指可用来涂饰的土。俗称“大白”。

⑤射侯:即箭靶。侯,用兽皮或布做成的靶子,上画熊、虎、豹、鹿等兽形。后来成为一种古代天子的大射礼,用于选侯。《礼记·射义》:“故天子之大射,谓之射侯。射侯者,射为诸侯也。射中则得为诸侯,射不中则不得为诸侯。”

⑥伐木见此树:《搜神记》卷十二“伐木”下有“者”字。

⑦咄咄(duō):表示呵叱,呵叱声。

⑧若使去但言笑而不已者:此句《搜神记》卷十二为“若不使去,但言笑而不已者”,意较本句明确,宜补。

⑨秽恶:邪恶、污秽不洁,特指粪便。

⑩夜听其鸣,人也:此句《搜神记》卷十二为“夜听其鸣,亦鸟也”。

⑪时观乐便作人悲喜:此句《搜神记》卷十二为“时有观乐者,便作人形”。观,范校疑是“欢”字。悲喜,偏义复合词,偏指“喜”义。

⑫越祝:越地的巫祝。祝、宗、卜、史之类,即祭祀时司告鬼神的人。《说文解字》:“巫,祝也。女能事无形,以舞降神者也。”“能斋肃事神明也。在男曰觋(xí),在女曰巫。”

【译文】

越地深山里有一种鸟,形状像鸠鸟,青色羽毛,名叫治鸟。它穿通大树筑有五六升器皿那么大容积的巢穴,它的出口处直径好几寸,周围用土涂饰,红白相间,形状像箭靶。伐木的人见到这种树,就避开它离去。有时夜色晦暗,人看不见治鸟,治鸟也知道人看不见自己,便鸣叫咄咄上去,第二天伐木人就赶快上树去砍伐;如果鸣叫咄咄下去,第二天就该赶快从树上下来。如果治鸟不叫人离开,只是谈笑不停的话,就可以停止采伐。要是有秽物,或者冒犯它停止的命令,那么就会有老虎通宵来看守,不知者就会受到伤害。这种鸟白天看它的形状,是鸟;夜晚听它的鸣叫声，是人的声音。有时它欢乐起来，便做出人喜悦的样子。治鸟形体长三尺，常到山涧中捕捉螃蟹，到人们点燃的火堆上去烧烤它们，人们不能去侵扰它。越地的人把这种鸟称为越地巫祝的祖先。

异虫

101 南方有落头虫，其头能飞。其种人常有所祭祀号曰虫落，故因取之焉。以其飞因服便去，以耳为翼，将晓还，复著体，吴时往往得此人也①。

【注释】

①“南方有落头虫”几句：《太平御览》卷七百九十“落头民”条曰：“南方有落头民，其头能飞。其种人常有所祭，号曰虫落，故因取名焉。以其头飞，因眼便去，以耳为翼，将晓还，复著体，吴时往往得之。”以其飞因服便去，“飞”上宜补“头”字，“飞”下当断句；范校据《稗海》本“服”作“晚”，宜改。《搜神记》卷十二：“秦时，南方有落头民，其头能飞。其种人部有祭祀，号曰‘虫落’，故因取名焉。吴时，将军朱桓得一婢，每夜卧后，头辄飞去，或从狗窦，或从天窗中出入，以耳为翼。将晓复还，数数如此，傍人怪之。夜中照视，唯有身无头。其体微冷，气息裁属。乃蒙之以被。至晓头还，碍被，不得安，两三度堕地，噫咤甚愁，体气甚急，状若将死。乃去被，头复起，傅颈。有顷平和。桓以为大怪，畏不敢畜，乃放遣之。既而详之，乃知天性也。时南征大将，亦往往得之。又尝有覆以铜盘者，头不得进，遂死。”可参看。

【译文】

南方有落头民，头能飞。落头民的人常有祭祀的行为，号称“虫落”，所以由此取名。落头民用他的头来飞，趁夜晚便飞走，用耳朵做翅膀，快天亮时飞回来，头又连接到躯体上，吴时常常能遇到这种人。

102 江南山溪中水射上虫，甲类也[①]，长一二寸，口中有弩形[②]，气射人影，随所著处发疮，不治则杀人。今蠼螋虫溺人影[③]，亦随所著处生疮。卢氏曰："以鸡肠草捣涂，经日即愈。"周日用曰："万物皆有所相感，愚闻以霹雳木击鸟影，其鸟应时落地，虽未尝试，以是类知必有之。"

【注释】

①江南山溪中水射上虫，甲类也：《太平御览》卷九百五十："江南山溪水中有射工虫，甲虫之类也，长一二寸，口中有弩形，以气射人，影随所著处，发疮，不治则杀人。"射工，传说的毒虫名，又名蜮(yù)、短狐、射影。《抱朴子·登涉》："又有短狐，一名蜮，一名射工，一名射影，其实水虫也。"

②弩(nǔ)：一种用机械力量射箭的弓，也叫窝弓，力强可以致远。

③蠼螋(qú sōu)：《太平御览》卷九百四十九："蠼螋虫溺人影，亦随所著处生疮。"蠼螋，动物名，一种昆虫，状似小蜈蚣，色青黑长足。

【译文】

江南山里溪水中有一种虫叫射工虫，属甲虫一类，长一两寸，嘴里有弓弩形的器官，用气去射人影，被射中的部位马上就会生疮，不治疗就会杀死人。现在的蠼螋朝人影撒尿，尿过的对应部位也会立即长疮。卢氏说："用鸡肠草捣碎涂抹，经过一日就可痊愈。"周日用说："万物皆能互相交感，我听说用霹雳木击打鸟的影子，那鸟就会应时落地，虽然没有尝试过，但用此类推就知道一定有这样的事。"

103 蝮蛇秋月毒盛[①]，无所蜇螫[②]，啮草木以泄其气[③]，草木即死。人樵采[④]，设为草木所伤刺者，亦杀人，毒治于蝮啮[⑤]，谓之蛇迹也。

【注释】

①蝮(fù)蛇：蝮蛇科。头呈三角形，体色灰褐而有斑纹，口有毒牙。生活在平原及山野，以鼠、鸟、蛙等为食，也能伤人畜。毒腺的毒液可治麻风病。

②蜇螫(zhē shì)：毒蛇咬。螫，有毒腺的虫子刺人或动物。

③啮(niè)：用臼齿碾磨食物，这里指咬。

④樵采：打柴。

⑤毒治于蝮啮：治，《稗海》本作“甚”。《尔雅翼》卷三十二引云：“又吐口中涎沫于草木，土著人身，瘇(zhǒng)成疮，卒难主疗，名曰蛇漠疮。”今本脱，宜补于全段后。

【译文】

蝮蛇秋季时毒气最盛，当它没有什么可蜇刺的时候，便咬啮草木来发泄自己的毒气，被咬的草木就会立即死去。人们砍柴，假如被这样的草木刺伤，也会杀死人，那蛇毒比蝮蛇直接咬啮还严重，称它为“蛇迹”。

104 华山有蛇名肥遗，六足四翼，见则天下大旱[①]。

【注释】

①“华山有蛇名肥遗”几句：《山海经·北山经》：“又北百八十里，曰浑夕之山，无草木，多铜、玉。嚣水出焉，而西北流注于海。有蛇一首两身，名曰肥遗，见则其国大旱。”《山海经·西山经》亦有肥遗：“又西六十里，曰太华之山。削成而四方，其高五千仞，其广

十里，鸟兽莫居。有蛇焉，名曰肥𧔥，六足四翼，见则天下大旱。”

【译文】

华山有一种蛇名叫肥遗，六只脚四只翅膀，肥遗蛇出现就会天下大旱。

105 常山之蛇名率然[①]，有两头，触其一头，头至；触其中，则两头俱至，孙武以喻善用兵者[②]。

【注释】

①常山：即恒山，在今山西大同浑源。汉避文帝刘恒讳，故改名为常山。

②孙武：字长卿，齐国乐安(今山东惠民，一说博兴)人。春秋末期军事家。曾以所著《兵法》十三篇见吴王，被吴王重用为将。与伍子胥一起共佐吴王实施破楚击越，北威齐晋，使吴称霸一时。其军事思想丰富而深邃，并具有朴素的唯物主义和辩证法因素，所著《孙子兵法》是我国现存最早的兵书。《孙子兵法·九地》曾以率然蛇来喻用兵：“故善用兵者，譬如率然。率然者，常山之蛇也。击其首则尾至，击其尾则首至，击其中则首尾俱至。”《太平御览》卷三十九引为“常山之蛇名曰率然。一身而两头，击其一头则一头至，击其中则两头俱至”。

【译文】

常山上的蛇名叫率然，有两个头，两端各一，触动其中的一个头，另一个头就会过来；触动蛇身的中部，那么两个头会一起过来，军事家孙武用它来比喻善于用兵打仗的人。

异鱼

106 南海有鳄鱼，状似鼍[①]，斩其头而干之，去齿而更生，如此者三乃止。

【注释】

①鼍(tuó)：爬行动物，吻短，体长两米多，背部、尾部均有鳞甲。穴居江、河岸边，皮可以蒙鼓。亦称扬子鳄、鼍龙、猪婆龙。

【译文】

南海有一种鳄鱼，形状像鼍，斩下它的头晒干，去掉牙齿，它仍然能复活，像这样反复三次才会死。

107 东海有半体鱼，其形状如牛。剥其皮悬之，潮水至则毛起，潮去则毛伏①。

【注释】

①"东海有半体鱼"几句：《太平御览》卷六十八："东海中有牛鱼，其鱼形如牛。剥其皮悬之，潮水至则毛起，潮去则复也。"

【译文】

东海有一种半体鱼，它的形态长得像牛。剥下鱼皮挂起来，潮水到来时，皮上的毛就会竖起，潮水退去时，皮上的毛就会倒伏。

108 东海蛟错鱼①，生子，子惊还入母肠，寻复出②。

【注释】

①蛟(jiāo)错鱼：蛟错，当作"鲛鲭(cuó)"，即海鲨，皮粗厚可制刀剑鞘。

②"生子"几句：《尔雅翼》卷三十："有出入鲭子，常随母行，惊则从口入母腹中，寻复出。"《文选·左思〈吴都赋〉》刘逵注引《异物

志》:“有出入鲭子,朝出求食,暮还入母腹中,皆出临海。”肠,范校据《太平御览》卷九百三十八及《文选》注等为“腹”,宜改。

【译文】

东海里的鲛鲭鱼,产子后,小鱼若是受惊,会回到母亲肚里,不久又从肚里出来。

109 吴王江行,食鲙有余,弃于中流,化为鱼①。今鱼中有名吴王鲙余者②,长数寸,大者如箸③,犹有鲙形。

【注释】

①“吴王江行”几句:《搜神记》卷十三:“江东名余腹者,昔吴王阖闾江行,食脍有余,因弃中流,悉化为鱼,今鱼中有名吴王脍余者,长数寸,大者如箸,犹有脍形。”吴王,《太平御览》卷八百六十二、《搜神记》为“吴王”“吴王阖闾”,《太平广记》卷四百六十四引作“吴王孙权”。又有作“越王”者。如《事物纪原·虫鱼禽兽·脍残》:“越王勾践之保会稽也,方斫鱼为脍,闻有吴兵,弃其余于江,化而为鱼,犹作脍形,故名脍残,亦曰王余鱼。”《北堂书钞》卷一四五“堕半于水化为鱼”句下注引作“昔越王将脍,割而未切。堕半于水内,化为鱼”。鲙,同“脍”。

②今鱼中有名吴王鲙余者:吴王鲙余,又名鲙残鱼,今通称银鱼。

③箸(zhù):筷子。

【译文】

吴王在长江上泛舟而行,他将吃剩的生鱼片抛入江中,这种生鱼片变化成为一种怪鱼。现在鱼类中有名叫“吴王鲙余”的,有几寸长,大的像筷子那样长,鱼身上仍保留着切片的痕迹。

110 广陵陈登食脍作病[①]，华佗下之[②]，脍头皆成虫，尾犹是脍。

【注释】

①广陵：郡名，在今江苏扬州一带。陈登(168—207)：字符龙，东汉下邳淮浦(今江苏涟水)人。曾任广陵太守。

②华佗(约145—208)：字符化，一名旉(fū)，沛国谯(今安徽亳州)人。东汉末年著名的医学家。华佗与董奉、张仲景并称为“建安三神医”。

【译文】

广陵太守陈登吃生鱼片患了肠胃病，华佗便用药使他腹泻，只见原来切细的生鱼片的头都变成了虫，而尾部还是生鱼片。

111 东海有物，状如凝血，从广数尺，方员[①]，名曰鲊鱼[②]。无头目处所，内无藏[③]，众虾附之，随其东西。人煮食之。

【注释】

①从广数尺，方员：从广，即纵横。方员，即方圆。员，通“圆”。

②鲊(zhà)鱼：即海蜇，水母的一种。

③藏：通“脏”。

【译文】

东海里有一种东西，形状像凝固的血块，纵横好几尺，有方形圆形，名叫鲊鱼。它没头也没眼，腹腔里没有内脏，许多虾儿依附着它，跟随着它四处游走。越地的人煮着它来吃。

异草木

112 太原、晋阳以化生屏风草[①]。

【注释】

①太原、晋阳以化生屏风草:《太平御览》卷九百九十四:"太原、晋阳已北生屏风草。"太原、晋阳,均在今山西。

【译文】

太原、晋阳的北面生长一种屏风草。

113 海上有草焉[①],名筛[②]。其实食之如大麦,七月稔熟[③],名曰自然谷[④],或曰禹余粮。筛音师。

【注释】

①海上有草焉:《太平御览》卷八百三十七:"扶海洲上有草焉,名曰蒒。其实食之如大麦,从七月稔熟,民敛获至冬乃讫。名曰自然谷,或曰禹余粮。"《太平御览》卷九百八十八:"扶海洲上有草焉,名曰蒒草。其实食之如大麦。从七月稔熟,民敛至冬乃讫。名自然谷,或曰禹余粮。今药中有禹余粮者,世传昔禹治水,弃其所余食于江中,而为药也。"

②筛:据上引应作"蒒(shī)"。蒒,一种草本植物,叶子像大麦,可食。

③稔(rěn):庄稼成熟。

④自然谷:中药名,蒒草的果实,可食,入药。

【译文】

海上有一种草,名叫筛(蒒)草。它的果实吃起来像大麦,七月成熟,人们称它为自然谷或者禹余粮。筛音师。

114 尧时有屈佚草[①]，生于庭，佞人入朝[②]，则屈而指之。一名指佞草。

【注释】

①尧时有屈佚草：佚，当作“轶”。《论衡·是应篇》：“太平之时，屈轶生于庭之末，若草之状，主指佞人。”屈轶草，又叫屈草，古代传说中一种草，谓能指识佞人，故又名“指佞草”。《文选·王元长〈三月三日曲水诗序〉》李善注引《田俅子》曰：“黄帝时，有草生于帝庭阶，若佞臣入朝，则草指之，名曰屈轶，是以佞人不敢进也。”

②佞(nìng)人：善于花言巧语、阿谀奉承的人。

【译文】

尧时有一种屈轶草，生长在庭前，奸佞的人上朝时，这草就弯曲着指向他。又名指佞草。

115 右詹山，帝女化为詹草[①]，其叶郁茂，其萼黄[②]，实如豆，服者媚于人。

【注释】

①右詹山，帝女化为詹草：右詹，当作“古䔄”，即姑媱。《山海经·中山经》：“又东二百里，曰姑媱之山。帝女死焉，其名曰女尸，化为䔄草，其叶胥成。其华黄，其实如菟丘，服之媚于人。”帝女，指炎帝的小女儿瑶姬，未行而卒，葬于巫山之南，故曰巫山之女。

②萼(è)：在花瓣下部的一圈叶状绿色小片，这里代指花。

【译文】

古蓋山，炎帝女儿死后变成了蓋草，它的叶子十分繁茂，它的花朵呈现为黄色，它的果实像大豆，吃了这种草的人会讨人喜欢。

116 止些山[1]，多竹，长千仞，凤食其实。去九疑万八千里。

【注释】

①止些山：疑为“止于丹山”之误。据媛补：《太平御览》卷九百十五载：“《括地图》曰：孟亏，人首鸟身。其先为虞氏，驯百兽，夏后之末世，民始食卵，孟亏去之，凤随之止于丹山。山多竹，长千仞，凤凰食竹实，孟亏食木实。去九疑万八千里。”然《太平御览》版本不同，引文颇异。如中华书局1960年影宋本，引为“凤凰随焉，止于此”，非四库本“止于丹山”。此条应与第60条合为1条。60条如下：“孟舒国民，人首鸟身。其先主为霤氏，训百禽。夏后之世，始食卵。孟舒去之，凤皇随焉。”

【译文】

止些山长着很多竹子，高达八千丈，凤鸟吃它的果实。止些山距离九疑山有一万八千里。

117 江南诸山郡中，大树断倒者，经春夏生菌，谓之椹[1]。食之有味，而忽毒杀，人云此物往往自有毒者，或云蛇所著之。枫树生者啖之[2]，令人笑不得止，治之，饮土浆即愈。

【注释】

①椹(shèn)：断倒的树干上长出的菌。

②啖：吃。

【译文】

江南许多山区的州郡里，折断倒伏的大树，经过春夏两季，就会长出菌类来，人们称它为椹。椹吃起来有滋味，但有时突然就会中毒死去，有人说这菌上往往自带毒素，也有人说是蛇把毒汁附着在这菌上。枫树上长的菌如果吃了，会让人笑不能停止，这种病，喝土浆就能治愈。

卷四

【题解】

本卷分《物性》《物理》《物类》《药物》《药论》《食忌》《药术》《戏术》共八目。巫、史掺杂，真实与虚幻交织，记异述奇，迷离恍惚。选材多出《周礼·冬官考工记》《神农本草经》，似乎给人真实、不可驳说之感，加以"旧有此说，余目所见""已试，有验""此亦试之有验""此世所恒用，作无不成者""多有说者，此未试"，也让人深信不疑。更有甚者，以史传佐证之，如176条谈"守宫砂"时引《传》云："东方朔语汉武帝，试之有验。"事实上，此条与《汉书·东方朔传》无涉。仔细寻绎，可以发觉在看似巫风不实的事例背后，张华的真实想法倒是可以窥探的。所选意象多神龟、马蚿之物隐喻着断而复续的生命张力，对不交而孕的神异卵生物的艳羡，对身体有害药物的反复提示，对身体有益材质的再三推介。尽管选材繁富，其向往"长生延年"的养生主旨不变。另外，还应看到，本卷多与"大地"有关的方术相连，"多识草木鸟兽鱼虫之名"，"辨方物地形物宜"，借以来达到趋利避害的目的。

此卷记异的同时，多少也传达了一些史的真实信息。"橘生淮南淮北"的生长变化，有一定的现实依据；削冰向日取火与用珠取火，皆与物理学凸透镜原理相合，有科学依据。其说不能尽验，但其构筑的虚实相生的艺术世界让人流连驻足。

物性

118 九窍者胎化[①],八窍者卵生[②]。龟鳖皆此类,咸卵生影伏[③]。

【注释】

①九窍者胎化:九窍,指耳、目、口、鼻及尿道、肛门的九个孔道。胎化,也作“胎生”。受精卵在母体内发育,通过胎盘从母体获得营养,到一定阶段脱离母体,叫作胎生。人和大多数哺乳动物都是胎生。《淮南子·地形训》:“龁(hé)吞者八窍而卵生,嚼咽者九窍而胎生。”《大戴礼记·易本命》:“龁吞者八窍而卵生,咀嚾(huàn)者九窍而胎生。”《太平御览》卷九百二十八:“九窍者胎生,八窍者卵生,龟鼋诸授类,皆卵生而影伏。”

②八窍:眼、耳、鼻、口为七窍,生殖孔、排泄孔合为一窍,共为八窍。卵生:谓动物由脱离母体的卵孵化出来。鸟类、鱼类、昆虫、爬行类等都是卵生的。

③影伏:龟产卵于近水洞穴,使其在一定的湿度和温度条件下发育化生。因其不由母体伏卵孵化,故称影伏。

【译文】

身体有九窍的是胎生,有八窍的是卵生。乌龟、甲鱼都属于卵生这类,产卵后都靠一定的温度、湿度条件育化而不用母体来伏卵孵化。

119 白鹢雄雌相视则孕[①]。或曰雄鸣上风[②],则雌孕。

【注释】

①白鹢(yì):水鸟名。一种形如鹭而大,毛白色,能高飞的水鸟。

②风：应为雌雄相诱，发情义。《尚书·费誓》"马牛其风"条，后汉贾逵注曰："风，放也。牝(pìn)牡相诱谓之风。"公的和母的牛马，在一起互相引诱，发情逐爱，即为"风"。孔颖达疏《左传·僖公四年》"唯是风马牛不相及也"条，引用贾说，为"马牛风逸，牝牡相诱"。

【译文】

白鹢鸟雌雄相互对看，雌鸟就会怀孕。有人说，雄鸟在上方鸣叫相诱，雌鸟在下方鸣叫应和，那么雌鸟也会怀孕。

120 兔舐毫望月而孕[①]，口中吐子，旧有此说，余自所见也[②]。

【注释】

①舐(shì)：以舌舔物。毫：细长而尖的毛。此指雄兔的毛。

②"口中吐子"几句：范校据洪兴祖《楚辞补注·天问》注引"口中吐子"作"自吐其子"。余自所见也，纷欣阁本、弘治本、《太平御览》卷九百零七引"自"为"目"，宜改。又《稗海》本作"余目所未见也"，多一"未"字。译文采后者。

【译文】

雌兔舔了雄兔的毛望望月亮就会怀孕，从嘴里吐出兔子，历来就有这样一种传说，我也没有亲眼看见过。

121 大腰无雄，龟、鼍类也[①]。无雄，与蛇通气则孕。细腰无雌，蜂类也[②]。

【注释】

①鼍(tuó)：鼍龙，即扬子鳄。

②细腰无雌，蜂类也：此条与122条应合为一条。《太平御览》卷九百五十："细腰无雌，蜂类也。无雌，取桑蚕或阜螽(zhōng)子所见抱而成己子，《诗》云：'螟蛉(míng líng)有子，蜾蠃(guǒ luǒ)负之。'"

【译文】

粗腰的没有雄性，乌龟、鼍龙就是这一类。没有雄性，它们与蛇通气就能怀孕。细腰的没有雌性，蜂就是这一类。

122 取桑蚕则阜螽子咒而成子[①]。《诗》云"螟蛉之子，蜾蠃负之"[②]，是也。

【注释】

①桑蚕：即蚕，蚕食桑叶，故称。阜螽(zhōng)子：蝗的幼虫。咒：祷告。范校据士礼居刊本、《太平御览》卷九百五十、《尔雅翼》卷二十六《释虫》认为"则"宜改成"或"。

②《诗》云"螟蛉之子，蜾蠃负之"：出自《诗经·小雅·小宛》。毛亨传云："螟蛉，桑虫也。蜾蠃，蒲卢也。负，持也。"郑玄笺云："蒲卢取桑虫之子，负持而去，煦妪养之，以成其子。"事实上，蜾蠃是细腰蜂，属于寄生蜂的一种。蜾蠃常捕螟蛉喂它的幼虫，古人误认为蜾蠃养螟蛉为己子。后因以为养子的代称。

【译文】

因为没有雌性，它们就捕取蚕或蝗的幼虫，经过祷告，来使这些虫类成为自己的孩子。《诗经》说"螟蛉有了孩子，就由蜾蠃来背着它"，就是指这种现象。

123 蚕三化[①]，先孕而后交。不交者亦产子，子后为蚕，皆无眉目，易伤，收采亦薄。

【注释】

①蚕三化：即蚕的三次变化，指蚕子变蚕，蚕变蚕蛹，蚕蛹变蚕蛾。

【译文】

蚕的生长周期有三次变化，它是先怀孕而后交配。不交配的也能生蚕子，蚕子后来长成蚕，都没有眉眼，容易受到伤害，可收采的蚕茧也少些。

124 鸟雌雄不可别，翼右掩左，雄；左掩右，雌。二足而翼谓之禽，四足而毛谓之兽[①]。

【注释】

①此条文字出于《尔雅·释鸟》："鸟之雌雄不可别者，以翼右掩左，雄；左掩右，雌。"释曰："阴阳相下之义也。""二足而羽，谓之禽；四足而毛，谓之兽。"释曰："别禽兽之异也。凡语有通别。别而言之，羽则曰禽，毛则曰兽。所以然者，禽者，擒也。言鸟力小，可擒捉而取之。兽者，守也。言其力多，不易可擒，先须围守，然后乃获，故曰兽也。"《白虎通·田猎》曰："禽者何？鸟兽之总名。"但在这里为鸟类的总称，与兽对举。

【译文】

鸟类雌雄不能辨别，但它的右翅盖在左翅上，就是雄鸟；左翅盖在右翅上，就是雌鸟。两只脚、有翅膀的叫作禽，四只脚、身上长毛的叫作兽。

125 鹊巢门户背太岁[①]，得非才智也[②]。

【注释】

①鹊巢门户背太岁：范校据白居易《禽虫十二章》自注云："鹊巢口常避太岁。"按，《论衡·难岁篇》："《移徙法》曰：'徙抵太岁，凶；负太岁，亦凶。'抵太岁名曰岁下，负太岁名曰岁破，故皆凶也。"无论是抵太岁还是负太岁，都是凶兆，故"避"较"背"为宜。即鹊巢的门户要避开太岁，既不对着，也不背着。太岁，指太岁之神。古代数术家认为太岁亦有岁神，凡太岁神所在之方位及与之相反的方位，均不可兴造、移徙和嫁娶、远行，犯者必凶。此说源于汉代，传至后世，说愈繁而禁愈严。

②得非才智也：该不会是有才能有智慧的表现吧。得非（无）……也，可译为"该不会是……吧""恐怕是……吧"。范校据《一切经音义·大般若波罗蜜多经》第五十三卷、《初学记》卷三十、《太平御览》卷九百二十一、《太平广记》卷四百六十一引"得"作"此"，"才智"下有"任自然也"四字，或"任自然之得也"六字，宜补。则整句译为："这不是有才能智慧的表现，而是顺应自然的结果。"

【译文】

喜鹊筑巢时，门户要避开太岁星所在的方位，该不会是有才能有智慧的表现吧。

126 鸐雉长尾[①]，雨雪[②]，惜其尾，栖高树杪[③]，不敢下食，往往饿死。时魏景初中天下所说[④]。

【注释】

①鸐(dí)雉长尾：鸐雉，即长尾雉，又名山鸡，长尾野鸡，形似雉。

②雨(yù)雪：降雪。

③杪(miǎo)：树梢。

④景初：三国时期魏明帝曹叡的年号(237—239)。

【译文】

山鸡的尾巴很长，降雪的时候，它因为爱惜自己的尾巴，就栖息到高树梢上，不敢下来觅食，因此常常饿死。这是当时魏景初年间世人传说的。

127 鹳，水鸟也。伏卵时，卵冷则不沸，取礜石周绕卵，以时助燥气，故方术家以鹳巢中礜石[①]。山鸡有美毛，自爱其色，终日映水，目眩则溺死[②]。

【注释】

①“鹳（guàn），水鸟也”几句：《太平御览》卷九百二十五：“鹳，水鸟也。伏卵时，数入水，卵冷则不孕，取礜石周围绕卵，以助暖气，故方术家以鹳巢中暖礜石为真物。”鹳，鸟名。羽毛灰白色或黑色，嘴长而直，形似白鹤，生活在江、湖、池沼的近旁，捕食鱼虾等。礜（yù）石，矿物，是制砷和亚砷酸的原料，煅成末，可用来毒老鼠。方术，泛指天文（包括星占、风角等）、医学（包括巫医）、神仙术、房中术、占卜、相术、遁甲、堪舆、谶纬等。这里指医术。

②目眩（xuàn）：眼花。溺（nì）：淹死。

【译文】

鹳是一种水鸟。它孵卵时，卵在寒冷的水中不能孵化，于是就取来礜石在四周围绕卵来助长暖气，所以医家把鹳鸟窝里的礜石看作是真正的礜石。山鸡有美丽的羽毛，它喜爱自己的美色，整天临水照己，眼花就会淹死。

128 龟三千岁游于莲叶，巢于卷耳之上[①]。

【注释】

①龟三千岁游于莲叶，巢于卷耳之上："巢"与"游"应互倒，据《埤雅》卷十五《释草》"卷耳"条引旧说改。卷耳，菊科植物，又名苍耳或枲(xǐ)耳。《诗经·周南·卷耳》："采采卷耳。不盈顷筐。"毛传："卷耳，苓耳也。"朱熹《诗集传》："卷耳，枲耳。叶如鼠耳，丛生如盘。"

【译文】

三千岁的老乌龟在荷叶上做巢穴，在卷耳上嬉戏。

129 屠龟，解其肌肉，唯肠连其头，而经日不死，犹能啮物。鸟往食之，则为所得。渔者或以张鸟，神蛇复续[①]。

【注释】

①"屠龟"几句：《太平御览》卷九百三十二："屠鼋，解其肌肉，唯肠连于头，而经日不死，犹能啮物。鸟往食之，则为所得。渔者或以张鸟雀。"龟，《汉魏丛书》《太平御览》卷九百三十二皆作"鼋(yuán)"。鼋，鳖。续，疑是"孕"字之讹。本卷121条云："龟、鼍(tuó)类也。无雄，与蛇通气则孕。"可为证。

【译文】

宰割鼋时，剖开肌肉，只让肠子连着头，经过一天却不死，还能咬食物。鸟飞过来吃它的肠子，就会被鼋咬住。捕鱼的人有时用它设网捕鸟雀，遇到神蛇与之通气，它又能重新孕育后代。

130 蛴螬以背行[①]，快于足用。

【注释】

①蛴螬(qí cáo)：金龟子的幼虫。长寸许，居于土中，以植物根茎等

为食，为地下害虫。

【译文】

蛴螬用背行走，比用脚爬行要快。

131《周官》云[①]：“狢不渡汶水，鸜不渡济水。”[②]鲁国无鸜鹆，来巢，记异也[③]。

【注释】

①《周官》：有两种，其一指的是《尚书·周官》，该篇旨在阐明周代设官、分职、居官的大法，是周成王即位后宣布的有关官制的诰令。这是东晋梅赜献《伪古文尚书》之二十一篇。其二指的是《周礼》。

②狢(hé)不渡汶水，鸜(qú)不渡济水：《周礼·冬官考工记》第六：“鸜鹆不逾济，貉逾汶则死。”狢，同“貉”。亦是“狗獾”，外形如狐。杂食鱼、虾、蟹、鼠和野果杂草，穴居土洞。鸜，鸜鹆(yù)，鸟名，也作“鸲鹆”，俗称八哥，体羽黑色，喙足黄色，雄鸟善鸣，能效人言。

③来巢：《春秋·昭公二十五年》有“有鸜鹆来巢”的记载。对这条记载，《左传》师己用鲁文、武世时的童谣“鸜之鹆之，公出辱之……”，解析了“鸜鹆来巢”的深刻隐喻。认为鲁昭公要大祸临头，且将逃离鲁国，死于国外，丧劳余生。《公羊传》云：“有鸜鹆来巢。何以书？记异也。何异尔？非中国之禽也，宜穴又巢也。”认为这是国将危亡之象。《穀梁传》云：“鸜鹆穴者而曰巢。”刘向注曰：“去穴而巢，此阴居阳位，臣逐君之象也。”关于此异象三家解说观点一致，也的确应验了。最终，鲁昭公流亡了七年后，病死于乾侯。

【译文】

《周官》说：“狢不渡过汶水，鸜鹆不飞过济水。”鲁国原本没有鸜鹆，

《春秋》上说鹳鹆飞来做巢，是记录灾异啊。

132 橘渡江北，化为枳[①]。今之江东[②]，甚有枳橘。

【注释】

①橘渡江北，化为枳(zhǐ)：范校据《周礼·冬官考工记》第六、《晏子春秋·内篇杂下》《列子·汤问》，“江”俱作“淮”，宜改。《周礼·冬官考工记》：“橘逾淮而北为枳，鹳鹆不逾济，貉逾汶则死，此地气然也。”强调物之差异，地气使然。枳，即“枸橘”“臭橘”，落叶灌木或小乔木，小枝多刺，果实黄绿色，味酸不可食，可入药。韩彦直《橘录·枸橘》：“枸橘色青气烈，小者似枳实，大者似枳壳。能治逆气、心胸痹痛、中风便血，医家多用之。”

②江东：长江在芜湖、南京间作西南—东北流向，隋唐以前，是南北往来主要渡口的所在，习惯上称自此以下的长江南岸地区为江东。

【译文】

橘树渡过长江以北，就变成了酸涩的臭橘。现在的长江下游南岸地区也有很多酸涩的臭橘了。

133 百足一名马蚿[①]，中断成两段，各行而去。

【注释】

①百足一名马蚿(xián)：《太平御览》卷九百四十八引作“马蚿一名百足，中断则头尾各异行而去”，与此文异。《资治通鉴·魏纪六》：“语曰：百足之虫，至死不僵。”胡三省注云：“马蚿百足。”马蚿，又名马陆、马蚰(yóu)、百足等，节肢动物，体圆长。由20个环节构成，背面有黄黑相间的环纹。栖息在阴湿的地方，触之则

蜷曲如环，并放出臭味。昼伏夜出，食草根或腐败的植物。

【译文】

百足又名马蚿，把它从中间断成两节，它的头尾各自还能朝不同方向爬行离开。

物理

134 **凡月晕[①]，随灰画之，随所画而阙[②]。**《淮南子》云："未详其法。"

【注释】

①月晕：月亮周围的光圈。月光经云层中冰晶的折射而产生的光现象，常被认为是天气变化起风的征兆，俗称风圈。苏洵《辨奸论》："事有必至，理有固然，惟天下之静者，乃能见微而知著，月晕而风，础润而雨，人人知之。"

②随灰画之，随所画而阙（quē）：范校引《淮南子·览冥训》："画随灰而月运阙。"高诱注："以芦草灰随牖（yǒu）下月光中令圜画，缺其一面，则月晕亦缺于上也。"疑"随"字是"堕"字之讹，盖言灰堕牖下月光中耳。阙，残缺。

【译文】

凡是月晕的时候，把芦灰撒落在窗下月光里并将它画成圆形，如果随着月光画的形状有缺，那么月晕也会有缺。《淮南子》说："不知具体的方法。"

135 **麒麟斗而日蚀，鲸鱼死则彗星出[①]，婴儿号妇乳出[②]。**

【注释】

①彗星：绕太阳运行的一种星体。俗称扫帚星。后曳长尾，呈云雾状。旧谓彗星主除旧布新，其出现又为重大灾难的预兆。

②婴儿号妇乳出：《淮南子·览冥训》："夫物类之相应，玄妙深微，知不能论，辩不能解。故东风至而酒湛溢，蚕咡(èr)丝而商弦绝，或感之也。画随灰而月运阙，鲸鱼死而彗星出，或动之也。故圣人在位，怀道而不言，泽及万民。"可参看。

【译文】

麒麟相斗就会发生日食，鲸鱼死就有彗星出现，婴儿大声哭母亲的乳汁就会自动流出。

136《庄子》曰[①]："地三年种蜀黍[②]，其后七年多蛇。"

【注释】

①《庄子》：战国中期庄子及其后学所著。汉代以后，尊庄子为南华真人，因此《庄子》亦称《南华经》。《汉书·艺文志》著录五十二篇，今存三十三篇。其中内篇七、外篇十五、杂篇十一。《庄子》除内篇外都是后人所作。经查，《齐民要术》《太平御览》类似文字处均无"《庄子》曰"三字。西晋郭象注解《庄子》时，仅凭臆断就删掉了其中的19篇共4万余字，斥之为"伪作"，此句可能出于原本《庄子》中。

②蜀黍：蜀黍之名，最早见于《博物志》。唐陆德明《经典释文》释《尔雅》中的"秬(jù)"字云："秬，黑黍也。或云：今蜀黍也，米白谷黑。"一般认为蜀黍是高粱。

【译文】

《庄子》说："地里连续三年种高粱，这之后七年就会多蛇。"

137 积艾草[1],三年后烧,津液下流成铅锡[2],已试,有验。

【注释】

①艾草:草名。又名艾蒿,菊科艾属,多年生草本。秋天开淡黄或淡褐色花。叶揉成艾绒,可作印泥,亦可灸病。

②津液:水滴,液汁。

【译文】

堆积艾草,三年后再焚烧,它渗出的液体流下来会变成铅锡,已经做过试验,有应验。

138 煎麻油,水气尽,无烟,不复沸则还冷,可内手搅之[1]。得水则焰起,散卒而灭[2]。此亦试之有验。

【注释】

①内:同“纳”。进入。

②散卒而灭:“散”前应有“飞”字。据《太平御览》卷八百六十四云:“煎油,水气尽,无烟,不复沸则还冷,得水而焰起飞散。”《天中记》卷四十六:“煎油,水气尽,无烟,不复沸则还冷,得水而焰起,飞散。”另据祝鸿杰《补校》据《指海》本“而”为“不”。士礼居刊本云:“得水则艳(焰)起,散,卒不灭,此只试之有验。”则此句厘定为“得水则焰起飞散,卒不灭”,当文从字顺。

【译文】

煎麻油煎到水汽蒸发完,没有烟气,不再沸腾的时候,就会变冷,这时可以把手放进去搅拌。若有水溅入,火焰就会窜起,四处飞散后,最终不会熄灭。这些也都试过,有应验。

139 庭州灞水以金银铁器盛之皆漏[①]，唯瓠叶则不漏[②]。

【注释】

①庭州：古地名，在今新疆维吾尔自治区境内。长安二年（702）武则天在庭州置北庭都护府（今新疆吉木萨尔北破城子），取代金山都护府，管理西突厥故地，仍隶属于安西都护府。灞水：依照《太平御览》《太平广记》所记内容看，还应为似水之类的物质。

②唯瓠（hù）叶则不漏：瓠，葫芦。《太平御览》卷九百七十九引《广五行记》曰："西域夷国有石骆驼，腹下出水，以金铁器取便即漏下，唯瓠芦盛之则不漏，饮之令人体滑香净。其国神秘，不可数遇。"《太平御览》卷七百九十七引释道安《西域志》曰："拘夷国，北去城数百里。山上有石骆驼，溺水滴下，以金、铜、铁及木器、手掌承之皆漏，唯瓢瓠不漏，服之令人身臭，毛皮尽脱得止。其国有婆罗门守视。"《太平广记》卷三百九十八："于阗国北五日行，又有山，山上石骆驼溺水，滴下，以金银等器承之皆漏，人掌亦漏，唯瓠取不漏。或执之，令人身臭，皮毛改。"

【译文】

庭州的灞水用金银铁器来盛都会漏掉，只有用葫芦来盛才会接住。

140 龙肉以醢渍之[①]，则文章生[②]。

【注释】

①龙肉以醢（hǎi）渍（zì）之：《晋书·张华传》："陆机尝饷华鲊（zhǎ），于时宾客满座，华发器，便曰：'此龙肉也。'众未之信，华曰：'试以苦酒濯之，必有异。'既而五色光起。机还问鲊主，果云：'园中茅积下得一白鱼，质状殊常，以作鲊，过美，故以相

献。'"醯,《太平御览》卷八百六十六引为"醯(xī)"。醯,醋。

②文章:错杂的色彩或花纹。

【译文】

龙肉用醋浸泡过,就会产生错杂的色彩。

141 积油满万石[①],则自然生火。武帝泰始中武库火[②],积油所致。

【注释】

①石:容量单位,十斗为石。

②武帝泰始中武库火:泰始,晋武帝司马炎年号(265—274)。武库,泛指藏器物的仓库。《晋书・五行志上》:"武库火,张华疑有乱,先命固守,然后救火。是以累代异宝,王莽头,孔子屐,汉高祖断白蛇剑及二百万人器械,一时荡尽。"《晋书・五行志上》记载当为晋惠帝元康五年(295)事。

【译文】

储存油料达到一万石时,就会自燃,发生火灾。晋武帝泰始年间武库发生火灾,就是由堆积的油料自燃造成的。

物类

142 烧铅锡成胡粉[①],犹类也。

【注释】

①胡粉:铅粉,一名铅华,用于敷面或绘画,也用于涂墙。

【译文】

烧制铅锡化成铅粉,它们还是属于同类。

143 烧丹朱成水银[①]，则不类，物同类异用者[②]。

【注释】

①丹朱：即朱砂，又称丹砂，是提炼水银的矿物。

②物同类异用者：此句应移入第145条。范校据《太平御览》卷九百九十、罗愿《尔雅翼》卷七《释草》引作“物有同类而异用者，乌头、天雄、附子一物，春夏秋冬，采之各异”。此据士礼居刊本看，将“烧铅锡成胡粉，犹类也”（第142条）、“烧丹朱成水银，则不类，物同类异用者”（第143条）、“乌头、天雄、附子，一物，春秋冬夏采各异也”（第145条）三条连在一起，易分类而此版本则分列，故致错乱。

【译文】

烧炼朱砂后变成了水银，朱砂与水银不属于同类，事物有同类但用法不同。

144 魏文帝所记诸物相似乱者[①]：武夫怪石似美玉[②]；蛇床乱蘼芜[③]；荠苨乱人参[④]；杜衡乱细辛[⑤]；雄黄似石流黄[⑥]；鳊鱼相乱[⑦]，以有大小相异；敌休乱门冬[⑧]，百部似门冬[⑨]；房葵似狼毒[⑩]；钩吻草与荇华相似[⑪]；拔揳与萆薢相似[⑫]，一名狗脊[⑬]。

【注释】

①魏文帝所记诸物相似乱者：魏文帝，即曹丕（187—226）。《稗海》本“乱”下有“真”字。

②武夫怪石似美玉：武夫，又作“碔砆”“珷玞”，似玉的美石，赤地白文。《汉书·董仲舒传》：“五伯比于他诸侯为贤，其比三王，犹武

夫之与美玉也。”应劭注：“武夫，石而似玉者也。”

③蛇床：植物名，一年生草本。煎汤外洗，可治疥癣湿疹。蘼（mí）芜：香草名。芎䓖的苗，叶有香气。

④荠苨（qí nǐ）：药草名，又名地参，根茎都似人参，根味甜，可入药，能杀毒。

⑤杜衡：香草名，又名杜葵，土细辛，似葵而香，根入药。《山海经·西山经》：“（天帝之山）有草焉，其状如葵，其臭如蘼芜，名曰杜衡，可以走马，食之已瘿。”细辛：药草名。多年生草本植物，叶通常为两枚，开紫色花。《太平御览》卷九百八十九引《吴氏本草》曰：“细辛，一名小辛……如葵叶，赤色，一根一叶相连，二月八月采根。”

⑥雄黄：矿物名。也称鸡冠石、硫黄。橘黄色，有光泽。可制造烟火、染料等。中医用作解毒杀虫药。

⑦鳊（biān）鱼：又称武昌鱼。古名槎（chá）头鳊、缩项鳊。也为三角鲂（fáng）、团头鲂（武昌鱼）的通称。主要分布于中国长江中、下游附属中型湖泊，是中国主要淡水养殖鱼类之一。

⑧敌休：应是一种药草。门冬：药草名。又称麦门冬、天门冬，根入药。

⑨百部：药草名，又名野天门冬。百部科百部属，多年生草本，可供药用。

⑩房葵：药草名，又名房苑。狼毒：药草名，剧毒。

⑪钩吻草与荇（xìng）华相似：钩吻草，又名野葛，毒草名。士礼居刊本“钩吻堇与荇华相似”，唐久宠《博物志校释》认为，“堇”，诸本作“草”，误。应作“叶（葉）”，形近致误。吴其浚《植物名实图考》卷十四云：《唐本草》“钩吻”条注引《博物志》曰“钩吻叶似凫葵”。凫葵即“荇华”也。据《山海经·海外东经》：“君子国在其北，衣冠带剑，食兽，使二大虎在旁，其人好让不争。有薰华草，朝生夕

死。”郭璞注云：“或作‘堇’。”郝懿行云：“木堇，见《尔雅》(《释草》)。堇，一名蕣，与薰声相近。《吕氏春秋·仲夏纪》云：‘木堇荣。’高诱注云：‘木堇朝荣暮落，是月荣华，可用作蒸，杂家谓之朝生，一名蕣，《诗》云“颜如蕣华”是也。’《艺文类聚》八十九卷引《外国图》云：‘君子之国，多木槿之华，人民食之。去琅耶三万里。’”据此，“苻华”为“蕣华”较为合理。

⑫拔揳(xiē)：草名，又名金刚刺、铁菱角，根茎入药。萆薢(bēi xiè)：蔓草，又名狗脊，多年生缠绕藤本植物，根、茎可制淀粉，也供药用。

⑬狗脊：又名萆薢。《太平御览》卷九百九十引《吴氏本草》曰：“狗脊，一名狗青，一名萆薢，一名赤节，一名强膂(lǚ)。”

【译文】

魏文帝记载的可以假乱真的众多矿物、植物：武夫怪石像美玉；蛇床同蘼芜相混乱；荠苨与人参相混乱；杜衡同细辛相混乱；雄黄像石流黄；不同品类的鳊鱼相混淆，是因为大小互不相同；敌休与门冬相混乱，百部也像门冬；房葵像狼毒草；钩吻草与苻华相似；拔揳与萆薢相似，萆薢又名狗脊。

药物

145 乌头、天雄、附子①，一物，春秋冬夏采各异也。

【注释】

①乌头、天雄、附子：均中药名，是同一种药物的变体，都有毒性，都可用于治病。《广雅》卷十《释草》曰：“蕪奚毒，附子也。一岁为萴(cè)子，二岁为乌喙，三岁为附子，四岁为乌头，五岁为天雄。”《广雅·释草》王念孙疏证引《名医别录》：“冬月采为附子，春采为乌头。”生长与采药时间是其区别点之一。

【译文】

乌头、天雄、附子，本是同种植物，只不过是春秋冬夏采摘的时节各不相同而称谓不同。

146 远志[①]，苗曰小草，根曰远志。

【注释】

①远志：草名，高七八寸，叶椭圆互生，根可入药。《尔雅》云："葽(yāo)绕，棘蒬(yuān)。"郭璞注云："今远志也。似麻黄，赤华，叶锐而黄，其上谓之小草。"《太平御览》卷九百八十九引《本草经》曰："远志一名棘宛，一名要绕，久服轻身、不忘，叶名小草，生太及山及宛句。"《抱朴子》曰："陵阳子仲服远志二十年，有子三十七人。"

【译文】

远志，上面的茎叶叫小草，下面的根叫远志。

147 芎䓖[①]，苗曰江蓠[②]，根曰芎䓖。

【注释】

①芎䓖(xiōng qióng)：也称川芎，伞形科，多年生草本，根状茎可入药。

②江蓠：芎䓖的茎叶细嫩时叫"蘼芜"，嫩苗未结根时叫"江蓠"。

【译文】

芎䓖，上面的茎叶叫江蓠，下面的根叫芎䓖。

148 菊有二种[①]，苗花如一，唯味小异，苦者不中食[②]。

【注释】

①菊有二种：指真菊和薏（yì）。《太平御览》卷九百九十六引《本草经》曰："其菊有两种，一种紫茎，气香而味甘美，叶可作羹，为真菊；菊一种青茎而大，作蒿艾气味，苦不堪食，名薏，非真菊也。"

②苦者不中食：《太平御览》卷九百九十六引《博物志》曰："菊有二种，苗花如一，唯味小异，苦者不宜服。"稍有差异。中，合乎，适合。

【译文】

菊有两种，茎叶和花似乎都一样，只是味道稍有不同，味苦的薏是不适合食用的。

149 野葛食之杀人[①]。家葛种之三年，不收，后旅生亦不可食[②]。

【注释】

①野葛食之杀人：葛，应作"芋（yù）"，下句亦是。《太平御览》卷九百七十五引"《博物志》曰：野芋食之煞人，家芋种之，三年不收，后旅生，亦不可食"。芋，指多年生草本植物。地下有肉质的球茎，含淀粉很多，可供食用，亦可药用。杀人，使人死亡。杀，使动用法，使……杀。

②旅生：野生，不种而生。《后汉书·光武帝纪》："至是野谷旅生。"李贤注："旅，寄也。不因播种而生，故曰旅。"

【译文】

野生的芋头食用后就会使人死亡。家生的芋头种了三年，不去收获，后来变成野生的，也不能食用。

150《神仙传》云："松柏脂入地千年化为茯苓，茯苓化为琥珀。"[1]琥珀一名江珠。今泰山出茯苓而无琥珀，益州永昌出琥珀而无茯苓[2]。或云烧蜂巢所作。未详此二说[3]。

【注释】

①"《神仙传》云"几句：《神仙传》，晋葛洪（283—364）撰。晋惠帝永康元年（300）四月赵王司马伦杀张华，葛洪年方十八。张华引葛书可能性较低。茯苓，寄生在松树根上的菌类植物，形状像甘薯，外皮黑褐色。中医用以入药，有利尿、镇静等作用。《淮南子·说山训》："千年之松，下有茯苓。"高诱注云："茯苓，千岁松脂也。"琥珀，即《太平御览》所写之虎珀、虎魄，古代松柏树脂的化石。色淡黄、褐或红褐。中医用为通淋化瘀、宁心安神的药。

②益州：州名。《后汉书·郡国志》记载："武帝置。（故滇王国。洛阳西五千六百里。）十七城，户二万九千三十六，口十一万八百二。"永昌：地名。永平十年（67），东汉王朝把益州郡西部的楪（yè）榆、云南、邪龙、比苏、不韦、嶲（xī）唐6县分出，置益州西部都尉，治所设在嶲唐（今云龙南、保山北）。永平十二年（69），正式设立了永昌郡，治所在不韦。

③未详此二说：《法苑珠林》卷第三十二引"说"下有"孰是"二字。孰是，哪一个对。

【译文】

《神仙传》说："松柏树脂埋入地下过一千年会变成茯苓，茯苓又变成琥珀。"琥珀又称为江珠。现在泰山出茯苓却没有琥珀，益州永昌出琥珀却没有茯苓。有人说琥珀是烧蜂巢制成的。不能详细分清这两种说法哪一个对。

151 地黄蓝首断心分根菜种皆生[①]。女萝寄生兔丝[②]，兔丝寄生木上[③]，生根不著地。

【注释】

①地黄蓝首断心分根菜种皆生：此句脱误甚多，难以卒读。范校据《本草纲目》卷十六草部"地黄"条下记载："种地黄宜黄土。……以壤土实苇席为坛……乃以地黄根节多者寸断之，莳坛上，层层令满，逐日水灌。"据此，范改此句为"地黄根节多者寸断之，莳(shì)种皆生"，于意贯通。地黄根节多者，"者"为定语后置的标志，译为"根节多的地黄"。寸，名词用作状语，译为"按照一寸长地段"。莳，移植。

②女萝：亦作"女罗"。地衣类植物，即松萝。多附生在松树上，成丝状下垂。《诗经·小雅·頍弁(kuǐ biàn)》："茑(niǎo)与女萝，施于松柏。"毛传："女萝，菟丝，松萝也。"兔丝：即"菟丝"，花科，缠绕寄生草本植物。

③兔丝寄生木上：《吕氏春秋·季秋纪》："人或谓兔丝无根。兔丝非无根也，其根不属也，伏苓是。"高诱注云："属，连也。《淮南记》曰：'下有茯苓，上有兔丝。'一名女罗，《诗》曰：'蔦与女罗，施于松上。'"兔丝以茯苓为根，而寄生于松树上，故"木"以"松"为宜。

【译文】

把根节多的地黄按照一寸长的段切断它，移植栽种后都能成活。女萝寄生在兔丝上，兔丝寄生在松树上，女萝、兔丝生根都不附着在地面上。

152 堇花朝生夕死[①]。

【注释】

①堇(jǐn)花：即木槿花，落叶灌木或小乔木。树皮和花可入药。《淮南子·时则训》："木堇荣。"高诱注："木堇，朝荣莫落，树高五六尺，其叶与安石榴相似也。"

【译文】

木槿花早晨开放，晚上就凋谢了。

药论

153《神农经》曰[①]：上药养命[②]，谓五石之练形[③]，六芝之延年也[④]。中药养性[⑤]，合欢蠲忿[⑥]，萱草忘忧[⑦]。下药治病[⑧]，谓大黄除实[⑨]，当归止痛[⑩]。夫命之所以延、性之所以利、痛之所以止，当其药应以痛也[⑪]。违其药，失其应，即怨天尤人，设鬼神矣。

【注释】

①《神农经》：又名《神农本草经》《神农本草》《神农本经》，简称《本经》《本草经》。是我国现存最早的药学专著，中医本草学经典著作。撰者不详，非一人一时之作，"神农"为后人托名，约成书于东汉初年。原书早已亡佚，现行本为后人从后世本草著作中辑佚而成。本书后世通行辑本序录1卷，正文3卷。序录提出药物三品分类，将药物分成上、中、下三品，并论述药物的配伍禁忌、四气五味、采收制剂、用药原则等药物学理论。正文3卷，共载药365种，分别记述每种药物的名称、产地、性味、功效、主治、配伍、采集和贮藏等内容。其中，卷一上经，收载上品药物120种；卷二中经，收载中品药物120种；卷三下经，收载下品药物125种。

②上药养命:《神农经》“上经”开篇云:“上药一百二十种,为君,主养命以应天。无毒,多服、久服不伤人。欲轻身益气,不老延年者,本上经。”

③五石:指五种石料,即丹砂、雄黄、白矾、曾青、慈石。后被道教用以炼丹。晋葛洪《抱朴子·金丹》:“五石者,丹砂、雄黄、白矾(fán)、曾青、慈石也。”另,从《神农经》来看,似指青石、赤石、黄石、白石、黑石脂等。

④六芝:指六种灵芝草,即《神农经》提到的:赤芝(一名丹芝)、黑芝(一名元芝)、青芝(一名龙芝)、白芝(一名玉芝)、黄芝(一名金芝)、紫芝(一名木芝)。

⑤中药养性:《神农经》“中经”开篇云:“中药一百二十种为臣,主养性以应人。无毒、有毒,斟酌其宜。欲遏病补虚羸者,本中经。”

⑥合欢:植物名,叶至晚则合。《唐本草》注云:“或曰合昏。欢、昏,音相近。”也称夜合花,古代常以合欢赠人,取消除嫌隙、和好如初之义。可入药。《神农经》曰:“味甘平。主安五脏,利心志。令人欢乐无忧。久服轻身,明目,得所欲。生山谷。”蠲(juān):免除。忿:生气,怨恨。

⑦萱草忘忧:萱草,植物名,俗称金针菜、黄花菜,多年生宿根草本,其根肥大。根可入药。古人以为种植此草,可以使人忘忧,因称忘忧草。

⑧下药治病:《神农经》“下经”开篇云:“下药一百二十五种为佐使,主治病以应地。多毒,不可久服。欲除寒热邪气,破积聚,愈病者,本下经。”

⑨大黄:草药名,多年生草本植物。实:充满。此指积滞。

⑩当归:草药名,多年生草本植物,根可入药。

⑪“性之所以利”几句:《太平御览》卷九百八十四引《博物志》曰:“夫性之所以和,病之所以愈,是当其药应其病,则生违其药,失

其应则死。”此较之原句更为合理。

【译文】

《神农经》上说：上等药保养性命，指的是五种药石可以修炼形体，六种芝草可以延年益寿。中等药涵养性情，服用合欢草消除怨气，萱草可以忘记忧愁。下等药治疗疾病，具体说的是大黄可以消除积滞，当归可以止痛。寿命能延长、性情能平和、疼痛能停止的原因，应当是这种药能够用来止痛。违背具体情况用药，就会失去相应的疗效，就会埋怨天责备人，设置鬼神来顶礼膜拜了。

154《神农经》曰：药物有大毒不可入口鼻耳目者，入即杀人，一曰钩吻[①]。卢氏曰：“阴也。黄精不相连[②]，根苗独生者是也。二曰鸱[③]，状如雌鸡，生山中。三曰阴命[④]，赤色著木，悬其子山海中。四曰内童[⑤]，状如鹅，亦生海中。五曰鸩[⑥]，羽如雀，黑头赤喙。六曰蝙蟠[⑦]，生海中，雄曰蟠，雌曰蝙蟠也。”

【注释】

①钩吻：钩吻草。据说此草入口就会钩住人的嘴唇、喉咙，牵挽人肠而使人气绝。可参见《图经衍义本草》卷十七草部上品“钩吻”下引陶弘景云：“《五符》中亦云：‘钩吻是野葛，言其入口则钩人喉吻。’或言‘吻’作‘挽’字，牵挽人肠而绝之。”范校疑其下“二曰鸱、三曰阴命、四曰内童、五曰鸩”，皆是正文，余均是卢氏注也。“亦曰”当作“六曰”。范说为是。

②黄精：药草名。多年生草本，中医以根茎入药。明李时珍《本草纲目》第十二卷草部“黄精”：“黄精为服食要药，故《别录》列于草部之首，仙家以为芝草之类，以其得坤土之精粹，故谓之黄精。”此句与上句，依照孙星衍《本草经》所收佚文为“阴地黄精，不相

连，根苗独生者，是也”。此断不妥。另据士礼居刊本卷七（本书卷五）云：黄帝问天老曰：“天地所生，岂有食之令人不死者乎？”天老曰：“太阳之草，名曰黄精。饵而食之，可以长生；太阴之草，名曰钩吻，不可食，入口立死。人信钩吻之杀人，不信黄精之益寿，不亦惑乎？”周日用曰：“草既杀人，仍无益寿者也。若杀人无验，则益寿不可信矣。”

③鸱（chī）：鸟名，古书上指鹞鹰。另指传说中的怪鸟。《山海经·西山经》：“（三危之山）有鸟焉，一首而三身，其状如鸈（luò），其名曰鸱。”郭璞注云：“鸈似雕，黑文赤颈。”

④阴命：剧毒药物名。

⑤内童：一种有毒的药物。

⑥鸩：有毒的鸟，黑头红嘴，羽有剧毒。

⑦蟜蟒（jiǎo xī）：一种毒虫。

【译文】

《神农经》上说：有剧毒不能入口鼻耳目的药物，一旦进入就会把人毒死，一是钩吻草。卢氏说：“钩吻属太阴之草。黄精属太阳之草，二者不能互相连用，根、苗独立生长的就是这样的。二是鸱，形状像雌鸡，在山中生长。三是阴命，红色附着木上，悬挂它的子在山海中。四是内童，形状像鹅，也生长在海中。五是鸩，羽毛像雀，黑头红喙。六是蟜蟒，生长在海中，雄叫蟒，雌叫蟜蟒。”

155《神农经》曰：药种有五物[①]：一曰狼毒[②]，占斯解之[③]；二曰巴豆[④]，藿汁解之[⑤]；三曰黎卢[⑥]，汤解之[⑦]；四曰天雄、乌头，大豆解之[⑧]；五曰班茅[⑨]，戎盐解之[⑩]。毒菜害，小儿乳汁解，先食饮二升[⑪]。

【注释】

①药种有五物：《稗海》本“物”作“毒”。范校谓此句疑当作“药物有

五毒”或“药物五种有毒”。

②狼毒：药草名。《神农本草经》云：“味辛，平。主咳逆上气，破积聚饮食，寒热水气，恶创，鼠瘘，疽蚀，鬼精，蛊精，杀飞鸟走兽。一名续毒。生山谷。”

③占斯解之：《图经衍义本草》上卷五《序例》云：“杏人、蓝汁、白敛、盐汁、木占斯”，主疗狼毒毒。

④巴豆：植物名，产于巴蜀，其形如豆，故名。中医药上以果实入药，有大毒。

⑤藿汁：草名，即藿香。多年生草本植物，茎和叶可入药。

⑥黎卢：即“藜芦”，又称黑藜芦。多年生草本植物，有毒，可入药。

⑦汤解之：此句应为“葱汤解之”。《图经衍义本草》上卷五《序例》云：“雄黄，煮葱汁，温汤，主疗藜芦毒。”又孙思邈《千金方》卷二十四“解百药毒”第二：“中藜芦毒，葱汤下咽便愈。”

⑧四曰天雄、乌头，大豆解之：词意可参照145条。

⑨班茅：即斑蝥(máo)，药物名，干燥虫体入药，有毒性。

⑩戎盐：即胡盐。《名医别录》云：“戎盐生胡盐山，及西羌北地、酒泉福禄城东南角。北海青，南海赤。十月采。”

⑪“毒采害”几句：范校据《稗海》本、《图经衍义本草》上卷五《序例》及孙思邈《备急千金要方》卷二十四“治食诸菜中毒方”：“小儿尿、乳汁共服二升亦好。”删改补正，此句应为“毒菜，小儿溺、乳汁解之，食饮二升”。

【译文】

《神农经》上说：药物五种有毒：一是狼毒，木占斯可解此毒；二是巴豆，藿汁可解此毒；三是黎卢，葱汤可解此毒；四是天雄、乌头，大豆可解此毒；五是班茅，戎盐可解此毒。毒菜，可用小儿尿、乳汁来解毒，先喝二升就可以。

食忌

156 人啖豆三年[①],则身重行止难。

【注释】

①人啖豆三年:啖豆,吃豆。《名医别录》卷第三:“生大豆,味甘,平。逐水胀,除胃中热痹,伤中,淋露,下瘀血,散五藏结积、内寒,杀乌头毒。久服令人身重。……生太山,九月采。”《太平御览》卷八百四十一引作“人食豆三斗,则身重行止动难,恒食小豆,令人肥燥粗理”。

【译文】

人吃生大豆三年,就会身子沉重,行动举止困难。

157 啖榆则眠[①],不欲觉。

【注释】

①榆(yú):木名,叶卵形,花有短梗,翅果倒卵形,称榆荚、榆钱。果实、树皮和叶可入药,可食。

【译文】

吃了榆荚就会嗜睡,不想醒过来。

158 啖麦稼,令人力健行。

【译文】

吃麦子,使人力气大,健行。

159 饮真茶①,令人少眠。

【注释】

①饮真茶:范校引宋人张淏(hào)《云谷杂记》“饮茶盛于唐”条:“饮茶不知起于何时……则魏晋之前已有之矣。但当时虽知饮茶,未若后世之盛也。郭璞注《尔雅》云:‘树似栀子,冬生叶。可炙作羹饮。’然茶至冬,味苦涩,岂复可作羹饮邪。饮之令人少睡。张华得之,以为异闻,遂载之《博物志》。”董斯张《广博物志》卷四十一云:“茶,古不闻食,晋宋以降,吴人采叶煮之,名为茗粥。”“真”为“羹”之证。羹茶,烧煮的茶,即茗粥。

【译文】

喝了烧煮的茶,令人少睡眠。

160 人常食小豆,令人肥肌粗燥①。

【注释】

①令人肥肌粗燥:范校据《齐民要术》卷十、《太平御览》卷八百四十一并引作“肌燥粗理”,故疑此为“肌理粗燥”。肌理,皮肤的纹理。

【译文】

人常吃小豆,令人皮肤纹理粗糙而干燥。

161 食燕麦令人骨节断解①。

【注释】

①燕麦:植物名,野生于废墟荒地间,燕雀所食,故名。子实也可用以救饥。

【译文】

吃燕麦使人骨头易折断脱位。

162 人食燕肉，不可入水，为蛟龙所吞[①]。

【注释】

①蛟龙：古代传说的两种动物，居深水中。相传蛟能发洪水，龙能兴云雨。王逸注《离骚》"麾蛟龙使梁津兮"句云："小曰蛟，大曰龙。"

【译文】

人吃了燕肉，不能下水，否则就会被蛟龙吞食。

163 人食冬葵为狗所啮[①]，疮不差或致死[②]。

【注释】

①冬葵：葵的一种。茎叶皆入药。明李时珍《本草纲目》第十六卷草部"葵"："六七月种者为秋葵，八九月种者为冬葵。"为……所，被动句标志，表被动。

②疮：通"创"。外伤。差（chài）：病愈。

【译文】

人吃了冬葵后被狗咬，伤口不能愈合，有的还会死亡。

164 马食谷则足重不能行[①]。

【注释】

①谷：粟的别称，亦指稻的子实。在此指庄稼和粮食的总称。

【译文】

马吃了五谷就会脚重不能行走。

165 雁食粟则翼重不能飞[①]。

【注释】

①重：一本作“垂”。

【译文】

大雁吃了小米就会翅膀沉重，不能飞翔。

药术

166 胡粉、白石灰等以水和之，涂鬓须不白。涂讫著油，单裹令温暖，候欲燥未燥间洗之。汤则不得著[①]，晚则多折。用暖汤洗讫，泽涂之。欲染，当熟洗[②]，鬓须有腻不著药。临染时，亦当拭须燥温之。

【注释】

①汤：范校疑是“早”之误，此与后句“晚”对举，文意贯通。

②熟：《稗海》本作“热”。

【译文】

铅粉、白石灰等用水调和均匀，涂在鬓须上，可使鬓须不变白。涂完后搽油，薄薄地裹上一层使其保持温暖，等待它将干未干时洗掉它。过早洗掉，药就不能附着在须上；太迟洗掉，则会造成大量断须。用热水洗完后，用药再涂敷一次。要染须，必须用热水洗，鬓须上有污垢会使药物不能附着在上面。临近染鬓须时，也应当擦拭鬓须使它干热。

167 陈葵子微火炒[①]，令爆咤[②]，散著熟地，遍蹋之[③]，朝种暮生，远不过经宿耳。

【注释】

①陈葵子：陈年的葵子。葵，蔬菜名，我国古代一种很重要的蔬菜。可腌制，称葵菹（zū）。

②咤（zhà）：这里指炸裂声。

③蹋（tà）：同"踏"。踩。《太平御览》卷九百七十九引《博物志》曰："陈葵子微火炒，令爆咤，散著熟地中，遍踏，朝种暮生，远不过宿。陈葵子秋种，覆盖，令经冬不死，至春有子是也。"

【译文】

把陈年的葵菜子放在文火上炒，使它发出炸裂声，然后将它撒在常年耕作的土壤里，来回用脚踏实，早晨种下去，晚上就能发芽，最迟不过一夜时间就能长芽了。

168 陈葵子秋种，覆盖，令经冬不死，春有子也。周日用曰："愚闻熟地植生菜兰，捣时流黄筛于其上，以盆覆之，即时可待。又以变白牡丹为五色，皆以沃其根，以紫草汁则变之紫，红花汁则变红。并未试，于理可焉。此出《尔雅》[①]。"

【注释】

①《尔雅》：尔，近；雅，正。即指解词释义接近雅言，合乎规范。《尔雅》是我国最早的辞书，按照词义系统和事物分类编纂，分为释诂、言、训、亲、宫、器、乐、天、地、丘、山、水、草、木、虫、鱼、鸟、兽、畜十九部分。唐后列入"十三经"。此条在《尔雅》中未见。

【译文】

陈年的葵菜子在秋天种下，覆盖养护它，使它过冬不死，那么到了春天就有果实了。周日用说："我听说熟地种植生菜兰，捣碎流黄筛在熟地上，用盆覆盖养护它，即时可待。又想让白牡丹变成五色，都要使它的根肥沃，用紫草汁浇灌就变成紫色，用红花汁就变红。并没有尝试，在道理上是可以的。这出自《尔雅》。"

169 烧马蹄、羊角成灰[1]，春夏散著湿地，生罗勒[2]。

【注释】

①马蹄：药草名，即马蹄草。羊角：药草名，即羊角草。

②罗勒：药草名，一年生草本植物。茎与叶皆有香气，可做香料及入药。

【译文】

把马蹄草、羊角草烧成灰，春天撒到湿地里，便会生出罗勒草。

170 蟹漆相合成为《神仙药服食方》云[1]。

【注释】

①蟹漆相合成为《神仙药服食方》云：范校据《太平御览》卷九百四十二引作"蟹漆相合成水。神仙服食方云"。"神仙服食方云"六字当是周日用注。此处"为"是"水"的误字，"药"系后人误添，以足文意。漆，指干漆，中药名。《本草经》："干漆，味辛，温，无毒。主绝伤，补中，续筋骨，填髓脑，安五藏，五缓，六急，风寒湿痹。"

【译文】

螃蟹与干漆相混合会变成水。《神仙药服食方》说。

戏术

171 削木令圆[①]，举以向日，以艾于后成其影[②]，则得火[③]。

【注释】

①削木令圆：木，《艺文类聚》卷九、《白孔六帖》卷三、《太平御览》卷七百三十六、九百九十七等皆作“冰”，宜改。《太平御览》卷七百三十六引《淮南万毕术》曰：“削冰令圆，举以向日，以艾承其影，则火生。”

②艾：艾草，植物名，菊科艾属，多年生草本。秋天开淡黄或淡褐色花。叶揉成艾绒，此处即指艾绒。成：《说郛》本、快阁本、《汉魏丛书》本、《稗海》本均作“承”。影：光。

③则得火：《古今注》卷下曰：“阳燧，以铜为之，形如镜，向日则火生，以艾承之则得火也。”这则“冰镜取火”实验是凸透镜取火原理的实践。

【译文】

把冰削成圆形，拿起来用凸面朝向太阳，把艾绒放在下面承受日光，就能取火。

172 取火法，如用珠取火[①]，多有说者，此未试。

【注释】

①用珠取火：一说，似珠的石，名叫火珠，又叫火齐珠，可以取火。《旧唐书·南蛮西南蛮传》：“（贞观）四年，其王范头黎遣使献火珠，大如鸡卵，圆白皎洁，光照数尺，状如水精，正午向日，以艾承之，即火燃。”

【译文】

取火的方法，像用珠取火，谈论的人很多，但这种方法尚未被试过。

173 《神农本草》云：鸡卵可作琥珀，其法取伏卵段黄白浑杂者煮[①]，及尚软随意刻作物，以苦酒渍数宿[②]，既坚，内著粉中[③]，佳者乃乱真矣。此世所恒用，作无不成者。

【注释】

①其法取伏卵段黄白浑杂者煮：《太平御览》卷九百十八引《神农本草经》曰："鸡卵可以作虎魄法，取茯苓鸡段卵黄白浑杂者熟煮之及尚软，随意刻作物，形以苦酒渍数宿，既坚，内著粉中，假者乃乱真。此世所恒用，作无不成者。""段卵"二字，范校以为讹误，当为"毈(duàn)"，指蛋内坏散，孵不成小鸟。据《淮南子·原道训》高诱注云："卵不成鸟曰毈。"

②苦酒：醋。渍：浸泡。

③内：同"纳"。进入。

【译文】

《神农本草经》上说：鸡蛋可以制成琥珀，制作方法是取茯苓和蛋黄蛋白混杂的孵鸡不成的鸡蛋放在一块煮，趁它还软的时候，随心所欲刻成各种形状，再用醋浸泡几夜，坚硬后，把它放进粉里着粉，这样做得好的琥珀就可以假乱真了。这是世人常用的方法，制作没有不成功的。

174 烧白石作白灰[①]，既讫，积著地，经日都冷，遇雨及水浇即更燃，烟焰起。

【注释】

①烧白石作白灰：白石，指石灰石。白灰，即生石灰。生石灰，白色无定形固体，由石灰石煅烧而成，遇水碎裂，并放出大量的热。

【译文】

把石灰石烧成生石灰，烧完后，生石灰堆积在地上，经过一天全都冷却，如果遇到下雨以及水浇，生石灰就会重新燃烧，烟雾和火焰腾空而起。

175 五月五日埋蜻蜓头于西向户下，埋至三日不食，则化成青真珠。又云埋于正中门。

【译文】

五月初五在朝西的门下面埋下蜻蜓的头，埋到三天不给它吃食物，就会变成青色的珍珠。又一说在正中门埋下。

176 蜥蜴或名蝘蜓。以器养之，以朱砂，体尽赤，所食满七斤，治捣万杵，点女人支体，终年不灭[①]。唯房室事则灭，故号守宫。《传》云："东方朔语汉武帝，试之有验[②]。"

【注释】

①"蜥蜴(xī yì)或名蝘蜓(yǎn tíng)"几句：《太平御览》卷九百四十六："蜥蜴或蝘蜓。以器养之，食以朱砂，体尽赤，所食满七斤，捣万杵，以点女人支体，终身不灭，故号曰守宫。"蜥蜴，爬行动物，通称四脚蛇，又名蝘蜓、蝾螈(róng yuán)、壁虎、石龙子、蝎(xiē)虎、守宫。晋崔豹《古今注》卷中曰："蝘蜓，一名龙子，一曰守宫，善上树捕蝉食之，其长细五色者，名为蜥蜴，短大者名蝾螈，一曰蛇医，

大者长三尺，其色玄绀（gàn）者，善螫人。一名玄螈，一曰绿螈也。”清李慈铭《越缦堂读书记·夏小正补传》：“匽（yǎn）读为蝘，蝘蜓，守宫也。在壁曰蝘蜓，在草曰蜥易。世称它蝎之类，五日节必伏，兴者生也。此说为前人所未发。”关于守宫得名有两说：本于此条，即将饲以朱砂的壁虎捣烂，点于女子肢体以防不贞，谓之守宫。又一说因其常守伏于宫墙屋壁以捕食虫蛾，故名守宫。以朱砂，此句《汉魏丛书》本作“食以朱砂”，宜补。年，《太平御览》卷九百四十六及《汉书·东方朔传》颜师古注等皆为“身”。

②“《传》云”几句：此《传》非东方朔本传，盖传说之类。《汉书·东方朔传》曰：“上尝使诸数家射覆，置守宫盂下，射之，皆不能中。朔自赞曰：‘臣尝受《易》，请射之。’乃别蓍布卦而对曰：‘臣以为龙又无角，谓之为蛇又有足，跂跂（qí）脉脉善缘壁，是非守宫即蜥蜴。’上曰：‘善。’赐帛十匹。复使射他物，连中，辄赐帛。”东方朔（前154—前93），西汉人，武帝初上书自荐而入仕，为太中大夫，性格诙谐滑稽，因此，武帝以俳（pái）优待之。后世流传其事广泛却多失实。

【译文】

蜥蜴又名蝘蜓。用器皿养它，用朱砂喂它，它的身体就会变得通红，喂养到了七斤，用木杵反复捣烂，用它点在女人肢体上，一生也不会消除。只要有男女同房事后就会消失，所以又称为守宫。《传》上说：“东方朔告诉汉武帝，汉武帝试验此法，果然有效。”

177 取鳖挫令如棋子大，捣赤苋汁和合①，厚以茅苞，五六日中作，投地中②，经旬脔脔尽成鳖也③。

【注释】

①赤苋（xiàn）：菜名，可入药。

②五六日中作，投地中：《太平御览》卷九百三十二："五六月中作，投于池泽中。"据此，"日"应为"月"，"地"应为"池"，士礼居刊本"地"亦作"池"。

③旬：十日。脔(luán)：切成小块的肉。

【译文】

取一只甲鱼，把它切成一块块像棋子那么大，接着把赤苋捣成汁与切好的甲鱼块混合调匀，厚厚地裹上茅草，在五六月的时候投进池塘中，经过十天，切成小块的甲鱼块全都变成了甲鱼。

卷五

【题解】

本卷分《方士》《服食》《辨方士》三目，专论方士。方士兴起于战国燕、齐之地，遗世独立，期图修炼长生，尸解登仙。汉武帝后，方士一部分整合了方技、阴阳和五德终始理论，为政治服务；另一部分进入世俗社会，他们所具有的服食仙丹、隐身变形、辟谷养性、尸解登仙、出入不由门径、能耐寒温、降妖除魔等数术方技，大范围流行起来。

本卷重点探讨了汉魏术士之风在世俗社会中广泛流行的情况，这三目多取材于《后汉书·方术列传》《三国志》及其注引。方士迎合了帝王长生不老的愿望，用一些小术技迷惑了统治者的心智，得到了帝王的赞赏。本卷开列了魏武帝招贤榜之方士名单，记录了他们的方技本领、修炼之术，以及司马迁、扬雄、曹丕、桓谭等人的理性评价。围绕与"人"有关的方术，包括服食、养生、房中、导引、尸解等内容，绝少"天""地"方面的方术，可以看出魏晋"人"自身观念的觉醒。

方士

178 魏武帝好养性法，亦解方药[①]，招引四方之术士如左元放、华佗之徒无不毕至[②]。周日用曰："曹虽好奇而心道异，如何招引方术之人乎？如因左元放而兼见杀者，若非变化，已至灭身，故有道者不合村之矣[3]，既要试术，即可乎？”

【注释】

①方药：医方和药物。亦借指医道、医术。

②招引四方之术士如左元放、华佗之徒无不毕至：《三国志·魏书·武帝纪》裴松之注引作“又好养性法，亦解方药，招引方术之士，庐江左慈、谯郡华佗、甘陵甘始、阳城郄（xì）俭无不毕至”。术士，指以占卜、星相、医疗等为职业的人。左元放，名慈，字符放，庐江（今安徽庐江）人，东汉末方士。《后汉书·方术列传》评其“少有神道”，习补导变化之术。华佗，字符化，一名旉（fū），沛国谯（今安徽亳州）人，东汉医学家。他医术全面，尤其擅长外科，并兼通内、妇、儿、针灸各科。精于手术，尤其是发明了手术中使用的“麻沸散”。《后汉书·方术列传》说他“游学徐土，兼通数经，晓养性之术，年且百岁而犹有壮容，时人以为仙”，亦得养生之术。之徒，即这类人，诸如此类，如“之属”“之伦”。

③故有道者不合村之矣：《稗海》本、《古今逸史》本、士礼居刊本“村”作“亲”。

【译文】

魏武帝喜好养生之道，又懂得医方药物，他征召延请了四方的术士，如左元放、华佗这些人全都汇聚到他门下。周日用说：“曹操虽然好奇术可是内心与道违逆，怎么能真正征召延请精通方术的这些人呢？像囚禁左元放同时想要杀他的情况，如果不是左元放精通变化，已经到了死亡的境地，所以真正精通道术的人不应亲近他了，既然想要真正的方术，这样做能行吗？”

179 魏王所集方士名：

上党王真[1]　　陇西封君达[2]

甘陵甘始[3]　　鲁女生[4]

谯国华佗字元化　　东郭延年[5]

唐雩[6]　　冷寿光[7]

河南卜式[8]　　张貂[9]

蓟子训[10]　　汝南费长房[11]

鲜奴辜[12]　　魏国军吏河南赵圣卿[13]

阳城郄俭字孟节[14]　　庐江左慈字元放

右十六人魏文帝、东阿王、仲长统所说[15]，皆能断谷不食，分形隐没，出入不由门户。左慈能变形，幻人视听，厌刻鬼魅[16]，皆此类也。《周礼》所谓怪民[17]，《王制》称挟左道者也[18]。

【注释】

①上党：郡名，治所在今山西长治。王真：东汉人。年近百岁，面有光泽，能行胎息（不以鼻口嘘吸，闭气而吞）、胎食（嗽食下舌而咽），兼通房中术等修炼方术。《后汉书·方术列传》："王真年且百岁，视之面有光泽，似未五十者。自云：'周流登五岳名山，悉能行胎息胎食之方，嗽舌下泉咽之，不绝房室。'"

②陇西：郡名，治所在今甘肃临洮。封君达：名衡，字君达，东汉陇西（甘肃定西一带）人。服食黄连、水银养生，精通御女术，常骑青牛，号"青牛道士"。《后汉书·方术列传》："甘始、东郭延年、封君达三人者，皆方士也。率能行容成御妇人术，或饮小便，或自倒悬，爱啬精气，不极视大言。……君达号'青牛师'。凡此数人，皆百余岁及二百岁也。"

③甘陵：县名，今河北清河。甘始：东汉方士，喜好道术，老有少容，能行御妇人术，活到百余岁。

④鲁女生：东汉人。行导引之术，不食五谷八十多年，身体健壮，色

如桃花，每天能行三百里，道成后入华山。《后汉书·方术列传》："泠寿光、唐虞、鲁女生三人者，皆与华佗同时。……鲁女生数说显宗时事，甚明了，议者疑其时人也。董卓乱后，莫知所在。"

⑤东郭延年：东汉方士。能行御妇人术，有时饮小便，有时自己倒悬，吝啬精气，活到百余岁。

⑥唐雹（zhá）：具体未详，疑"雹"为"虞"之误。《后汉书·方术列传》曰："泠寿光、唐虞、鲁女生三人者，皆与华佗同时。……唐虞道赤眉、张步家居里落，若与相及，死于乡里不其县。"唐虞总是提到东汉初年的赤眉军起义和张步起义军的事，仿佛赶上那个时代一样，显见寿命之长。

⑦冷寿光：应为"泠（líng）寿光"，东汉人。与华佗同时，能行导引御女之术，年纪约一百五六十岁。《后汉书·方术列传》："泠寿光、唐虞、鲁女生三人者，皆与华佗同时。寿光年可百五六十岁，行容成公御妇人法，常屈颈鷮（jiāo）息，须发尽白，而色理如三四十时，死于江陵。"

⑧卜式：河南人。为人朴忠，从事田畜生产。当时汉对匈奴用兵，毁家纾难，汉武帝时为郎官，后官至御史大夫。元封元年（前110）被贬为太子太傅，后去世。

⑨张貂：东汉人。能隐身，出入不走门户。《后汉书·方术列传》："解奴辜、张貂者，亦不知是何郡国人也。皆能隐沦，出入不由门户。"

⑩蓟（jì）子训：东汉方士。有神异之道，曾抱邻居的婴儿故意失手，婴儿堕地而死。埋葬后，他又抱着婴儿回来，于是在京师名声大振。驾驴车取道过荥（xíng）阳，住宿时，驴死蛆虫流出，他以杖扣之，驴应声奋起入京。百岁翁说他自己儿童时见过他，容颜未变。有人见他在长安东霸城与一老翁一起抚摸铜人，这个铜人

已有五百年历史了，可他却说是刚刚看到铜人铸成。之后“视若迟徐，而走马不及，于是而绝”。《后汉书·方术列传》有此记载，干宝《搜神记》做了剪辑。

⑪汝南：郡名，治所在今河南上蔡。费长房：东汉方士。从仙人壶公学道不成，壶公送以竹杖，骑之可去四方，送一符可节制世上众鬼神。相传能“医疗众病，鞭笞百鬼”，又善变幻捉妖，有隐身之术。一日之间，人见其在千里之外者数处出现。后来丢失其符，被众鬼所杀。事见《后汉书·方术列传》。

⑫鲜奴辜：东汉人。出入不从门户，并能变易物体形貌，用幻术迷惑人。《后汉书·方术列传》：“解奴辜、张貂者，亦不知是何郡国人也。皆能隐沦，出入不由门户。奴辜能变易物形，以诳幻人。”

⑬赵圣卿：应为“曲(qū)圣卿”，东汉河南郡人。善于画符来镇压、驱使鬼神。《四库提要考证》曰：“赵，《续文献通考》作曲。”《后汉书·方术列传》：“又河南有曲圣卿，善为丹书符劾，厌杀鬼神而使命之。”

⑭阳城：地名，在今河南方城。郄(xì)俭：曹魏时方士。善行导引之术，吃野葛，懂方药。《三国志·魏书·武帝纪》裴松之注引作“又好养性法，亦解方药，招引方术之士，……阳城郄俭无不毕至，又习啖野葛至一尺，亦得少多饮鸩酒”。

⑮魏文帝：即曹丕(187—226)，字子桓，曹操的次子，三国时期魏国的创建者。东阿王：即曹植(192—232)，字子建，生前曾为陈王，谥号“思”，因此称陈思王。因38岁时被分封到东阿(位于今山东东阿)，自此以后，曹植有了东阿王的封号。仲长统(180—220)：字公理，山阳郡高平(今山东邹城西南部)人。少好学，博涉书记，擅文辞，官至尚书郎。曾参与曹操军事。敢于直言，时人以为狂生。

⑯厌(yā)刻：用迷信的方法镇服鬼魅，消除灾邪。厌，镇压。刻，通

"剋"。镇服,制胜。

⑰怪民:穿着失常,性情古怪之人。《周礼·天官冢宰·阍人》:"奇服怪民不入宫。"郑玄注曰:"奇服,衣非常。《春秋传》曰:'龙奇无常,怪民狂易。'"

⑱《王制》:卢植云:"汉孝文皇帝令博士诸生作此《王制》之书。"孔颖达疏云:"正义曰:案郑《目录》云:'名曰《王制》者,以其记先王班爵、授禄、祭祀、养老之法度,此于《别录》属制度。'《王制》之作,盖在秦汉之际。"挟:执持。左道:邪门旁道,多指巫蛊、方术等。《礼记·王制》:"执左道以乱政,杀。"郑玄注云:"左道,若巫蛊及俗禁。"孔颖达疏:"卢云:'左道谓邪道。地道尊右,右为贵。'故《汉书》云:'右贤左愚,右贵左贱。'故正道为右,不正道为左。"

【译文】

魏王收集的方士名单如下:

上党王真	陇西封君达
甘陵甘始	鲁女生
谯国华佗字元化	东郭延年
唐虞	泠寿光
河南卜式	张貂
蓟子训	汝南费长房
鲜奴辜	魏国军吏河南曲圣卿
阳城郄俭字孟节	庐江左慈字元放

以上十六个人,据魏文帝、东阿王和仲长统所说,都能断除五谷不吃,且能分身隐形,不从门户进出。左慈能变化形体,迷惑他人的视觉听觉,又能镇服驱赶妖魔鬼怪,都是这一类。这些人就是《周礼》上说的狂怪特异的人,《礼记·王制》上所称的操持邪门旁道的人。

180 魏时方士，甘陵甘始，庐江有左慈，阳城有郄俭。始能行气导引[①]，慈晓房中之术[②]，善辟谷不食[③]，悉号二百岁人[④]。凡如此之徒，武帝皆集之于魏，不使游散。甘始孝而少容[⑤]。曹子建密问其所行，始言本师姓韩字世雄，尝与师于南海作金[⑥]，投数万斤于海。又取鲤鱼一双，鲤游行沉浮[⑦]，有若处渊，其无药者已熟而食[⑧]。言此药去此逾万里，已不可行，不能得也。

【注释】

①行气：道教语，指呼吸吐纳等养生方法的内修功夫。导引：即导气引体，古医家、道家的养生术，实为呼吸和躯体运动相结合的体育疗法。近年出土的西汉帛画有治疾的《导引图》。

②房中之术：古代方士讲论的房中节欲、养生之术，与气功有一定的联系，是古代的性学。《列仙传》曰："御妇人之术，谓握固不泻，还精补脑也。"

③辟谷：亦称"断谷""绝谷"，谓不食五谷。道教的一种修炼术。辟谷时，仍食药物，并须兼做导引等功夫。

④悉号二百岁人：二，《三国志·魏书·方技传》注作"三"。

⑤孝：《稗海》本、《汉魏丛书》本、《后汉书·甘始传》作"老"。

⑥作金：指炼金为丹，服之求长生。《抱朴子·金丹》："第六之丹名炼丹。服之十日，仙也。又以汞合火之，亦成黄金。"

⑦鲤游行沉浮：《后汉书·甘始传》注："令其一著药投沸膏中，有药奋尾鼓鳃。"《三国志·魏书·方技传》注引"鲤"前有"合其一煮药，俱投沸膏中，有药者奋尾鼓鳃"十七字，宜补。鲤，应为"鳃"之误。

⑧其无药者已熟而食：此句应为"其一无药者已熟而可食"。范校

据《后汉书·甘始传》注、《三国志·魏书·方技传》注并引其下有"一"字,"食"上有"可"字,宜补。

【译文】

魏时的方士,甘陵有甘始,庐江有左慈,阳城有郄俭。甘始能吐纳运气,导气引体,左慈通晓房中交合养生保气之术,郄俭则善于不食五谷来修炼,他们都号称是活到三百岁的人。凡是像这一类的方士,魏武帝都邀集他们到魏国,不让他们周游散居各地。甘始虽年老,却仍保持年轻的仪容。曹植曾私下里询问他的道行,甘始说,我的师傅姓韩字世雄,我曾和老师在南海炼金,把数万斤黄金扔进了大海。又捞取两条鲤鱼,在其中的一条鱼身上涂上一种药,然后把两条鱼都丢进沸滚的油里,涂有药的那一条摇着尾鼓着鳃自由自在地游动,或沉或浮,好似处在深渊里一样,另一条没涂药的却已经被煮熟可以吃了。又说这种药的产地离这里超过了一万多里,如果我不亲自前往,是不能得到这种药物的。

181 皇甫隆遇青牛道士姓封名君达,其余养性法即可放用①,大略云:"体欲常少劳无过虚②。食去肥浓,节酸咸,减思虑,损喜怒,除驰逐,慎房室。施泻③,秋冬闭藏。"别篇,武帝行之有效。

【注释】

①其余养性法即可放用:余,据周心如说改为"论"。性,周心如作"生"。

②体欲常少劳无过虚:《太平御览》卷七百二十引作"体欲常劳,食欲常少,劳无过虚"。

③施泻:应为"春夏施泻"。《太平御览》卷七百二十引《博物志》曰:

"魏武帝问封君达养生之术,君达曰:'体欲常劳,食欲常少,劳无过虚,省肥浓,节咸酸,减思虑,损喜怒,除驰逐,慎房室。春夏施泻,秋冬闭藏。'武帝行之有效。"

【译文】

皇甫隆遇见青牛道士封君达,感到他论养生的方法值得仿效施用,其大体内容是:"身体要常活动,饮食要少量,活动不要过度劳累,节食不要导致过度空虚。避开肥腻食物,控制酸咸食品,减少杂念忧虑,远离喜怒情绪,排除追名逐利想法,谨慎对待房事。春夏注意清泻火气,秋冬注意闭合收藏。"详细内容见于别篇。魏武帝采用了这种养生方法,有效果。

182 文帝《典论》曰[①]:陈思王曹植《辩道论》云[②],世有吾王悉招至之,甘陵有甘始,庐江有左慈,阳城有郄俭。始能行气,俭善辟谷,悉号三百岁人。自王与太子及余之兄弟咸以为调笑,不全信之。然尝试郄俭辟谷百日,犹与寝处[③],行步起居自若也[④]。夫人不食七日则死,而俭乃能如是。左慈修房中之术,可以终命,然非有至情,莫能行也。甘始老而少容。自诸术士咸共归之,王使郄孟节主领诸人。

【注释】

①文帝《典论》:曹丕的《典论》是一部有关政治、文化的论著,全书原有22篇,后亡佚,今仅存《自叙》《论文》《论方术》三篇。其中《论文》篇是中国文学批评史上较早出现的一篇文学专论,也是汉魏文学批评史上的重要文献。它论述了文学批评的态度、作家的个性与作品的风格、文体的区分、文学的价值等问题。

②陈思王:曹植在魏文帝、魏明帝统治的12年中,曾被迁封过多

次，最后的封地在陈郡，死后谥号为思，故称陈思王。《辩道论》：曹植批驳神仙说之诈妄的文章。

③犹：应作"躬"。《三国志·魏书·方技传》注引"躬与之寝处"，宜改。

④起居：作息，举止，谓日常生活。

【译文】

魏文帝《典论》说：陈思王曹植的《辩道论》说，世间有方士，我们魏王把他们全都征召到身边，甘陵有甘始，庐江有左慈，阳城有郄俭。甘始能吐纳运气，导气引体，郄俭则善于不食五谷来修炼，他们都号称是活到三百岁的人。从父王曹操和太子曹丕直到我的兄弟都把这些当作笑料，不全信这些事。但是曾经试过和郄俭断绝谷食一百天，我亲自同他朝夕相处，见他走路、生活一如平常。人不吃饭七天就会死，可郄俭却能走路、生活一如平常。左慈修炼房中术，能够享尽天年，但自身没有极其精纯的志向，是不能做到的。甘始年纪虽老，却依然保持年轻的容颜。自从众多方士都前来归附，父王就让郄俭掌管统领这些人。

183 近魏明帝时[①]，河东有焦生者[②]，裸而不衣，处火不燋，入水不冻[③]。杜恕为太守[④]，亲所呼见[⑤]，皆有实事。周日用曰："焦孝然边河居一庵，大雪，庵倒，人已为死，而视之，蒸气于雪，略无变色。时或析薪惠人而已[⑥]，故《魏书》云：'自羲皇以来一人而已。'"[⑦]

【注释】

①魏明帝：即曹叡（204—239），字符仲，豫州沛国谯（今安徽亳州）人。三国时期曹魏第二任皇帝（227—239年在位）。魏文帝曹丕长子，母为文昭甄皇后。

②焦生：指焦先，字孝然，河东（今山西境内黄河以东的地区）人，汉末隐士。孑然无亲，见汉室衰，遂不语。露首赤足，结草为裳，见妇人即避去。平时不践邪径，不取大穗，数日一食。或谓曾结庐于镇江谯（qiáo）山（即今焦山）。传说死时百余岁，后因以指得道的隐士。参阅晋皇甫谧《高士传》卷下、晋葛洪《神仙传》。

③"裸而不衣"几句：《太平御览》卷八百六十九引《博物志》曰："又曰魏明帝世，河东有焦光者，裸而不衣，处火不燋，处寒不冻。"燋，通"焦"。

④杜恕：三国魏人，明帝太和中任散骑黄门侍郎，曾任河东太守，御史中丞，后任幽州刺史，加建威将军。

⑤呼见：范校据《三国志·魏书·袁张凉国田王邴管传》注引《高士传》曰："河东太守杜恕尝以衣服迎见，而不与语。"疑"呼"当作"迓（yà）"。迓，即迎。

⑥析薪：砍柴，劈柴。

⑦羲皇：即伏羲。

【译文】

近世魏明帝时，河东郡有位隐士焦先，光着身子不穿衣，在火里烧不焦，在水里冻不坏。杜恕当河东太守时，曾亲自召他来见面，都是实有之事。周日用说："焦孝然居住在河边一个草庵中，下大雪，草庵被雪压倒，人们认为他死了，前去看他，他呼气在雪上，几乎没有改变脸色。有时砍柴施惠于人罢了，所以《魏书》上说：'从伏羲以来，只焦先一人罢了。'"

184 颍川陈元方、韩元长①，时之通才者②。所以并信有仙者，其父时所传闻，河南密县有成公③，其人出行，不知所至，复来还，语其家云："我得仙。"因与家人辞诀而去，其步渐高，良久乃没而不见。至今密县传其仙去。二君以信有仙，盖由此也。周日用曰："岂惟二子乎？"

【注释】

①颍(yǐng)川:郡名,治所在今河南禹州。陈元方:即陈纪(129—199),东汉人。与其父陈寔(shí)、其弟陈谌(chén,字季方)并著高名,时号"三君"。《世说新语·德行》载"元方难为兄,季方难为弟"的典故,弟兄俱有高才,难分伯仲。韩元长:即韩融(126—196),东汉人,韩韶之子。《后汉书·荀韩锺陈列传》载"少能辩理而不为章句学。声名甚盛,五府并辟。献帝初,至太仆。年七十卒"。陈寔又与同邑锺皓、荀淑、韩韶等以清高有德行闻名于世,合称为"颍川四长"。《后汉书·循吏列传》:"自章、和以后,其有善绩者,往往不绝。如鲁恭、吴祐、刘宽及颍川四长,并以仁信笃诚,使人不欺。"李贤注:"谓荀淑为当涂长、韩韶为嬴长、陈寔为太丘长、锺皓为林虑长。淑等皆颍川人也。"

②通才:学识广博兼备多种才能的人。

③河南密县有成公:成公,也作"上成公"。《后汉书·方术列传》曰:"上成公者,宓(mì)〔密〕县人也。其初行久而不还,后归,语其家云:'我已得仙。'因辞家而去。家人见其举步稍高,良久乃没云。"《广韵》以"上成"为复姓。

【译文】

颍川人陈元方、韩元长,都是东汉时博学多能的人。他们都相信有神仙的原因,是听了他们父辈时的传闻,河南郡密县有个叫上成公的人,他离家出走,不知道到哪里去了,后来他又回来,告诉他的家人说:"我已得仙道了。"于是与家人辞别而去,他的脚步逐渐抬高,过了好久便隐没看不见踪迹了。至今密县还流传着他成仙而去的故事。二位因此相信有神仙,大概是这个缘故。周日用说:"难道只是这二位吗?"

185 桓谭《新论》说方士有董仲君①,罪系狱。佯死,臭自陷出烂②,既而复生。

【注释】

①桓谭(前23—50):字君山,沛国相(今安徽濉溪)人。两汉之际的唯物主义思想家,通天文,主浑天说。解音律,善鼓琴,光武朝,官至议郎给事中,反对谶纬迷信之风,后贬为六安郡丞,死于途中。著有《新论》29篇,早已亡佚,《桓子新论》以清人严可均《全后汉文》辑本收录较为完备。

②臭自陷出烂:范校据《神仙传》卷十仲君本传“臭”下有“烂”字,宜补。又据《太平御览》卷六百四十三、七百三十七及九百四十四引《新论》并作“数日目陷虫出”。《太平御览》卷六百四十三引《桓子新论》曰:“近哀平间,道士临淮董仲君,坐系狱,病死,数日目陷生虫,吏捐弃之,便更活去。”《太平御览》卷七百三十七引桓谭《新论》曰:“方士董仲君,犯事系狱,佯死,目陷虫烂。”《太平御览》卷九百四十四引桓谭《新论》曰:“睢陵有董仲君,好方道,尝坐重罪,系狱,佯病死,数日毁虫出而复活。”综上,此句应为“臭烂,数日目陷虫出”较为合理。周心如案,“《陈思王集》作‘佯死,数日目陷虫出’”。

【译文】

桓谭《新论》上说,有个方士叫董仲君,因犯了罪被囚禁在监狱里。他假装死去,尸体腐烂发臭,过了几天眼窝深陷蛆虫爬出,狱卒扔掉他的尸体,不久后他又复活了。

186 黄帝问天老曰[①]:“天地所生,岂有食之令人不死者乎?”天老曰:“太阳之草,名曰黄精,饵而食之[②],可以长生。太阴之草,名曰钩吻,不可食,入口立死。人信钩吻之杀人,不信黄精之益寿,不亦惑乎?”周日用曰:“草既杀人,仍无益寿者也。若杀人无验,则益寿不可信矣。”

【注释】

①黄帝：古帝名，少典之子，姓公孙，居轩辕之丘，故号轩辕氏。又居姬水，因改姓姬。国有熊，亦称有熊氏。以土德王，土色黄，故曰黄帝。传说他有很多发明创造，如养蚕、舟车、文字、音律、医学等，都创始于黄帝时期。传说是中原各族的共同祖先。《黄帝内经》即假托黄帝之手。天老：相传为黄帝辅臣。《后汉书·张衡列传》："方将师天老而友地典，与之乎高睨而大谈。"李贤注："《帝王纪》曰：'黄帝以风后配上台，天老配中台，五圣配下台，谓之三公。'"

②饵(ěr)：食，吃。嵇康《与山巨源绝交书》："又闻道士遗言，饵术黄精，令人久寿，意甚信之。"

【译文】

黄帝问天老说："天地生长的物种，难道有吃了它让人不死的东西吗？"天老说："阳气极盛的草，名叫黄精，服食此药，能够长生。阴气极盛的草，名叫钩吻，不能吃，一到嘴里立刻就会死。人相信钩吻草能毒死人，却不相信黄精能使人延年益寿，这不是太糊涂了吗？"周日用说："草既然能杀人，还没有延年益寿的。如果杀人没有验证，那么延年益寿也不能相信了。"

服食

187 左元放荒年法[①]：择大豆粗细调匀，必生熟按之[②]，令有光，烟气彻豆心内。先不食一日，以冷水顿服讫。其鱼肉菜果不得复经口[③]，渴即饮水，慎不可暖饮。初小困，十数日后，体力壮健，不复思食。

【注释】

①左元放荒年法：《太平御览》卷八百四十一引《博物志》曰："左元

放度荒年法:择大豆粗细调均,种之必生者,熟挼(ruó),令有光,使暖气彻豆心。先一日不食,以冷水顿服三升,服讫,其鱼肉菜果酒酱咸酢(cù)甘苦之物一不得服经口,渴则饮水,慎不可暖饮。初小困,极数十日后,体力更壮健,不复思食。大较法服三升为剂,亦当随人先食多少增损之,岁丰欲还食者煮葵子及脂苏肥肉羹渐渐饮之,须豆下乃可食,豆未下尽而食实物,肠塞,则杀人。"

②必生熟按之:"必"字上有"种(当作食)之"二字,"生"下有"煮"字,宜补。按,范校据士礼居刊本作"挼",《太平御览》卷八百四十一及《重修政和证类本草》卷二十五亦是。挼,揉搓。

③其鱼肉菜果不得复经口:《太平御览》卷八百四十一,"果"字下还有"酒酱咸酢甘苦之物一"九字。酢(cù),同"醋"。这里指酸味。

【译文】

左慈度荒年的饮食方法:选择颗粒大小均匀的大豆,吃豆以前必须先用手将生豆反复揉搓,使它有光泽,并让手心的暖气直透进豆心里。先停食一天,然后用冷水一次送服。吃完后那些鱼肉、蔬菜、水果等酸甜咸苦的食物全都不能再入口了,口渴了就马上喝水,但千万不能喝热饮。服食大豆后,起初人会略感困乏无力,但十多天后,就会体力强健,不再有食欲了。

188 鲛法服三升为剂[①],亦当随人先食多少增损之。盛丰欲还者煮葵子及脂苏[②],服肉羹渐渐饮之,须豆下乃可食,豆未尽而以实物肠塞[③],则杀人矣。此未试,或可以然。周日用曰:"一说腊涂黏饼[④],炙饼令热,即涂之,以意量多少即食之,如常渴即饮冷水,忌热茶耳。"

【注释】

①鲛法服三升为剂：范校据士礼居刊本"鲛"前有"大"。《太平御览》卷八百四十一引作"大较法服三升为剂"，意不可通。范疑当作"食大豆法服三升为剂"。按，《太平御览》卷八百四十一引："大较法服三升为剂，亦当随人先食多少增损之，盛丰欲还食者煮葵子及脂苏，服肉羹渐渐饮之，须豆下乃可食，豆未下尽而食实物，肠塞，则杀人。"

②还者：指恢复食欲。脂苏：即"脂酥"，豆腐。《通雅》卷三十九"饮食"曰："豆乳、脂酥，即豆腐也。《物性志》曰：豆以为腐，传自淮南王以豆为乳，脂为酥。"

③豆未尽而以实物肠塞：此句应作"豆未下尽而食实物，肠塞"。据《太平御览》卷八百四十一改，意可通。

④腊：即蜜蜡、蜂蜡。

【译文】

服食大豆的方法，以三升为一剂，当然也应随人先前食用剂量的多少而适当增减。年成好想要恢复食欲的可煮冬葵子和豆腐，肉羹逐渐增量食用，但必须等大豆排泄掉才能吃，豆没有排泄尽就急于吃很多食物，便会导致肠塞，就会使人死亡了。这个方法没有试过，或许是这样的。周日用说："还有一说用蜜蜡涂上黏饼，将饼烤热，涂上蜜蜡，按照食量多少吃饼，如果常口渴就喝凉水，忌喝热茶。"

189《孔子家语》曰[①]："食水者乃耐寒而苦浮[②]，食土者无心不息[③]，食木者多而不治[④]，食石者肥泽而不老[⑤]，食草者善走而愚[⑥]，食桑者有绪而蛾[⑦]，食肉者勇而悍[⑧]，食气者神明而寿[⑨]，食谷者智慧而夭[⑩]，不食者不死而神[⑪]。"《仙传》曰："虽食者[⑫]，百病妖邪之所钟焉。"

【注释】

①《孔子家语》:又名《孔氏家语》,或简称《家语》,是一部专门记录孔子及孔门弟子思想言行的著作。孔安国序今传本《孔子家语》为"当时公卿士大夫及七十二弟子所咨访交相对问言语也。既而弟子各自记其所问焉,与《论语》《孝经》并时。弟子取其正实而切事者,别出为《论语》,其余则都集录之,名之曰《孔子家语》"。共十卷四十四篇,魏王肃注,书后附有孔安国《孔子家语后序》、《孔子家语》后孔安国序、王肃《孔子家语序》。

②食水者乃耐寒而苦浮:食水者,水生的,指鱼鳖之类。苦浮,应作"善游",范校据《大戴礼记·易本命》《淮南子·地形训》及《孔子家语·执辔》改。《大戴礼记·易本命》曰:"是故食水者善游能寒,食土者无心而不息,食木者多力而拂,食草者善走而愚,食桑者有丝而蛾,食肉者勇敢而捍,食谷者智惠而巧,食气者神明而寿,不食者不死而神。"《淮南子·地形训》曰:"食水者善游能寒,食土者无心而慧,食木者多力而奰,食草者善走而愚,食叶者有丝而蛾,食肉者勇敢而悍,食气者神明而寿,食谷者知慧而夭,不食者不死而神。"《孔子家语·执辔》第二十五曰:"食水者善游而耐寒,食土者无心而不息,食木者多力而不治,食草者善走而愚,食桑者有绪而蛾,食肉者勇毅而捍,食气者神明而寿,食谷者智惠而巧,不食者不死而神。"

③食土者:以泥土为食的,指蚯蚓之类。

④食木者:以树木为食的,指熊、罴、犀牛之类。治:治理,管理,这里指驯服动物。王肃注:"《淮南子》曰:'多力而弗。'戾亦不治之貌也。"另《太平御览》卷九百五十二引作"食木者多力而恶"。恶,指的是熊、罴之类性情乖戾难以驯服意。

⑤食石者肥泽而不老:今本《孔子家语·执辔》《大戴礼记·易本命》《淮南子·地形训》皆无此句。祝鸿杰释为"服食玉屑的方士

之类”,《神农本草经》:“食石者肥泽不老。”可为证。

⑥食草者:以草为食的,指麋鹿之类。

⑦食桑者:以桑叶为食的,指桑蚕之类。绪:丝。

⑧食肉者:以肉为食的,指虎狼鹰狐之类。悍:同“捍”。勇猛,剽悍。

⑨食气者:食用元气的,指龟蛇之类,或如王乔、赤松子之类方士。《说苑·辨物》:“千岁之化,下气上通,能知存亡吉凶之变。宁则信信如也,动则著矣。”神明:明智如神。

⑩食谷者:普通人。夭:劳神而早衰,甚至夭折。

⑪不食者:指善于辟谷、修炼得道的方士之类。《大戴礼记汇校集注》引卢辩曰:“伸于道者,则神而常存也。”

⑫虽食者:《养性延命录》卷上《教诫篇》云:“《传》曰:杂食者,百病妖邪之所钟。所食愈少,心愈开,年愈益;所食愈多,心愈塞,年愈损焉。”则“虽”宜改为“杂”。

【译文】

《孔子家语》上说:“水生的,耐寒并且善于在水中浮游;吃泥土的,没有心脏并且不用呼吸;吃树木的,力气大并且性情乖戾不驯服;吃石头的,肥胖丰润并且不易衰老;吃草的,善于奔跑并且愚笨无知;吃桑叶的,能吐丝作茧并且化身飞蛾;吃肉的,勇猛而又剽悍;食用元气的,明智如神,而且活得长久;吃谷物的,虽然聪明却劳神而早衰,甚至早死;什么都不吃的,会长生不老羽化登仙。”《仙传》上说:“杂食的,百种疾病、妖邪之气都会集中到他身上了。”

190 西域有蒲萄酒[①],积年不败,彼俗云:“可十年饮之,醉弥月乃解[②]。”

【注释】

①西域:汉以来对玉门关、阳关以西地区的总称。汉武帝时,派遣

张骞(前164—前114)出使西域各国。《汉书·西域传》:"西域以孝武时始通,本三十六国,其后稍分至五十余,皆在匈奴之西,乌孙之南。南北有大山,中央有河,东西六千余里,南北千余里。东则接汉,厄以玉门、阳关,西则限以葱岭。"蒲萄:即葡萄。

②可十年饮之,醉弥月乃解:此句应为"可至十年饮之,醉弥日乃解"。范校据《艺文类聚》卷七十二、《北堂书钞》卷一百四十八、《太平御览》卷九百七十二补正。按,《太平御览》卷九百七十二引《博物志》曰:"西域有蒲萄酒,积年不败,彼俗传云:可至十年饮之,醉弥日不解。"又曰:"张骞使西域还,得蒲萄。"

【译文】

西域产葡萄酒,存放多年都不会腐败,那里的俗语说:"能放至十年再喝,喝醉要过一天才会醒。"

191 所食逾少,心开逾益[①];所食逾多,心逾塞,年逾损焉。

【注释】

①心开逾益:此句应为"心愈开,年愈益"。逾,当作"愈",心下脱"愈"字。开,下脱"年"字。范校据张皋文说改。据《养性延命录》卷上《教诫篇》云:"《传》曰:杂食者百病妖邪之所钟,所食愈少,心愈开,年愈益;所食愈多,心愈塞,年愈损焉。"可见此条应该放置于189条后。

【译文】

吃得越少,心胸越是开豁,那么年寿就更能延长;吃得越多,心胸越是闭塞,那么年寿就更加缩减了。

辨方士

192 **汉淮南王谋反被诛[1]，亦云得道轻举[2]**。周日用曰："《汉书》云：淮南自刑，应不然乎？得道轻举，非虚事也。至今维阳境内[3]，马迹犹存。且日与成公同处[4]，皆上品真人耳。既谈道德，肯图叛逆之事？况恒行阴旨，好书鼓[5]，不善弋猎，《淮南内书》言神仙黄白之术[6]，去反事远矣。夫古今书传多黜仙道者，虑帝王公侯废万机，而慕其道，故隐而不书，唯老聃不可掩而云，二百岁后，西游流沙，不知所之。庚书云蜀有女道士谢自然[7]，白日上升，此外历代史籍未尝言也。"

【注释】

①淮南王：指刘安（前179—前122），汉高祖刘邦的孙子，淮南厉王刘长之子，汉文帝十六年（前164），封为淮南王。汉武帝元狩元年（前122），有人告发刘安谋反，武帝交丞相公孙弘和廷尉等审理。后被其谋士伍被告发，刘安自杀。刘安爱读书，鼓琴，不喜狗马游猎，也行阴德拊循百姓，招致宾客、方术之士数千人。编纂《淮南鸿烈》（又名《淮南子》），对西汉之前的诸子百家思想学说做了较为详尽的总结。

②得道：道家谓修道成仙。轻举：轻身飘升飞天。汉王充《论衡·道虚篇》曰："儒书言：'淮南王学道，招会天下有道之人。倾一国之尊，下道术之士，是以道术之士，并会淮南，奇方异术，莫不争出。王遂得道，举家升天。畜产皆仙，犬吠于天上，鸡鸣于云中。'此言仙药有余，犬鸡食之，并随王而升天也。"

③维阳：即维扬，今江苏扬州。寿春邑为淮南国都，为扬州治所。

④成公：即八公。士礼居刊本作"八公"。《楚辞章句·招隐士》：

"昔淮南王安，博雅好古，招怀天下俊伟之士。自八公之徒，咸慕其德，而归其仁。"八公，指淮南王刘安的门客苏非、李尚、左吴、田由、雷被、毛被、伍被、晋昌八位。

⑤况恒行阴旨，好书鼓：《史记》《汉书》淮南王本传"旨"作"德"，"鼓"下有"琴"字。

⑥黄白之术：指道家烧药炼丹点化金银之法术。黄白，即黄金和白银。

⑦庚书云蜀有女道士谢自然：《汉魏丛书》"庚"作"唐"。谢自然，唐人，果州（属唐山南道）南充县之寒女。《全唐文补编》卷四有《德宗皇帝李适敕果州女道士谢自然白日飞升书》。

【译文】

西汉淮南王刘安因谋反事而被朝廷诛杀，也有人说他是得道成仙飞升上天了。周日用说："《汉书》说：淮南王自杀，应该不是这样的吧？淮南王得道成仙升天，不是虚妄的事。至今扬州境内，马迹还存在着。况且每天和八公相处，都是上品真人。既然是谈德论道的，怎能图谋叛逆的事呢？更何况常常暗中施惠于人，喜好读书、弹琴，不善于狩猎，《淮南内书》提到得道成仙、烧药炼丹点化金银之法术，离造反的事很远。古今书传多贬黜仙道的事，考虑帝王公侯废弃国家大政，却羡慕得道，所以隐去不书写，只有老聃不能掩饰罢了，二百岁后，向西周游流沙，不知到哪里去了。唐书说蜀地有女道士叫谢自然，白天升天，除此之外历代典籍不曾记录这样的事。"

193 钩弋夫人被杀于云阳①，而言尸解柩空②。周日用曰："史云夫人被大风拔树，扬沙揭石③，亦不云尸解柩空。"

【注释】

①钩弋（gōu yì）夫人（？—前88）：姓赵，汉武帝刘彻的妃子，封婕妤（jié yú），居钩弋宫，故称钩弋夫人。生昭帝弗陵。昭帝立为太子

时年方五岁，武帝恐她日后专权，子少母壮，牝(pìn)鸡司晨，乃赐死于云阳宫。昭帝即位后，追尊为皇太后。云阳：即甘泉宫。《史记·外戚世家》张守节正义引《括地志》云："云阳宫，秦之甘泉宫，在雍州云阳县西北八十里。秦始皇作甘泉宫，去长安三百里，黄帝以来祭圜丘处也。"

②尸解：谓遗其形骸而仙去。《后汉书·方术列传》李贤注"尸解者，言将登仙，假托为尸以解化也"。柩(jiù)：装着尸体的棺材。《史记·外戚世家》司马贞索隐引《汉武故事》云："既殡，香闻十里，上疑非常人，发棺视之，无尸，衣履存焉。"《太平御览》卷一百三十六引《列仙传》曰："昭帝即位，更葬之，棺空，但有衣履。故名其宫曰钩翼，后避讳改为弋。"

③扬沙揭石：即飞沙走石，指钩弋夫人死时的天气情况。《史记·外戚世家》："夫人死云阳宫。时暴风扬尘，百姓感伤。"

【译文】

汉武帝妃子钩弋夫人在云阳宫被杀，可是有人说她殡葬后尸体消失，棺材空了。周日用说："史书说夫人死时狂风劲吹，拔下大树，飞沙走石，并没有说尸体消失，棺材空了。"

194 文《典论》云[①]：议郎李覃学郄俭辟谷食茯苓[②]，饮水中不寒[③]，泄痢殆至殒命[④]；军祭酒弘农董芬学甘始鸱视狼头[⑤]，呼吸吐纳，为之过差，气闭不通，良久乃苏；寺人严峻就左慈学补导之术[⑥]，阉竖真无事于斯，而逐声若此。

【注释】

①文《典论》云：此指魏文帝《典论》。

②议郎：官名，汉代设置，为光禄勋所属郎官之一。掌顾问应对，无

常事。汉秩比六百石。多征贤良方正之士任之。晋以后废。《汉书·百官公卿表上》:"郎掌守门户,出充车骑,有议郎、中郎、侍郎、郎中,皆无员,多至千人。议郎、中郎秩比六百石。"

③饮水中不寒:此句应为"饮水不寒中"。范校云:"方士服食,例用冷水。《图经衍义本草》卷五泉水下引《博物志》曰:'凡诸饮水疗疾,皆取新汲清泉,不用停污浊暖,非直无效,固亦损人。'李覃服茯苓用水不冷,故中泄痢,非因饮冷水而得泄痢也。"

④殆:近,几乎。殒命:死亡。

⑤军祭酒:汉代公府的属官。曹操在建安三年(198)曾为首席幕僚辟军事祭酒,因避晋司马师讳,后亦简称军祭酒。弘农:郡名,西汉元鼎四年(前113)置,治所在今河南灵宝北。鸱(chī)视狼头:古代养生导引术的一种动作,即身不动而回头看。鸱视,像猫头鹰那样视物。

⑥寺人:即宦官。

【译文】

魏文帝《典论》上说:议郎李覃学习郄俭的辟谷术,只食茯苓,由于喝的不是冷水,结果得了泻痢疾病,几乎送了命;军祭酒弘农人董芬向甘始学习养生导引术的动作,像猫头鹰那样视物,像狼那样回头看,并伴随呼气吸气的动作,练习它出了偏差,导致气闭不通,好久才苏醒过来;寺人严峻到左慈那里学习补气疏导的法术,其实此法术对宦官毫无用处,可是宦官也像这样追逐名声。

195 又云:王仲统云[①],甘始、左元放、东郭延年行容成御妇人法[②],并为丞相所录。间行其术[③],亦得其验。降就道士刘景受云母九子元方[④],年三百岁,莫之所在[⑤]。武帝恒御此药,亦云有验。刘德治淮南王狱[⑥],得《枕中鸿宝秘书》[⑦],

及子向咸而奇之[8]。信黄白之术可成，谓神仙之道可致，卒亦无验，乃以罹罪也[9]。周日用曰："神仙之道，学之匪一朝一夕而可得。黄白者也，仍须有分，升腾者应须有骨，安可偶然而得效也？"

【注释】

①王仲统：当为"仲长统"之误。

②容成：古代神话传说人物。相传为黄帝大臣，发明历法，教授黄帝养生之术。《列子·汤问》："唯黄帝与容成子居空峒之上，同斋三月，心死形废。"《后汉书·方术列传》李贤注引《列仙传》："容成公者，能善补导之事，取精于玄牝。其要谷神不死，守生养气者也。发白复黑，齿落复生。"御妇人法：即房中术。《后汉书·方术列传》李贤注曰："御妇人之术，谓握固不泻，还精补脑也。"

③间（jiàn）：暗中、隐秘地。

④降就道士刘景受云母九子元方：就，应作"龙"。祝鸿杰据《丛书集成》本改。"龙"的草体与"就"字形近，故致误。道家把修炼丹药驯伏七情六欲称为"降龙伏虎"，故刘景以"降龙道士"为号。云母九子，道家炼制的一种丸药。元，应作"丸"，范校据士礼居刊本改。方，范校以为"放"字的缺坏，指左元放。问题是是否有文献能证明左元放与刘景之间有师生关系？媛补据葛洪《神仙传》卷七"刘京"记载："刘京字太玄，南阳人也。汉孝文皇帝侍郎也。……魏武帝时故游行，诸弟子家皇甫隆闻其有道，乃随事之。以云母九子丸及交接之道二方教隆。……年三百余岁，不知能得度世不耳。"此"方"即是药方。问题是刘景与刘京是否为一人？祝鸿杰把"方"译为"丹方"与媛补同，可从。

⑤莫之所在：之，应作"知"，祝鸿杰据《丛书集成》本改。

⑥刘德：汉景帝十四子之一，为栗姬所生，立为河间献王。

⑦《枕中鸿宝秘书》：应为枕中《鸿宝》《苑秘书》二书，道书篇名。《汉书·刘向传》："淮南有《枕中鸿宝苑秘书》，书言神仙使鬼物为金之术，及邹衍重道延命方，世人莫见，而更生（即刘向）父德武帝时治淮南狱得其书。更生幼而读诵，以为奇，献之，言黄金可成。"颜师古注："《鸿宝》《苑秘书》，并道术篇名，臧（藏）在枕中，言常存录之不漏泄也。""苑"字原无，祝鸿杰据《丛书集成》本补。

⑧及子向咸而奇之：此句应为"及其子向咸共奇之"。据《太平御览》卷六百一十八引《博物志》曰："刘德治淮南王狱，得《枕中鸿宝秘书》，及其子向咸共奇之。信黄白之术可成，谓神仙之道可致，卒亦无验，乃以罹罪。"宜改。

⑨罹（lí）：遭遇，蒙受。

【译文】

《典论》上又说：仲长统说，甘始、左元放、东郭延年都能施行容成的与妇人交合的房中术，这些都被曹丞相记录下来。暗中实行这一方术，也得到同样的效果。降龙道士刘景学到了"云母九子丸"的丹方，享年三百岁，没有人知道他在哪里。武帝常常服用这种药，也说有效果。刘德处理淮南王的案件时，得到了枕中所藏的《鸿宝》和《苑秘书》等道家书籍，他和他儿子刘向都认为是奇书。进而相信烧药炼丹点化金银之法术可成，认为神仙之道可以修炼成功，然而最终却没有效果，竟然因此遭遇大罪。周日用说："神仙之道，不是一朝一夕就能学成的。烧药炼丹点化金银之法术，仍然需要有天分，升仙得道的人应该有仙骨，怎么能偶然就收到效果呢？"

196 刘根不觉饥渴[①]，或谓能忍盈虚。王仲都当盛夏之月[②]，十炉火炙之不热；当严冬之时，裸之而不寒。恒山君以为性耐寒暑③。恒山以无仙道，好奇者为之，前者已述焉④。

【注释】

①刘根：东汉长安人。因隐居于嵩山，故又有颍川人之说。传说其术能令人见鬼，所炼丹药，可使人长生。其事《后汉书》《太平御览》《神仙传》《魏书·释老志》等皆有记载。《后汉书·方术列传》曰："刘根者，颍川人也。隐居嵩山中。诸好事者自远而至，就根学道，太守史祈以根为妖妄，乃收执诣郡，数之曰：'汝有何术，而诬惑百姓？若果有神，可显一验事。不尔，立死矣。'根曰：'实无它异，颇能令人见鬼耳。'祈曰：'促召之，使太守目睹，尔乃为明。'根于是左顾而啸，有顷，祈之亡父祖近亲数十人，皆反缚在前，向根叩头曰：'小儿无状，分当万坐。'顾而叱祈曰：'汝为子孙，不能有益先人，而反累辱亡灵！可叩头为吾陈谢。'祈惊惧悲哀，顿首流血，请自甘罪坐。根嘿而不应，忽然俱去，不知在所。"

②王仲都：西汉道士。能耐寒暑。

③恒山君以为性耐寒暑：恒山君，应作"桓君山"。《神仙传》卷十《王仲都传》末云："桓君山著《新论》，称其人。"《水经注·渭水》引桓谭《新论》："元帝被病，广求方士。汉中送道士王仲都，诏问所能。对曰：'能忍寒暑。'"

④前者已述焉：指本卷183条所引"焦生耐寒暑术"具体的记述内容。

【译文】

刘根不能感觉到饥饿口渴，有人认为他能忍受饱腹或空腹。王仲都处于盛夏之季，十炉火炙烤他，他也不感到热；在严冬的时节，全身赤裸却不觉得冷。桓谭认为他本性就能耐得寒冷和酷暑。桓谭还认为他没有成仙得道之术，但好奇者实践它，这类事在上文已有记述了。

197 司马迁云[①]:无尧以天下让许由事[②]。扬雄亦云[③]:夸大者为之。扬雄又云:无仙道。桓谭亦同[④]。

【注释】

①司马迁(前145—前90):字子长,夏阳(今陕西韩城南)人,一说龙门(今山西河津)人,西汉史学家、文学家、思想家。司马谈之子。任太史令,著《史记》。

②许由:字武仲,上古隐士,事见《史记·伯夷列传》。《伯夷列传》曰:"夫学者载籍极博,犹考信于六艺。《诗》《书》虽缺,然虞、夏之文可知也。尧将逊位,让于虞舜,舜、禹之间,岳牧咸荐,乃试之于位,典职数十年,功用既兴,然后授政。示天下重器,王者大统,传天下若斯之难也。而说者曰尧让天下于许由,许由不受,耻之,逃隐。及夏之时,有卞随、务光者。此何以称焉?太史公曰:余登箕山,其上盖有许由冢云。孔子序列古之仁圣贤人,如吴太伯、伯夷之伦详矣。余以所闻由、光义至高,其文辞不少概见,何哉?"张守节正义引皇甫谧《高士传》云:"许由字武仲。尧闻,致天下而让焉,乃退而遁于中岳颍水之阳、箕山之下隐。尧又召为九州长,由不欲闻之,洗耳于颍水滨。时有巢父牵犊欲饮之,见由洗耳,问其故。对曰:'尧欲召我为九州长,恶闻其声,是故洗耳。'巢父曰:'子若处高岸深谷,人道不通,谁能见子?子故浮游欲闻,求其名誉,污吾犊口。'牵犊上流饮之。许由殁,葬此山,亦名许由山。"在洛州阳城县南十三里。

③扬雄(前53—18):字子云,蜀郡成都(今四川成都)人,西汉文学家、哲学家。擅长辞赋,著有《法言》《太玄》《方言》等。《法言·问明》曰:"或问:'尧将让天下于许由,由耻,有诸?'曰:'好大者为之也。'"否定仙道,《法言·君子》曰:"有生者必有死,有始者必有终,自然之道也。"

④桓谭(约前 40—32):字君山,沛国相(今安徽淮北)人,东汉哲学家、经学家。反对谶纬神学,"极言谶之非经"。

【译文】

司马迁说:没有尧把天下禅让许由的事。扬雄也说:夸大其词的人编造出来的。扬雄又说:没有什么成仙得道之术。桓谭也持同样的观点。

卷六

【题解】

本卷系杂考，分《人名考》《文籍考》《地理考》《典礼考》《乐考》《服饰考》《器名考》《物名考》八目。内容驳杂，以考据为主，基本摘自前代文献，如《山海经》《尚书》《大戴礼记》《尔雅》《论语》《史记》《孔丛子》《越绝书》《吴越春秋》《列子》《神农经》《穆天子传》等。

《人名考》主要以帝王名士的字号、传承谱系为主。《文籍考》重在考辨作者，但稍有瑕疵。如郑玄注《毛诗》称"笺"，表达修敬之意，似为不妥。《四库全书总目提要·毛诗正义提要》言张华此说"殊无可取"。实际上称"笺"，《提要》以为"无容别曲说也"。张华考据随意，较《提要》远甚。《地理考》侧重的是古代帝王、传说人物等的殿庙坟冢所在地的考察，突出其神异。《典礼考》主要是对帝王大臣日常礼制、称谓、刑罚等的考察，有史料价值。《乐考》仅记杜夔创雅乐之事。《服饰考》记载王粲识、做玉佩，古代男子素服、著冠、白帢取代葛巾共三事。《器名考》记录宝剑、赤刀二事。《物名考》侧重记骏马、良犬，再有张骞出使西域得胡桃种子，徐州、吴人对尘土的不同叫法等二事，极洽博物之旨。

人名考

198 昔彼高阳[①],是生伯鲧[②]。布土[③],取帝之息壤[④],以填洪水[⑤]。

【注释】

①高阳:传说中古代部落首领颛顼(zhuān xū),号高阳氏。相传为黄帝之孙、昌意之子。

②伯鲧(gǔn):即鲧,夏禹的父亲,因封在崇地,故称崇伯,有崇氏。伯,爵位。《国语·周语下》:“其在有虞,有崇伯鲧。”韦昭注:“崇,鲧国。伯,爵也。”《左传·昭公七年》:“昔尧殛(jí)鲧于羽山,其神化为黄熊,以入于羽渊。”因治水九年未见成效,尧派火神祝融杀鲧于羽山。

③布土:《四库全书》本作“职典水土”。《山海经·海内经》:“禹、鲧是始布土,均定九州。……帝令祝融杀鲧于羽郊。鲧复生禹。帝乃命禹卒布土以定九州。”郭璞注:“布,犹敷也。”《尚书·禹贡》:“禹敷土,随山刊木,奠高山大川。”指的是鲧、禹布治九州之土,可为佐证。

④取帝之息壤:《山海经·海内经》:“洪水滔天,鲧窃帝之息壤以堙洪水。”郭璞注:“息壤者言土自长息无限,故可以塞洪水也。……汉元帝时,临淮徐县地踊长五六里,高二丈,即息壤之类也。”息壤,古代传说能自生自长不停息的土壤。

⑤填:《四库全书》本作“堙(yīn)”。

【译文】

从前那个高阳氏,生子叫鲧。鲧职掌水土,开始勘定九州,窃取天帝的息壤,来填塞洪水。

199 殷三仁：微子、箕子、比干[①]。

【注释】

①微子：名启，商纣王的同母兄。由于出生时其母为帝乙之妾，其后才立为妻，然后生纣，所以丧失了继承权。《吕氏春秋·仲冬纪》："纣之同母三人，其长曰微子启，其次曰中衍，其次曰受德。受德乃纣也，甚少矣。纣母之生微子启与中衍也尚为妾，已而为妻而生纣。纣之父、纣之母欲置微子启以为太子，太史据法而争之曰：'有妻之子，而不可置妾之子。'纣故为后。用法若此，不若无法。"封于微（今山东梁山西北）。因见商将亡，多次劝谏纣王，不听，遂出走。古代典籍中只有《孟子·告子篇》："以纣为兄之子且以为君，而有微子启、王子比干。"认为微子是纣的叔父。箕子：纣王的叔父，封于箕（今山西太谷东北）。纣王无道，多次劝谏纣王而不听，被发佯狂，降为奴隶，又被囚禁。后周武王伐纣，"释箕子之囚，封比干之墓"（《史记·殷本纪》）。比干：纣王的叔父，因劝谏纣王多次，纣王怒曰："'吾闻圣人心有七窍。'剖比干，观其心。"（《史记·殷本纪》）《论语·微子》："微子去之，箕子为之奴，比干谏而死。孔子曰：'殷有三仁焉。'"

【译文】

商朝有三位仁德之人：微子、箕子、比干。

200 文王四友：南宫括、散宜生、闳夭、太颠[①]。仲尼四友：颜渊、子贡、子路、子张[②]。

【注释】

①文王四友：南宫括、散宜生、闳夭、太颠：此四人文献记载最早见

于《尚书·君奭(shì)》:"惟文王尚克修和我有夏,亦惟有若虢叔,有若闳夭,有若散宜生,有若泰颠,有若南宫括。"孔颖达疏曰:"凡言人之名氏,皆上氏下名,故闳、散、泰、南宫皆氏。夭、宜生、颠、括皆名也。"孔安国传曰:"文王没,武王立,惟此四人,庶几辅相武王蹈有天禄。虢叔先死,故曰四人。""文王四友"之意即来于此。《帝王世纪》曰:"文王晏朝不食,以延四方之士,是以大(《周本纪》作"太",伪孔本《尚书》作"泰")颠、闳夭、散宜生、南宫适之属咸至,是为四臣。"周文王招贤纳士,得此四人辅佐,修明政教,和谐诸夏,此四人即为辅弼文王的"四大贤臣"。

②仲尼四友:颜渊、子贡、子路、子张:指孔子的四位学生。孔子(前551—前479),名丘,字仲尼,春秋鲁国陬(zōu)邑(今山东曲阜)人。颜渊(前521—前481),春秋鲁国人,名回,字子渊,孔子最得意的学生,属于孔门四科之"德行",比孔子小30岁。子贡(前520—前450),姓端木名赐,字子贡,春秋卫国人。比孔子小31岁,善于言辞,又善于经商,属于孔门四科之"言语"。子路(前542—前480),姓仲名由,字子路,又字季路,春秋鲁国卞(故城在今山东平邑东北仲村)人。比孔子小9岁,人性好勇,喜闻过,有从政才干。属于孔门四科之"政事"。子张(前503—前450),即颛孙师,字子张,春秋陈国人。比孔子小48岁,后世有子张之儒,列于儒家八派之一。《孔丛子·论书》:"孔子曰:'吾有四友焉。自吾得回也,门人加亲,是非胥附乎?自吾得赐也,远方之士日至,是非奔辏乎?自吾得师也,前有光,后有辉,是非先后乎?自吾得仲由也,恶言不至于门,是非御侮乎?'"

【译文】

周文王的四位朋友:南宫括、散宜生、闳夭、太颠。孔子的四位朋友:颜渊、子贡、子路、子张。

201 曹参字伯敬[①]。

【注释】

①曹参字伯敬：曹参，汉初重要开国元勋，汉惠帝时继萧何为丞相，与民休养生息，有“萧规曹随”之称。士礼居刊本及《史记·曹相国世家》集解引皆“敬伯”，宜正。

【译文】

曹参字敬伯。

202 蔡伯喈母[①]，袁公妹曜卿姑也[②]。

【注释】

①蔡伯喈（jiē，133—192）：即蔡邕（yōng），字伯喈，陈留圉（今河南开封）人，东汉文学家、书法家。对天文、数术、音乐、诗歌、文章等都有精深造诣，是一位学问技艺兼通型人物，才女蔡文姬之父。董卓专权时被任为侍御史，官左中郎将，故称“蔡中郎”；董卓被诛后，邕受到株连，死在狱中。

②袁公妹曜（yào）卿姑也：《三国志·魏书·袁张凉国田王邴管传》曰：“袁涣字曜卿，陈郡扶乐人也。父滂，为汉司徒。”注引袁宏《汉纪》云：“滂字公熙，纯素寡欲，终不言人之短。当权宠之盛，或以同异致祸，滂独中立于朝，故爱憎不及焉。”

【译文】

蔡邕的母亲，是袁滂的妹妹、袁涣的姑母。

203 古之善射者甘蝇[①]，蝇之弟子曰飞卫。

【注释】

①甘蝇：古代传说中善于射箭的人。教导学生飞卫，被誉为“无射之射”。《列子·汤问》：“甘蝇，古之善射者，彀(gòu)弓而兽伏鸟下。弟子名飞卫，学射于甘蝇，而巧过其师。”

【译文】

古代有个善于射箭的人名叫甘蝇，甘蝇的弟子名叫飞卫。

204 平原管辂善卜筮[①]，解鸟语。

【注释】

①平原：郡名，治所在今山东德州平原。管辂(209—256)：字公明，三国魏人。明《周易》、仰观、风角、占卜、相术之道，能据飞鸠、鹊鸣声来卜凶吉，相传所占皆应。《三国志·魏书·方技传》曰：“辂又至郭恩家，有飞鸠来在梁头，鸣甚悲。辂曰：‘当有老公从东方来，携豚一头，酒一壶。主人虽喜，当有小故。’明日果有客，如所占。恩使客节酒、戒肉、慎火，而射鸡作食，箭从树间激中数岁女子手，流血惊怖。辂至安德令刘长仁家，有鸣鹊来在阁屋上，其声甚急。辂曰：‘鹊言东北有妇昨杀夫，牵引西家人夫离娄，候不过日在虞渊之际，告者至矣。’到时，果有东北同伍民来告，邻妇手杀其夫，诈言西家人与夫有嫌，来杀我婿。”卜筮：用龟甲、兽骨称卜，用蓍(shī)草称筮，合称“卜筮”，用以占卜吉凶，预测未来。

【译文】

平原郡管辂善于用龟甲、兽骨和蓍草占卜凶吉，能听懂禽鸟的语言。

205 蔡邕有书万卷[①]，汉末年载数车与王粲[②]。粲亡后，相国掾魏讽谋反[3]，粲子与焉。既被诛[4]，邕所与粲书，悉入粲族子叶字长绪[5]，即正宗父，正宗即辅嗣兄也[6]。初粲与族兄凯避地荆州依刘表。表有女，表爱粲才，欲以妻之，嫌其形陋周率[7]，乃谓曰："君才过人而体貌躁，非女婿才。"凯有风貌，乃妻凯，生叶，即女所生。

【注释】

①蔡邕有书万卷：《后汉书·列女传》："文姬曰：'昔亡父赐书四千许卷，流离涂炭，罔有存者。今所诵忆，裁四百余篇耳。'"

②王粲（177—217）：字仲宣，山阳郡高平（今山东微山）人，东汉末文学家。与孔融、陈琳、徐幹、阮瑀、应玚、刘桢并称"建安七子"。

③掾（yuàn）：官署属员，辅佐治理的官吏。魏讽（？—219）：字子京，济阴（今山东菏泽）人，一说沛人。有口才，曾与陈祎等谋袭取邺城，因陈告发而事泄，被杀。《三国志·魏书·武帝纪》："九月，相国锺繇（yóu）坐西曹掾魏讽反免。"裴松之注引《世语》："讽字子京，沛人，有惑众才，倾动邺都，锺繇由是辟焉。大军未反，讽潜结徒党，又与长乐卫尉陈祎谋袭邺。未及期，祎惧，告之太子，诛讽，坐死者数十人。"

④既被诛：王粲二子被诛杀后。《三国志·魏书·王毌丘诸葛邓锺传》注引《魏氏春秋》："文帝既诛粲二子，以业嗣粲。"

⑤悉入粲族子叶字长绪：叶，应作"业"。周心如校云："《三国志·锺会传》注引《博物记》，案王粲族子，胡刻本作'叶'（葉）……三国注作'业'（業），考《魏氏春秋》'文帝既诛粲二子，以业嗣粲'，则业字为正，原本叶字，传写之误也。"《三国志·魏书·王毌丘诸葛邓锺传》注、《北堂书钞》卷一百一、《太平御览》卷六百十九引皆为"业"。《太平御览》卷六百十九引为："蔡邕有书万卷，汉

末年载数车与王粲。亡后，相国掾魏讽谋反，粲子预焉。既被诛，邕所与粲书，悉入粲族子业。”

⑥正宗：王宏字，生卒年不详。官至司隶校尉。辅嗣：王弼(226—249)字，山阳(今河南焦作)人，三国曹魏经学家、哲学家，魏晋玄学的主要代表人物。为《易》及《老子》作注，“性和理，乐游宴，解音律，善投壶”，为尚书郎。《三国志·魏书·王毌丘诸葛邓锺传》注引《博物记》曰：“初，王粲与族兄凯俱避地荆州，刘表欲以女妻粲，而嫌其形陋而用率，以凯有风貌，乃以妻凯。凯生业，业即刘表外孙也。蔡邕有书近万卷，末年载数车与粲，粲亡后，相国掾魏讽谋反，粲子与焉，既被诛，邕所与书悉入业。业字长绪，位至谒者仆射。子宏字正宗，司隶校尉。宏，弼之兄也。”

⑦嫌其形陋周率(lǜ)：周，应作“通”。《三国志·魏书·王毌丘诸葛邓锺传》注引《博物记》为“而嫌其形陋而用率”，“用”与“周”形近而误，但皆不确。范校据《三国志·魏书·王卫二刘傅传》用“表以粲貌寝而体弱通侻(tuō)”，“通侻”与“通率”意同。通率，旷达坦率。《晋书·孙绰传》：“绰性通率，好讥调。”

【译文】

蔡邕有万卷书，东汉末年装了几车送给王粲。王粲死后，丞相属吏魏讽谋反，王粲的儿子也参与此事。王粲二子被诛杀后，蔡邕原来送给王粲的书籍全都归王粲侄儿王业所有，王业字长绪，是王宏的父亲，王宏就是王弼的哥哥。当初，王粲与堂兄王凯因避乱移居荆州，依附刘表。刘表有个女儿，刘表喜爱王粲的才华，想把女儿嫁给他，却又嫌他形貌丑陋、旷达坦率，就对他说：“你才华过人，但体态形貌看起来有些浮躁，不是做我女婿的材料。”王凯有风度，容貌好，于是刘表把女儿嫁给王凯，生下儿子叫王业，就是刘表女儿亲生的。

206 太丘长陈寔①，寔子鸿胪卿纪②，纪子司空群③，群子泰，四世于汉、魏二朝有重名，而其德渐小减，故时人为其语曰："公惭卿，卿惭长。"

【注释】

①陈寔（shí，104—187）：字仲躬，颍川许（今河南许昌）人。曾为太丘（今河南永城）长，东汉名士。

②鸿胪：官署名，《周礼》官名有大行人之职，秦及汉初称典客，景帝中六年（前 144），更名大行令，武帝太初元年（前 104），改称大鸿胪，主掌接待宾客之事。东汉以后，大鸿胪主要职掌为朝祭礼仪之赞导。卿：古代高级官名。

③司空：官名，相传少昊时所置，周为六卿之一，即冬官大司空，掌管工程。汉改御史大夫为大司空，与大司马、大司徒并列为三公，"建武二十七年，去大"（《后汉书·百官志》），为司空、司徒，大司马改为太尉。郑《笺》："司空、司徒，卿官也。司空掌营国邑，司徒掌徒役之事。"

【译文】

太丘长陈寔，陈寔的儿子鸿胪卿陈纪，陈纪的儿子司空陈群，陈群的儿子陈泰，这四代人在汉、魏两个朝代都负有盛名，但他们的德行却在一代代逐渐减弱，所以当时的人给他们评价说："三公愧对鸿胪卿，鸿胪卿愧对太丘长。"

文籍考

207 圣人制作曰"经"①，贤者著述曰"传"②，郑玄注《毛诗》曰"笺"③，不解此意。或云毛公尝为北海郡守④，玄是此郡人，故以为敬。

【注释】

①经：常典，指经典的著作，如《十三经》。

②传（zhuàn）：解说经义的文字。如解释《春秋》的三传——《左传》《公羊传》《穀梁传》等。

③郑玄（127—200）：字康成，北海高密（今属山东）人，东汉经学大师。《毛诗》：汉毛亨传，郑玄笺，唐孔颖达疏。郑玄《诗谱》曰："鲁人大毛公为训诂传于其家，河间献王得而献之，以小毛公为博士。"陆玑《毛诗草木鸟兽虫鱼疏》云："孔子删《诗》授卜商……荀卿授鲁国毛亨，毛亨作《训诂传》以授赵国毛苌。时人谓亨为大毛公，苌为小毛公。"据此可定为《诗》作传者为毛亨。笺：注释古书，表明作者之意，或断以己意。郑玄独注《毛诗》称笺。《四库全书总目提要·毛诗正义提要》曰："推张华所言，盖以为公府用记、郡将用笺之意。然康成生于汉末，乃修敬于四百年前之太守，殊无所取。案，《说文》曰：'笺，表识书也。'郑氏《六艺论》云：'注《诗》宗毛为主。毛义若隐略，则更表明。如有不同，即下己意，使可识别。'然则康成特因毛传而表识其傍，如今人之签记，积而成帙（zhì），故谓之'笺'，无容别曲说也。自郑笺既行，齐、鲁、韩三家遂废。"

④毛公：指大毛公毛亨。

【译文】

圣人制定创作的称为"经"，贤人的著述称为"传"，郑玄注《毛诗》称为"笺"，人们都不明白其中的深意。有人说毛公曾担任过北海郡的太守，郑玄是这个郡的人，所以使用"笺"来表达对毛公的敬意。

208 何休注《公羊传》[①]，云"何氏学"。又不能解者[②]，或答云：休谦词，受学于师，乃宣此义不出于己。此言为允。

【注释】

①何休(129—182):即何子,字邵公,任城樊(今山东曲阜)人,东汉时期的今文经学家、儒学大师。《后汉书·儒林列传》评其"为人质朴讷口,而雅有心思,精研《六经》,世儒无及者"。《公羊传》:又称《公羊春秋》《春秋公羊传》。《春秋》三传之一,战国时公羊高撰,提出"大一统""张三世""微言大义"等思想。

②又不能解者:《后汉书·儒林列传》:"太傅陈蕃辟之,与参政事。蕃败,休坐废锢,乃作《春秋公羊解诂》。覃思不窥门,十有七年。又注训《孝经》《论语》、风角七分,皆经纬典谟,不与守文同说。又以《春秋》驳汉事六百余条,妙得《公羊》本意。休善历算,与其师博士羊弼,追述李育意以难二传,作《公羊墨守》《左氏膏肓》《穀梁废疾》。"

【译文】

何休注释《公羊传》,注明"何氏学"。有人不明白为什么要注明,有的人回答说:这是何休的谦逊之辞,他从老师博士羊弼那里接受学业,于是宣布这书中的意思不是出于自己的想法。这样解释是公允的。

209 太古书今见存有《神农经》《山海经》①,或云禹所作。《周易》②,蔡邕云:《礼记·月令》周公作③。周日用曰:"《礼记》疏云:第一是吕不韦《春秋》,明吕氏所制。蔡邕云:周公,未之详也。"

【注释】

①太古书今见存有《神农经》《山海经》:《太平御览》卷六百一十八引为:"(《博物志》)又曰:太古书今见存者有《神农》《山海经》,《山海经》,或云禹所作。《素问》,黄帝作。《连山》《归藏》,夏所之书,周时曰《易》。蔡邕云:《礼记·月令》周公所作。《证法》

《司马法》,亦云周公所作。”《神农经》,即《神农本草经》,此为张华的简称。《山海经》,包括《山经》五卷、《海经》十三卷,共十八卷。其中保存了我国上古时代的民族、宗教、神话、历史、地理、医药、生物、矿产等丰富资料。

②《周易》:此处《太平御览》为“《素问》,黄帝作。《连山》《归藏》夏所之书,周时曰《易》”。《素问》,《黄帝内经·素问》的简称,与《黄帝内经·灵枢》(即《灵枢经》)合之而为《黄帝内经》。素者,本也;问者,黄帝问于岐伯。我国最早的中医理论著作,书内记述黄帝与岐伯的对话,故称。《归藏》《连山》,传为《周易》前的古《易》。孔颖达《周易正义》卷首引郑玄《易赞》及《易论》云:“夏曰《连山》,殷曰《归藏》,周曰《周易》。”郑玄又释云:“《连山》者,象山之出云,连连不绝;《归藏》者,莫不归藏于其中;《周易》者,言易道周普,无所不备。”

③《礼记·月令》周公作:《礼记·月令》相传为周公作,与《吕氏春秋》之“十二纪”二者同文而异名。在传世典籍中各有不同称谓:《大戴礼记》称《夏小正》,《礼记》称《月令》,《逸周书》称《周月》《时训》,《淮南子》称《时则训》;一些散佚的文献里尚有《夏令》《时政》《周书·月令》《明堂月令》等不同记载。从文献记载来看,《月令》成书不会晚于战国末年,至吕不韦已将其收入《吕氏春秋》。而《月令》的思想渊源可以追溯到夏代、殷商等不同时期,至汉元帝后增删润饰入《礼记》。郑玄注《礼记·月令》开篇即说:“名曰《月令》者,以其记十二月政之所行也。”显然,在郑玄看来,《月令》是统治者治国理政的行政月令,相当于现在各单位依照时间设定的各个时期重要的日常工作表。周公,姬姓,名旦,周文王之子,周武王姬发弟,封地在周,称周公。曾助武王伐纣灭商,武王死后,成王嗣位,周公摄政,制礼作乐。

【译文】

远古的书现在还被保存的有《神农经》《山海经》,《山海经》有人说是夏禹著的。《周易》,蔡邕说:《礼记·月令》是周公撰写的。周日用说:"《礼记》疏解说:第一是吕不韦编纂的《吕氏春秋》,表明吕不韦制作的《礼记·月令》。蔡邕说:周公制作《礼记·月令》,没有详细记载。"

210《谥法》《司马法》[①],周公所作。

【注释】

①《谥(shì)法》:古代帝王或官员等依照生前事迹,死后评给的称号。上古无谥法,周初始制。《司马法》:古代重要兵书之一。大约成书于战国初期。据《史记·司马穰苴(ráng jū)列传》记载:"齐威王使大夫追论古者《司马兵法》而附穰苴于其中,因号曰《司马穰苴兵法》。"《史记》《汉书》《后汉书》屡引《司马法》,与此不同。

【译文】

《谥法》《司马法》,都是周公写的。

211 余友下邳陈德龙谓余言曰[①]:《灵光殿赋》[②],南郡宜城王子山所作[③]。子山尝之泰山[④],从鲍子真学算,过鲁国而都殿赋之[⑤]。还归本州,溺死湘水,时年二十余也。

【注释】

①下邳(pī):郡名,治所在今江苏睢宁西北。

②《灵光殿赋》:即《鲁灵光殿赋》,东汉王延寿作。王延寿,生卒年不详,字子山,一字文考,南郡宜城(今湖北宜城)人,东汉文学

家。著名文学家王逸之子，二十多岁溺死于湘水。少游鲁国，作《灵光殿赋》，叙述宫殿建筑的雄伟精巧以及宫殿内的各种雕刻和壁画之美等，反映了当时社会生活的一个侧面，表达了“神之营之，瑞我汉室，永不朽兮”的主题。《后汉书·文苑列传》记载：“（王延寿）少游鲁国，作《灵光殿赋》。后蔡邕亦造此赋，未成，及见延寿所为，甚奇之，遂辍翰而已。”灵光殿，汉代宫殿名，是汉景帝和程姬所生儿子鲁恭王刘余在曲阜建造的。赋序说西京未央、建章殿皆毁，但灵光殿岿（kuī）然独存。

③南郡：郡名，治郢（今湖北荆州北），后迁江陵（今荆州）。战国秦昭襄王二十九年（前278）置。宜城：地名，故城在今湖北宜城。

④子山尝之泰山：《后汉书·文苑列传》注引张华《博物志》曰：“王子山与父叔师到泰山从鲍子真学算，到鲁赋《灵光殿》，归度湘水溺死。”说的是王延寿与叔父王逵（字叔师），而非自己一人去泰山。

⑤都：士礼居刊本作“睹”。

【译文】

我的朋友下邳人陈德龙对我说：《灵光殿赋》，是南郡宜城的王子山写的。子山曾到泰山，跟从鲍子真学算术，经过鲁国时看到了灵光殿，就为它作赋。他回到本州时，在湘水中淹死，当时年仅二十多岁。

地理考

212 周自后稷至于文、武[①]，皆都关中[②]，号为宗周。秦为阿房殿[③]，在长安西南二十里。殿东西千步[④]，南北三百步，上可以坐万人，庭中受十万人。二世为赵高所杀于宜春宫[⑤]，在杜城南三里[⑥]，葬于旁。

【注释】

①后稷(jì):姬姓,名弃。父帝喾,母姜嫄(原)。古代周族的始祖,善于种植农作物,尧、舜时做农师,教民“播时百谷”。

②关中:古地域名,所指范围不一。或泛指函谷关以西战国末秦故地(有时包括秦岭以南的汉中、巴蜀,有时兼有陕北、陇西);或指居于众关之中的地域。今指陕西渭河流域一带。

③阿房殿:即阿房宫。据秦始皇所建大宫殿的前殿考古挖掘表明,只建有地基,未建成。

④步:长度单位,其制历代不一,周以八尺为一步,秦以六尺为步。

⑤二世:胡亥(前230—前207),嬴姓,赵氏,名胡亥,秦朝第二位皇帝,即秦二世,在位仅三年,就被宦官赵高杀害。宜春宫:秦离宫名。《三辅黄图·甘泉宫》:“宜春宫,本秦之离宫,在长安城东南杜县东,近下杜。”一说,二世自杀于望夷宫。与此条内容有出入。

⑥杜城:即杜陵,地名,在今陕西西安东南,古为杜伯国。秦置杜县,汉宣帝筑陵于东原上,因名杜陵,并改杜县为杜陵县。晋曰杜城县,北魏曰杜县,北周废。

【译文】

周族从后稷到周文王、周武王,都建都关中,号称为“宗周”。秦时建造的阿房宫,在长安西南二十里。这座大殿东西一千步,南北三百步,殿堂上能坐一万人,庭院中能容纳十万人。秦二世在宜春宫被赵高杀害,这宫殿在杜陵南面三里,二世就埋葬在它旁边。

213 尧时德泽盛,蒿大以为宫柱,名曰“蒿宫”①。

【注释】

①“尧时德泽盛”几句:尧,士礼居刊本、《稗海》本、《汉魏丛书》等皆

作"周"。蒿(hāo),草本植物,艾类,有青蒿、白蒿等种类,亦称"青蒿""香蒿"。

【译文】

周朝时德化恩惠甚多,蒿草长得极茂盛高大,于是用它来作宫殿的柱子,这宫殿便命名为"蒿宫"。

214 姜原嗣祠在墉城[①],长安西南三十里。

【注释】

①姜原嗣祠在墉(yōng)城:姜原,也作"姜嫄",因踩天帝大脚拇指,感孕而生周族始祖弃。墉,据《史记·周本纪》正义引《括地志》"故斄城,一名武功城,……有后稷及姜原祠",疑"墉"为"斄"之误。"邰"的地望,应在今陕西武功、扶风间。

【译文】

姜原后嗣宗庙在斄城,地处长安西南三十里。

215 盗跖冢在大阳县西[①]。

【注释】

①盗跖(zhí):相传为春秋末期奴隶起义军的领袖,名跖,"盗"是旧时统治者对其的诬蔑称呼。《史记·伯夷列传》:"盗跖日杀不辜,肝人之肉,暴戾恣睢,聚党数千人横行天下,竟以寿终,是遵何德哉?"冢(zhǒng):坟墓。大阳县:故城在今山西平陆一带。周武王封虞仲为虞国,春秋时为晋大阳邑,汉置大阳县,属河东郡。

【译文】

盗跖坟墓在大阳县的西面。

216 赵鞅冢在临水县界[①],冢上气成楼阁。

【注释】

①赵鞅(? —前 476):即赵简子,亦称赵孟,春秋末晋国的卿,曾任六卿之下军佐,赵氏的领袖。与其子赵无恤(即赵襄子)并称“简襄之烈”。临水县:大约在今山西中部。

【译文】

赵鞅的坟墓在临水县境内,坟上云蒸霞蔚,形成楼阁的形态。

217 始皇陵在骊山之北[①],高数十丈,周回六七里。今在阴盘县界[②]。北陵虽高大,不足以销六丈冰,背陵障使东西流[③]。又此山名运取大石于渭北渚[④],故歌曰:“运石甘泉口,渭水为不流。千人唱,万人钩[⑤],金陵余石大如坵土屋[⑥]。”其销功力皆如此类[⑦]。卢氏曰:“秦氏奢侈,自知葬用珍宝多,故高作陵园山麓,从难发也,高则难上,固则难攻,项羽争衡之时发其陵,未详其至棺否?”

【注释】

①始皇陵在骊(lí)山之北:骊山,在陕西临潼东南,因古骊戎居此得名。《史记·秦始皇本纪》正义注引《括地志》曰:“秦始皇陵在雍州新丰县西南十里。”即为证。

②阴盘县:在今陕西临潼一带。

③“北陵虽高大”几句:范校据《史记·秦始皇本纪》正义、宋敏求《长安志》卷十五并引《关中记》作“此陵虽高大,不足以消六十万人积年之功,其用功力或隐不见,不见者,骊山水泉本北流,北流者陂障使东西流”,宜据补正。士礼居刊本“不足以销六丈冰”句

则为“不足以销六丈水”，即建陵并不能消解六丈高的水势，是说水势浩大，需要分流。

④渭北渚：应作“渭北诸山”。《史记·秦始皇本纪》正义引《关中记》云：“始皇陵在骊山。泉本北流，障使东西流。有土无石，取大石于渭山诸山。”渭山，疑当作“渭北。”

⑤钩：应作“歌”。

⑥抠(ōu)：沙堆。

⑦销：《稗海》本作“余”。

【译文】

秦始皇的陵墓在骊山的北面，高达数十丈，方圆六七里。今在阴盘县境内。这座陵墓虽然高大，但并不能消解六丈高的水势，于是背对陵墓建造屏障让流向骊山的水向东西分流。此外，这座山是从渭水以北的群山运取大石而得名，所以歌谣说：“从甘泉山口运石头，渭水为此不流。千人唱，万人歌，如今陵墓剩下的石头也像土屋一样大。”其他方面花费的功力都像这一类。卢氏说：“秦统治者奢侈，自己知道埋葬时使用珍奇异宝多，所以高高建造陵园山麓，从难建造，陵墓建得高就难以上去，坚固就难以挖掘，项羽与秦一决高低时发掘始皇陵，不知他挖到棺材没有？”

218 旧“洛”阳字作“水”边“各”，火行也①，忌水，故去“水”而加“隹”②。又魏于行次为土③，水得土而流，土得水而柔，故复“隹”加“水”，变“雒”为“洛”焉。

【注释】

①火行也：此句应为“汉火行也”。《说郛》本、《太平御览》卷十七引《魏略》《史记·项羽本纪》正义等作“汉火行也”“汉火行”“汉以火德”等。

②故去“水”而加“隹”：指的是除去“氵”字旁加上“隹(zhuī)”，指改

"洛"为"雒"。汉改"洛"为"雒",规避水克火之说,按照"五德终始理论",汉武帝改制后,汉为土德,色尚黄。《史记·孝文本纪》云:"是时北平侯张苍为丞相,方明律历。鲁人公孙臣上书陈终始传五德事,言方今土德时,土德应黄龙见,当改正朔服色制度。天子下其事与丞相议。丞相推以为今水德,始明正十月上黑事,以为其言非是,请罢之。"《史记·孝武本纪》云:"夏,汉改历,以正月为岁首,而色上黄,官名更印章以五字,因为太初元年。"可以说,武帝前为火德,武帝改为土德。

③又魏于行次为土:此句是站在魏正统的立场,以土德代汉水德自居。

【译文】

旧时洛阳的"洛"字是水字旁加个"各",汉五行中属火,对水犯忌,所以要去掉水字旁加个"隹",变为"雒"。另外,魏在五行中排序属土,水有了土才能流,土有了水才变得柔,所以又去掉"隹"加上水字旁,又把"雒"字改为"洛"了。

219 洞庭君山①,帝之二女居之②,曰湘夫人。又《荆州图经》曰③:"湘君所游④,故曰君山。"

【注释】

①君山:一称湘山、洞庭山,在今湖南洞庭湖口。

②帝之二女:即帝尧之女娥皇与女英,嫁于舜帝,舜帝南巡,死于苍梧,二女投湘水而死,故称"湘夫人"。

③《荆州图经》:该书史志未载。清陈运溶从《太平御览》《文选》注中采得四节。见《荆湘地记二十九种》。清王仁俊据《太平寰宇记》卷一百一十三采得一节,可补陈本之缺。此节内容为"湘君所游,故曰君山。有神,祈之则利涉,下有道与吴包山潜通。上有美酒数斗,得饮者不死"。见《玉函山房辑佚书补编》之杂家

类。图经，唐及以前的区域性地理书，相当于后代的方志。

④湘君：刘向《列女传》认为舜陟方死于苍梧，二妃死于江、湘之间，俗谓之湘君。刘向以二妃为湘君。而《离骚》《九歌》皆有湘君、湘夫人，王逸以为湘君者，湘水之神。同时认为湘夫人是舜之二妃。依此处意，这里指舜。湘君实在是不能确指。

【译文】

洞庭湖中的君山，帝尧的两个女儿居住在那里，被称为湘夫人。又《荆州图经》上说："湘君曾游历到此，所以名叫君山。"

220《南荆赋》：江陵有台甚大而有一柱[1]，众木皆拱之[2]。

【注释】

①江陵：即今湖北荆州。《艺文类聚》卷六十二、《初学记》卷二十四引此句并为"江陵有台甚大而唯有一柱"。

②众木皆拱之：士礼居刊本、《汉魏丛书》本"拱"作"共"。《艺文类聚》卷六十二、《初学记》卷二十四引此句并为"众梁皆共此柱"。"梁"较"木"恰切。

【译文】

《南荆赋》说：江陵有一座十分高大的台榭，可是只有一根柱子，所有的屋梁都共用它支撑。

典礼考

221 三让：一曰礼让，二曰固让，三曰终让[1]。

【注释】

①"三让"几句：此处引《仪礼·士冠礼》郑玄注，稍有差别。《仪

礼·士冠礼》"主人戒宾,宾礼辞许"条下郑玄注为:"戒,警也,告也。宾,主人之僚友。古者有吉事则乐与贤者欢成之,有凶事则欲与贤者哀戚之。今将冠子,故就告僚友使来。礼辞,一辞而许也。再辞而许曰固辞。三辞曰终辞,不许也。"

【译文】

三让礼辞:第一次辞让叫礼让,第二次辞让叫固让,第三次辞让叫终让。

222 汉丞秦[①],群臣上书皆曰"昧死言"[②]。王莽盗位慕古[③],去"昧死"曰"稽首"[④]。光武因而不改。

【注释】

①汉丞秦:汉承秦制。丞,通"承"。

②昧死:冒死。古时臣下上书帝王习用此语,表示敬畏之意。《韩非子·初见秦》:"臣昧死愿望见大王,言所以破天下之从。"再如《汉书·高帝纪》:"于是诸侯上疏曰:楚王韩信、韩王信、淮南王英布、梁王彭越、故衡山王吴芮(ruì)、赵王张敖、燕王臧荼昧死再拜言,大王陛下。"注引张晏曰:"秦以为人臣上书当言昧犯死罪而言,汉遂遵之。"

③王莽(前45—23):汉元帝皇后王政君之侄,公元8年篡位称帝,改国号为新,23年被杀。25年,汉光武帝刘秀重建汉朝,史称东汉或后汉。

④稽(qǐ)首:古时一种跪拜礼,两手至地,叩头至地,是九拜中最恭敬者。《周礼·春官·大祝》:"辨九拜:一曰稽首,二曰顿首,三曰空首,四曰振动,五曰吉拜,六曰凶拜,七曰奇拜,八曰褒拜,九曰肃拜,以享、右祭祀。"此处指臣子上书时的惯用语,表示恭敬。如《后汉书·律历下》注引东汉蔡邕戍边上章,末尾云"臣顿首死

罪稽首再拜以闻”。

【译文】

汉代继承秦代的规章制度，群臣向皇帝上奏章都要称“昧死言”。王莽窃取王位后仰慕古风，便去掉“昧死”，改称“稽首”。东汉光武帝沿用却没有更改。

223 肉刑①，明王之制，荀卿每论之②。至汉文帝感太仓公女之言而废之③。班固著论宜复④。迄汉末魏初，陈纪又论宜申古制⑤，孔融云不可⑥。复欲申之，锺繇、王朗不同⑦，遂寝。夏侯玄、李胜、曹羲、丁谧建私议⑧，各有彼此，多去时未可复⑨，故遂逭焉⑩。

【注释】

①肉刑：残害肉体的刑罚，古指墨、劓、剕、宫、大辟等。今泛指对受审者肉体上的处罚。

②荀卿：名况，战国末思想家，时人尊而号为“卿”。《荀子·正论》：“治古无肉刑而有象刑。”王先谦注为：“象刑，异章服，耻辱其形象，故谓之象形也。”荀卿主张治国需要刑、礼并用。

③汉文帝：即刘恒（前 203—前 157），前 180—前 157 年在位，汉高祖刘邦第四子，母薄姬。太仓公女：指汉太仓令淳于意的女儿缇萦。《史记·扁鹊仓公列传》：“太仓公者，齐太仓长，临菑人也。姓淳于氏，名意。少而喜医方术。……文帝四年中，人上书言意，以刑罪当传西之长安。意有五女，随而泣。意怒，骂曰：‘生子不生男，缓急无可使者。’于是少女缇萦伤父之言，乃随父西。上书曰：‘妾父为吏，齐中称其廉平，今坐法当刑。妾切痛死者不可复生而刑者不可复续，虽欲改过自新，其道莫由，终不可得。

妾愿入身为官婢，以赎父刑罪，使得改行自新也。'书闻，上悲其意，此岁中亦除肉刑法。"《集解》引徐广曰："案《年表》孝文十二年除肉刑。"《正义》引《汉书·刑法志》云"孝文帝即位十三年，除肉刑三"。孟康云："黥、劓二，左右趾一，凡三也。"太仓，齐国管理粮仓的官。

④班固(32—92)：字孟坚，扶风安陵（今陕西咸阳东北）人。东汉著名史学家、文学家。任兰台令史，迁为郎，典校秘书，潜心二十余年，修成《汉书》。

⑤陈纪：即陈元方。

⑥孔融(153—208)：字文举，鲁国（今山东曲阜）人。东汉末年文学家，"建安七子"之一。

⑦锺繇(151—230)：字符常，豫州颍川郡（今河南许昌长葛东）人。汉末至三国曹魏时著名书法家、政治家。历任尚书郎、黄门侍郎等职，助汉献帝东归有功，封东武亭侯。后为魏国相国。王朗(？—228)：本名王严，字景兴，东海郯（今山东临沂郯城西北）人。汉末至三国曹魏时期重臣、经学家。曹叡时，官至司徒。

⑧夏侯玄(209—254)：字泰初，沛国谯县（今安徽亳州）人。三国时期曹魏玄学家、文学家。担任过黄门侍郎、大鸿胪、太常等职，因密谋诛杀司马师，后被司马师夷灭三族。李胜(？—249)：字公昭，荆州南阳（今河南南阳）人。三国时曹魏大臣，议郎李休之子。后被司马懿夷族。曹羲(？—249)：曹真之子，曹爽之弟。后为司马懿所杀。丁谧(？—249)：东汉末典军校尉丁斐之子，依附曹爽，后被司马懿夷灭三族。

⑨多去时未可复：去，《太平御览》卷六百四十八作"言"，士礼居刊本、《稗海》本并作"云"。《太平御览》卷六百四十八引《博物志》曰："肉刑，明王之制，荀卿每论之。汉兴，文帝感太仓公女之言而废之。班固著论云宜复之。迄汉末魏初，陈纪又论宜申古制，孔融

谓不可复，魏武帝辅汉欲申之，锺繇、王朗不同，遂寝。夏侯玄、李胜、曹义达、丁谧建私议，各有彼此，多言时未可复，故遂寝。”

⑩逭（huàn）：《稗海》本、《太平御览》等作“寝”。

【译文】

残害肉体的刑罚，是圣明君王定下来的制度，荀子经常议论刑罚的重要。到汉文帝时，有感于太仓令淳于意女儿缇萦的话，就废除了肉刑。东汉班固写了论辩文章，主张应该恢复。至汉末魏初，陈纪又议论应该重申古代的肉刑法度，孔融说不行。陈纪再三申述，锺繇、王朗都不同意，争辩才止息。夏侯玄、李胜、曹羲、丁谧都曾提出个人看法，各自有不同意见，大多认为当时不能恢复肉刑，所以就搁置不提它了。

224 上公备物九锡①：一、大辂各一②，玄牡二驷③。二、衮冕之服④，赤舄副之⑤。三、轩悬之乐⑥，六佾之舞⑦。四、朱户以居⑧。五、纳陛以登⑨。六、虎贲之士三百人⑩。七、鈇钺各一⑪。八、彤弓一⑫，彤矢百，玈弓十⑬，玈矢千。九、秬鬯一⑭，卣珪瓒副之⑮。

【注释】

①上公：周制，三公（太师、太傅、太保）八命，出封时，加一命，称为上公。汉制，仅以太傅为上公。《后汉书·百官志》：“太傅，上公一人。本注曰：掌以善导，无常职。”晋制，太宰、太傅、太保皆为上公。九锡：古代天子赐给诸侯、大臣的九种器物，是一种最高礼遇。《公羊传·庄公元年》：“锡者何？赐也。命者何？加我服也。”何休注：“礼有九锡：一曰车马，二曰衣服，三曰乐则，四曰朱户，五曰纳陛，六曰虎贲，七曰弓矢，八曰鈇钺，九曰秬鬯。”

②大辂（lù）：亦作“大路”，古时天子所乘之车。《晋书·文帝纪》：

“是用锡公大辂、戎辂各一，玄牡二驷。”宜补。

③玄牡：黑色公马。驷(sì)：古代同驾一辆车的四匹马，或套着四匹马的车。

④衮冕(gǔn miǎn)：衮衣和冕。古代帝王与上公的礼服和礼冠。

⑤赤舄(xì)：古代天子、诸侯所穿的鞋。赤色，重底。《周礼·天官冢宰·屦(jù)人》：“屦人，掌王及后之服屦。为赤舄、黑舄、赤繶(yì)、黄繶；青句、素屦、葛屦。”孙诒让《周礼正义》：“赤舄最尊，故即以赤为饰，不以他采间之。亦谓之金舄，以赤兼黄朱，近于金色也。”副：相配，相称。

⑥轩悬：古代诸侯陈列乐器，三面悬挂。天子用宫悬，四面悬挂。

⑦六佾(yì)之舞：诸侯用的乐舞，舞者分六列，每列六人，共三十六人。佾，古代乐舞的行列。

⑧朱户：用朱红颜料漆的大门。

⑨纳陛：在宫室屋檐下的殿基上凿出台阶，为登升的陛级，不使尊者露天下来登堂，故名。

⑩虎贲(bēn)：勇士。《尚书·牧誓》：“武王戎车三百两(辆)，虎贲三百人，与受战于牧野。”孔安国传：“勇士称也，若虎贲兽，言其猛也。皆百夫长。”

⑪𫓧钺(fū yuè)：铡刀和大斧，即腰斩、砍头的刑具。

⑫彤(tóng)：朱红色。

⑬旅(lú)：黑色。

⑭秬鬯(jù chàng)：古代以黑黍和郁金香草酿造的酒，用于祭祀降神及赏赐有功的诸侯。

⑮卣(yǒu)：古代一种盛酒的器具，口小腹大，有盖和提梁。珪瓒(guī zàn)：玉柄的酒器。

【译文】

对上公，要备好九件赏赐的物品：一、大车、兵车各一辆，由四匹黑色公马拉的车两辆。二、礼服、礼帽的服饰，红色的礼鞋与之配套。三、供三面悬挂的乐器，三十六人组成的舞列。四、配上朱红漆的大门来居住。五、在宫室屋檐下的殿基上凿出台阶，使其不在露天下来登堂。六、勇士三百人。七、铡刀、大斧各一把。八、红色的弓一张，红色的箭一百支，黑色的弓十张，黑色的箭一千支。九、黑黍加郁金香草酿造的酒一罐，盛酒的器具、舀酒的玉柄勺与之相配套。

乐考

225 汉末丧乱无金石之乐①。魏武帝至汉中得杜夔旧法②，始后设轩悬钟磬③，至于今用之，于夔也④。

【注释】

①金石：指钟磬(qìng)一类乐器。《国语·楚语上》："而以金石匏竹之昌大嚣庶为乐。"韦昭注："金，钟也。石，磬也。"

②汉中：郡名，治所在南郑(今陕西汉中东)。杜夔(kuí)：字公良，汉末魏初河南人。因精通音乐，汉灵帝时任雅乐郎，创制郊庙朝会的正乐。《三国志·魏书·方技传》："夔善钟律，聪思过人，丝竹八音，靡所不能，惟歌舞非所长。……黄初中，为太乐令、协律都尉。……遂黜免以卒。"

③后：士礼居刊本作"复"。

④于夔也：《三国志·魏书·方技传》曰："太祖以夔为军谋祭酒，参太乐事，因令创制雅乐。……夔总统研精，远考诸经，近采故事，教习讲肄，备作乐器，绍复先代古乐，皆自夔始也。"

【译文】

汉朝末年天下大乱，没有钟磬音乐。魏武帝到汉中，得到了杜夔创制的演奏雅乐的方法，重新开始设置三面悬挂的钟磬乐器，直到今天还在使用，这是从杜夔那里学来的。

服饰考

226 汉末丧乱绝无玉佩[①]，始复作之[②]。今之玉佩，受于王粲。

【注释】

①玉佩：古人佩挂的玉制装饰品。古人常有佩玉的习惯，君子以玉比德。

②始复作之：此句前应补“魏侍中王粲识旧佩”。《三国志·魏书·王卫二刘傅传》裴松之注引挚虞《决疑要注》曰：“汉末丧乱，绝无玉佩，魏侍中王粲识旧佩，始复作之。今之玉佩，受法于粲也。”宜补之。侍中，古代职官名。秦始置，两汉沿置，为正规官职外的加官之一。因侍从皇帝左右，出入宫廷，与闻朝政，逐渐变为亲信贵重之职。晋以后，曾相当于宰相。隋因避讳改称纳言，又称侍内。唐复称，为门下省长官，乃宰相之职。北宋犹存其名，南宋废。《汉书·百官公卿表上》：“侍中、左右曹、诸吏、散骑、中常侍，皆加官……侍中、中常侍得入禁中。”

【译文】

汉末天下大乱，绝对没有佩带玉佩的，魏侍中王粲能识别旧的玉佩开始重新制作玉佩。现在的玉佩，制作方法是从王粲那里传下来的。

227 古者男子皆丝衣，有故乃素服[①]。又有冠无帻[②]，故虽凶事，皆著冠也。

【注释】

①素服：本色或白色的衣服。居丧或遭遇凶事时所穿。《礼记·郊特牲》："皮弁素服而祭。素服，以送终也。"郑玄注："素服，衣裳皆素。"

②帻(zé)：古代的头巾。

【译文】

古代男子都穿丝制衣服，有了凶丧之事才穿白色素服。还有就是帽子没有头巾，所以即使遇上丧事，也都戴着帽子。

228 汉中兴，士人皆冠葛巾①。建安中②，魏武帝造白帢③，于是遂废，唯二学书生犹著也④。

【注释】

①葛巾：用葛布制成的头巾。

②建安：汉献帝年号(196—220)。

③白帢(qià)：古代士人戴的一种丝织的便帽。《三国志·魏书·武帝纪》裴松之注引《傅子》曰："汉末王公，多委王服，以幅巾为雅，是以袁绍、崔豹(崔钧)之徒，虽为将帅，皆著缣巾。魏太祖以天下凶荒，资财乏匮，拟古皮弁(biàn)，裁缣帛(jiān bó)以为帢，合于简易随时之义，以色别其贵贱，于今施行，可谓军容，非国容也。"《后汉书·郭符许列传》注引周迁《舆服杂事》曰："巾以葛为之，形如帢，音口洽反。本居士野人所服，魏武造帢，其巾乃废。今国子学生服焉。以白纱为之。"据此"帢"应为"帢"。

④二学：国子学与太学。

【译文】

汉朝中兴时期，读书人都戴葛布制的头巾。东汉建安年间，魏武帝曹操制作了一种白色便帽，名叫"白帢"，从此戴葛巾就废弃了，只有国学和太学的书生还戴那种葛巾。

器名考

229 宝剑名：钝钩、湛卢、豪曹、鱼肠、巨阙①，五剑皆欧冶子所作②。龙泉、太阿、土布③，三剑皆楚王者④。风胡子因吴请干将、欧冶子作⑤。干将阳龙文，莫邪阴漫理⑥，此二剑吴王使干将作。莫邪，干将妻也。夫妻甚喜作剑也。

【注释】

①钝钩、湛卢、豪曹、鱼肠、巨阙：欧冶子所铸五把名剑。《艺文类聚》卷六十引《吴越春秋》曰："区（欧）冶子作名剑五枚，一曰纯钩，二曰湛卢，三曰豪曹（或曰盘郢），四曰鱼肠，五曰巨阙。"钝钩，士礼居刊本、《淮南子》《艺文类聚》等皆作"纯钩"，疑"纯钩"为是，译文采"纯钩"说。

②欧冶子（约前560—前510）：春秋时冶工，中国古代铸剑鼻祖。应越王勾践之聘，铸五种利剑，为楚昭王铸了三柄名剑。

③龙泉、太阿、土布：范校据《越绝书·越绝外传记宝剑》第十三："（楚王）于是乃令风胡子之吴，见欧冶子、干将，使人作铁剑，欧冶子、干将凿茨山，泄其溪，取铁英，作为铁剑三枚：一曰龙渊，二曰泰阿，三曰工布。"唐人避高祖李渊讳改"渊"为"泉"。土布，应为"工布"。

④三剑皆楚王者：此句与下句合，应作"三剑皆楚王令风胡子之吴，因吴王请干将、欧冶子作"。《太平御览》卷三百四十三引《越绝书》曰："楚王召风胡子而问之曰：'寡人闻吴有干将，越有欧冶子，此二人，寡人愿赍邦之重宝皆以奉子，因吴王请此二人为铁剑，可乎？'风胡子曰：'善。'于是乃令风胡子之吴，见欧冶子、干将，使之为铁剑。欧冶子、干将凿茨山，泄其溪，取其铁英，为剑

三枚，一曰龙渊，二曰太阿，三曰工市。”祝鸿杰据此补正，宜改。

⑤风胡子：春秋时善识剑者。干将：春秋吴人，与其妻莫邪均是铸剑师。夫妻铸有二剑，分别为干将、莫邪，献给吴王阖闾。

⑥干将阳龙文，莫邪阴漫理：干将、莫邪为宝剑名。龙，洪兴祖《楚辞补注》引“龙”为“龟”。《吴越春秋·阖闾内传》云：“阳曰干将，阴曰莫邪，阳作龟文，阴作漫理。”阳，凸起的。阴，凹陷的。漫理，无规则的纹理。

【译文】

宝剑的名字：纯钩、湛卢、豪曹、鱼肠、巨阙，这五种剑都是欧冶子铸造的。龙渊、太阿、工布，这三种剑都是楚王命令风胡子到吴国请干将、欧冶子铸造的，因为吴王曾请干将、欧冶子铸造过铁剑。干将剑上有凸起的龟纹，莫邪剑上有凹陷的无规则纹理，这两种剑都是吴王让干将铸造的。莫邪，是干将的妻子。夫妻都很喜欢铸剑。

230 赤刀①，周之宝器也。

【注释】

①赤刀：越地出产的玉制宝刀。《尚书·顾命》：“越玉五重，陈宝，赤刀、大训、弘璧、琬琰(wǎn yǎn)，在西序。”孔颖达疏：“上言‘陈宝’，非宝则不得陈之，故知‘赤刀’为宝刀也。”郑玄注曰：“曲刃，刀也。”又云：“赤刀者，武王诛纣时刀，赤为饰，周正色。”越玉，马融曰：“越地所献玉也。”故知，赤刀质料为玉质。

【译文】

赤刀，是周朝的宝贵器物。

物名考

231 古骏马有飞兔、腰褭①。

【注释】

①腰褭(niǎo):古骏马,又称要褭。《吕氏春秋·离俗》:"飞兔、要褭,古骏马也。"

【译文】

飞兔、腰褭,都是古代有名的骏马。

232 周穆王八骏①:赤骥、飞黄、白蚁、华骝、騄耳、騧骝、渠黄、盗骊②。

【注释】

①周穆王八骏:周穆王(约前1054—前949),姬姓,名满。周昭王之子,西周第五位君主,在位55年。传说他曾乘坐八骏拉的宝车西游,与西王母宴饮于瑶池之上。传说事见《穆天子传》。

②赤骥、飞黄、白蚁、华骝(liú)、騄(lù)耳、騧騟(guā yú)、渠黄、盗骊(lí):八骏之名,见《穆天子传》《列子·周穆王》及《拾遗记》,名目稍有不同。

【译文】

周穆王有八匹骏马:赤骥、飞黄、白蚁、华骝、騄耳、騧騟、渠黄、盗骊。

233 唐公有骕骦①。

【注释】

①唐公有骕骦(sù shuāng):唐公,即唐成公(?—前505),唐惠侯之后。唐是春秋时楚国的附庸小国,楚昭王时灭之,故国在今湖北随县西北之唐县镇。骕骦,骏马名,又作"肃爽""肃霜"。《左传·定公三年》:"唐成公如楚,有两肃爽马。"李贤注《后汉书·

马融列传》曰："骕骦，马名。"

【译文】

唐成公有一匹骏马，名叫骕骦。

234 项羽有骓[1]。周日用曰："曹公有流影[2]，而吕有赤兔，皆后来有良骏也。"

【注释】

①骓（zhuī）：毛色青白杂色的马。

②流影：曹操所乘骏马，在与张绣之战中折损。《三国志·魏书·武帝纪》引裴松之注《魏书》曰："公所乘马名绝影，为流矢所中，伤颊及足，并中公右臂。"裴松之注引《世语》曰："昂不能骑，进马于公，公故免，而昂遇害。"

【译文】

项羽有匹骏马叫骓。周日用说："曹操有流影马，而吕布有赤兔，都是后来才有的良马。"

235 周穆王有犬名粍[1]，毛白。

【注释】

①粍（lí）：硬而卷曲的毛，这里为犬名。

【译文】

周穆王有狗名叫粍，毛是白色的。

236 晋灵公有畜狗名獒[1]。

【注释】

①晋灵公(前 624—前 607):春秋时晋国国君,晋文公重耳之孙,晋襄公之子。畜狗:畜,也作“周”。《公羊传·宣公六年》:“灵公有周狗谓之獒。”《尔雅·释畜》郭注引作“害狗”,指听从主人指挥的大狗。唐久宠认为主要是“周”“害”金文形近易误。“害”也有“大”意,《孟子·梁惠王上》“时日害丧”,赵岐注云:“害,大也。”

【译文】

晋灵公养有训练有素的高大凶猛的狗,名叫獒。

237 韩国有黑犬名卢[①]。

【注释】

①韩国有黑犬名卢:卢,良犬名,黑色。又有“韩卢”“韩子卢”之称。《说文解字》:“齐人谓黑为黸(lú)。”

【译文】

韩国有黑毛狗,名叫卢。

238 宋有骏犬曰誰[①]。

【注释】

①宋有骏犬曰誰(què):宋,春秋国名,国都商丘。周公旦平定三监之乱后,封商纣王的兄长微子启在商朝的旧都商丘所建。誰,桓谭《新论》及《广雅·释兽》并作“猚(què)”。《初学记》卷二十九引吕忱《字林》云:“猚(鹊),宋良犬也。”

【译文】

宋国有一种良犬,名叫猚。

239 犬四尺为獒[①]。

【注释】

①犬四尺为獒：出自《尔雅·释畜》："狗四尺为獒。"

【译文】

狗四尺高是獒。

240 张骞使西域还，乃得胡桃种。

【译文】

张骞出使西域回国，于是得到胡桃的种子。

241 徐州人谓尘土为蓬块[①]，吴人谓尘土为跋跌[②]。

【注释】

①徐州人谓尘土为蓬块：块，应作"堁（kè）"。陈简斋《咏青溪石壁》诗："向来千万峰，琐细等蓬块。"胡仲儒笺注引《博物志》，说明宋时已误。《淮南子·主述训》："譬犹扬堁而弭尘，抱薪以救火也。"注云："堁，尘塺（méi）也，楚人谓之堁。堁，动尘之貌。"据此，块（塊）乃"堁"之误。

②跋跌（bá diē）：应作"坺坱（fá yǎng）"。《白孔六帖》卷三引作"坺坱"。坺，尘貌。

【译文】

徐州人称尘土为蓬块，吴地人称尘土为坺坱。

卷七

【题解】

本卷《异闻》巫风史笔，颇具小说意味，材料来源多见于《韩诗外传》《淮南子》《徐州地理志》《徐偃王志》《论衡》《列子》《竹书纪年》等。所涉人物众多，包含神人、帝王、勇士、醇儒、死而复生者，所记内容有水仙河伯事二则；夏桀荒淫，致使贤人费昌徙殷二则；武王操戈秉麾、鲁阳挥戈止日二则；周文王、晋文公官吏、齐景公、太守黄翻感梦四则；夸父逐日，澹台子羽、荆轲、菑丘䜣入水斩蛟等勇士事四则；送汉滕公葬得石椁及铭，葬卫灵公得石椁及铭，醇儒王史威长葬铭；宫女复活、范明友奴复活，谢璋属下奚侬恩女复活等三则；天降“忠孝侯印”、天雨黍粟二则；奇异事“一旦亡板干”一则；仁义化身的徐偃王故事一则。徐偃王故事在先秦诸子中有提及，但不及《博物志》记录详缮，可见此书在古代辑佚学上的重要价值。

通过这些故事可以看到对勇士的歌颂，对大自然的挑战。勇士在与魑魅魍魉的战斗中，表现了其乐无穷的斗争精神。人神交感，天道昭昭，邪恶无隐，暴行淫威势必会使人神共怒，人人得而诛之。得道成仙，死而复生，怪诞玄幻，方术家言，巫风弥漫，浪漫而瑰奇的想象对文学的创作，尤其是对小说家的创作影响十分显著。

尤其值得注意的是传闻，汉宣帝时使人凿上郡发磐石，得石室中人，徒裸被发反缚械一足。刘向据《山海经》解读为“贰负之尸”。比较理性地看，应该是尸像，非真身。但是到了魏晋，搜奇志怪、博物巫风甚盛，死而复生类事渐增。这一方面反映了魏晋人长生的愿望；另一方面还应看到，魏晋人不以常理推论事物的思考方式的变化，在梦想的迷幻中勾勒着精神的伊甸园。

异闻

242 昔夏禹观河，见长人鱼身出[①]，曰：“吾河精。”岂河伯也？

【注释】

①人鱼：《史记·秦始皇本纪》“以人鱼膏为烛”，《集解》引徐广曰：“人鱼似鲇，四脚。”《正义》引《广志》云：“鲵鱼声如小儿啼，有四足，形如鳢(lǐ)，可以治牛，出伊水。”《异物志》云：“人鱼似人形，长尺余。不堪食。皮利于鲛鱼，锯材木入。项上有小穿，气从中出。秦始皇冢中以人鱼膏为烛，即此鱼也。出东海中，今台州有之。”《水经注·河水》卷五：“昔禹治洪水，观于河，见白面长人鱼身，出曰：‘吾河精也。’授禹《河图》而还于渊。及子朝篡位，与敬王战，乃取周之宝玉，沉河以祈福。”

【译文】

从前夏禹巡视黄河，看见长长的人鱼身子浮出水面，说：“我是河精。”难道是河伯吗？

243 冯夷，华阴潼乡人也，得仙道，化为河伯[①]。岂道同哉？仙夷乘龙虎[②]，水神乘鱼龙，其行恍惚，万里如室。

【注释】

①"冯夷"几句:冯夷,传说中的黄河之神,即河伯,泛指水神。《庄子·大宗师》:"冯夷得之,以游大川。"成玄英疏:"姓冯,名夷,弘农华阴潼乡堤首里人也,服八石,得水仙。大川,黄河也。天帝锡冯夷为河伯,故游处盟津大川之中也。"《史记·滑稽列传》:"苦为河伯娶妇。"《正义》:"河伯,华阴潼乡人,姓冯氏,名夷。浴于河中而溺死,遂为河伯也。"故冯夷溺死有两说,一为渡河,二为浴河。华阴,今属陕西渭南。

②仙夷:范校,《说郛》本作"冯夷",冯夷为水神,不得云乘虎,且与下句水神重复,故不可从。当为"仙人"。魏晋人习古文,用古字,"夷"卜辞金文多写作"入",也可为证。

【译文】

冯夷,是华阴潼乡人,他得道后变成了水仙,这就是人们所说的河伯。水神、水仙之道难道是相同的吗?仙人乘的是龙和虎,水神乘的是鱼和龙,它们行踪难以捉摸,行一万里路如同室内行走那样容易。

244 夏桀之时,为长夜宫于深谷之中,男女杂处,十旬不出听政[①]。天乃大风扬沙,一夕填此宫谷。又曰石室瑶台[②],关龙逢谏[③],桀言曰:"吾之有民,如天之有日,日亡我则亡。"以为龙逢妖言而杀之。其后山复于谷下及在上[④],耆老相与谏[⑤],桀又以为妖言而杀之。

【注释】

①十旬不出听政:《太平御览》卷五十四、卷一百七十三"十旬"为"三旬"。旬,古十天为一旬。

②又曰石室瑶台:钱熙祚据《绎史》卷十四引,改"曰"为"为"。

③关龙逢：夏朝的贤相，因忠言进谏被夏桀杀。

④其后山复于谷下及在上：《稗海》本此句为“其后复于山谷下作宫在上”。《绎史》卷十四引为“其后山复于谷，下反在上”。

⑤耆（qí）：老。这里指德高望重的老臣。《说文解字》：“耆，老也。”《礼记·曲礼》：“六十曰耆。”相：指动作偏指一方。

【译文】

夏桀的时候，在深山谷里建造了一座长夜宫，男女混杂着居住在此，桀连续三十天不出谷处理政务。上天便刮起大风，扬起沙土，一夜之间填平了这个山谷。桀又在岩洞里用玉石砌起了楼台，关龙逢进行规劝，桀说：“我拥有百姓，就像天上有个太阳一样是永恒的，只有当太阳消亡的时候，我才会灭亡。”他把关龙逢的规劝当作妖言，便杀了他。这之后，高山又变成深谷，谷底反而在上面，德高望重的老臣们对他进行规劝，桀又认为是妖言，就杀了他们。

245 夏桀之时，费昌之河上①，见二日：在东者烂烂将起②，在西者沉沉将灭③，若疾雷之声。昌问于冯夷曰：“何者为殷？何者为夏？”冯夷曰：“西夏东殷。”于是费昌徙，疾归殷④。

【注释】

①费昌：本为夏朝人，夏桀的宗族，后归商，为商汤驾车，在鸣条打败了夏桀。

②烂烂：光亮貌，光芒闪耀貌。

③沉沉：不断下降、沉落的样子。

④于是费昌徙，疾归殷：疾，《汉魏丛书》本、士礼居刊本、《开元占经》卷六等为“族”。《开元占经》引作“夷曰：西日为夏，东日为殷，桀将亡乎？于是费昌归，徙其族于东，归商也”。较此为详。族，在此名词用作状语，可译为“整族人”。

【译文】

夏桀的时候，费昌来到黄河边上，看见两个太阳：在东方的光华闪耀即将升起，在西方的不断下沉即将消亡，并且发出像霹雳般的雷声。费昌向河神冯夷询问说：“哪个是殷？哪个是夏？”冯夷回答说：“西边的是夏，东边的是殷。”于是费昌迁移，整族人归附殷商。

246 武王伐纣至盟津①，渡河，大风波。武王操戈秉麾麾之②，风波立霁③。

【注释】

①盟津：即孟津。古黄河渡口名，在今河南孟津东北、孟州西南。相传周武王伐纣，八百诸侯在此不期而盟会，并由此渡黄河。历代以为会盟兴兵的要地。今本《竹书纪年》卷上：“周师渡孟津而还。”《史记·周本纪》：“诸侯不期而会盟津者八百诸侯。”

②武王操戈秉麾麾之：《尚书·牧誓》《史记·周本纪》并作：“武王左杖黄钺，右秉白旄以麾。”

③风波立霁(jì)：风波立刻停息。霁，雨或雪停止，天放晴。

【译文】

周武王讨伐商纣到达盟津，横渡黄河，大风吹起大浪，波涛汹涌。武王手持斧钺和旌旗指挥它们，风浪立刻就止息了。

247 鲁阳公与韩战酣而日暮①，授戈麾之日②，日反三舍③。

【注释】

①鲁阳公：春秋时楚国的县公，楚平王的孙子，司马子朝之子，《国

语》所称鲁阳文子。楚僭越号称王，其守县大夫皆称公，故有此称。鲁阳，地在今河南鲁山县。《淮南子·览冥训》："鲁阳公与韩构难，战酣日暮，援戈而扮之，日为之反三舍。"酣：指打仗打到兴头上，激烈对战。

②授戈麾之日：授，士礼居刊本、《稗海》本、《淮南子·览冥训》等作"援"。麾，指挥，引申为挥日，即扭转乾坤，使太阳后退、不落。

③日反三舍：舍，次宿。陶方琦云："《文选》郭璞《游仙诗》注引许注：'二十八宿，一宿为一舍也。'按《论衡·感虚篇》：'星之在天也，为日月舍，犹地有邮亭，为长吏廨也。二十八宿有分度，一舍十度，或增或减。言日反三舍，乃三十度也。'"

【译文】

鲁阳公与韩国打仗，战斗到激烈时，天快黑了，鲁阳公就拿起戈来扭转乾坤，太阳就后退了三座星宿的位置。

248 太公为灌坛令①，武王梦妇人当道夜哭②，问之，曰："吾是东海神女③，嫁于西海神童。今灌坛令当道，废我行。我行必有大风雨，而太公有德，吾不敢以暴风雨过，是毁君德。"武王明日召太公，三日三夜，果有疾风暴雨从太公邑外过。

【注释】

①太公：俗称姜太公。姜姓，吕氏，名尚，一名望，字子牙。西周初年官太师，后辅佐武王灭商，封于齐，被武王尊为"师尚父"。灌坛：地名，周的小邑。后用以代指有德行的地方官吏。令：邑宰。

②武王梦妇人当道夜哭：周心如云："案《御览》三引此条，互有同异而皆属文王时事，胡刻本作武王者，盖误耳。"按，《搜神记》卷四、《初学记》卷二、《太平御览》卷三百九十七、《太平广记》卷二百九

十等引“武王”并作“文王”。《太平广记》卷二百九十引有“风不鸣条”四字，宜补。风不鸣条，意为风调雨顺。《太平御览》卷一百九十五引《博物志》曰：“文王以太公为灌坛令，其年，风不鸣条，文王梦一妇人甚丽，当道哭，问其故，曰：‘我东山女，嫁为西海妇。行必以暴风雨，今灌坛令当道有德，吾不敢以风雨过也。’”

③东海：也作“泰山”或“东山”。《搜神记》卷四：“吾泰山之女，嫁为东海妇。”

【译文】

姜太公担任灌坛令，周武王梦见一位妇人夜间在路上啼哭，便问她什么原因，她说：“我是东海神的女儿，嫁给西海神的儿子。现在灌坛令当政，使我不能通行。我行走一定有狂风暴雨，可是太公很有德政，我不敢裹挟着狂风暴雨经过灌坛，这是毁坏他的德政。”武王第二天召见了太公，这之后三天三夜，果然有狂风暴雨从太公的灌坛邑外经过。

249 晋文公出，大蛇当道如拱。文公反修德，使吏守蛇。吏梦天杀蛇曰：“何故当圣君道。”觉而视蛇，则自死也[①]。

【注释】

①“晋文公出”几句：《太平广记》卷二百九十一：“晋文公出，有大蛇如拱，当道。文公乃修德，使吏守蛇。守蛇吏梦天使杀蛇，谓曰：‘蛇何故当圣君道？’觉而视之，蛇则臭矣。”晋文公（约前671—前628），春秋时晋国国君，姬姓，名重耳。春秋五霸中的第二位霸主。

【译文】

晋文公外出，大蛇像拱形隆起挡住道路。文公返回修治自己的德政,派官吏守着大蛇。官吏梦见上天的使者杀蛇,说:"你为什么要挡圣君的道?"官吏醒过来再看蛇,蛇已经自己死了。

250 齐景公伐宋[①],过泰山,梦二人怒。公谓太公之神,晏子谓宋柏汤与伊尹也[②]。为言其状,汤皙容多发[③],伊尹黑而短,即所梦也。景公进军不听,军鼓毁,公怒散军伐宋[④]。

【注释】

①齐景公(? —前 490):姜姓,吕氏,名杵臼。

②晏子(前 578—前 500):名婴,字仲,谥号"平",夷维(今山东高密)人。春秋时齐相,历仕灵公、庄公、景公三世。柏:应作"祖"。范校据士礼居刊本、《太平广记》卷二百九十一引改。伊尹:商汤大臣,名伊,一名挚,尹是官名。相传生于伊水,故名。是汤妻陪嫁的奴隶,后助汤伐夏桀,被尊为阿衡。

③汤皙(xī)容多发:皙,肤色白净。发,此处指胡须。《太平广记》卷二百九十一引《物异志》作"汤皙容多髭(zī)须",《晏子春秋·内篇谏上》作"汤皙而长,颐以髯"。

④公怒散军伐宋:此句应作"公恐散军不果伐宋"。范校据《太平广记》卷二百九十一引《物异志》作"公恐,乃散军不伐宋"。《太平御览》卷三百七十八引《古文瑣(suǒ)语》作"遂不果伐宋"。宜据正。

【译文】

齐景公讨伐宋国,经过泰山,梦见二人发怒。景公说是姜太公的神灵,晏子说是宋国的先祖汤和伊尹。晏子还对景公描述了二人的相貌,汤皮肤白皙多胡须,伊尹皮肤黑个子矮,就是景公梦见的样子。景公进军不听规劝,军鼓毁坏了,这时他才害怕,解散了去攻伐宋国的军队。

251《徐偃王志》云[①]:徐君宫人娠而生卵[②],以为不祥,弃之水滨。独孤母有犬名鹄苍[③],猎于水滨,得所弃卵,衔以东归[④]。独孤母以为异,覆暖之,遂蛳成儿[⑤],生时正偃,故以为名。徐君宫中闻之,乃更录取。长而仁智,袭君徐国。后鹄苍临死生角而九尾,实黄龙也。偃王又葬之徐界中,今见狗袭[⑥]。偃王既其国[⑦],仁义著闻,欲舟行上国[⑧],乃通沟陈、蔡之间[⑨],得朱弓矢,以己得天瑞,遂因名为弓[⑩],自称徐偃王。江淮诸侯皆伏从,伏从者三十六国。周王闻,遣使乘驷,一日至楚,使伐之。偃王仁,不忍闻言[⑪],其民为楚所败,逃走彭城武原县东山下[⑫]。百姓随之者以万数,后遂名其山为徐山[⑬]。山上立石室[⑭],有神灵,民人祈祷。今皆见存。

【注释】

①《徐偃王志》:又作《徐州地理志》。分为六篇,分别是记事上、记事下、世系、地理、冢庙、论说。据《水经注·济水》"又东南过徐县北"条注"《地理志》曰:临淮郡,汉武帝元狩五年置,治徐县。王莽更之曰淮平,县曰徐调,故徐国也。《春秋·昭公三十年》吴子执锺吾子,遂伐徐,防山以水之,遂灭徐。徐子奔楚,楚救徐弗及,遂城夷以处之。张华《博物志》录著作令史茅温所为送。刘成国《徐州地理志》云:徐偃王之异,言:徐君宫人娠而生卵,以为不祥,弃之于水滨。孤独母有犬,名曰鹄仓,猎于水侧,得弃卵,衔以来归。孤独母以为异,覆暖之,遂成儿。生时偃,故以为名。徐君宫中闻之,乃更录取。长而仁智,袭君徐国。后鹄仓临死,生角而九尾,实黄龙也。偃王葬之徐中,今见有狗垄焉。偃王治国,仁义著闻,欲舟行上国,乃通沟陈、蔡之间,得朱弓矢,以得天瑞,遂因名为号,自称徐偃王。江淮诸侯服从者三十六国。周王

闻之，遣使至楚，令伐之。偃王爱民，不斗，遂为楚败，北走彭城武原县东山下，百姓随者万数，因名其山为徐山。山上立石室，庙有神灵，民人请祷焉。依文即事，似有符验，但世代绵远，难以详矣。今徐城外有徐君墓，昔延陵季子解剑于此，所谓不违心许也。”

②徐君：周穆王时徐国国君。《尸子》曰：“偃王有筋而无骨，故曰偃。”《后汉书·东夷列传》：“后徐夷僭（jiàn）号，乃率九夷以伐宗周，西至河上。穆王畏其方炽，乃分东方诸侯，命徐偃王主之。偃王处潢池东，地方五百里，行仁义，陆地而朝者三十有六国。穆王后得骥騄之乘，乃使造父御以告楚，令伐徐，一日而至。于是楚文王大举兵而灭之。偃王仁而无权，不忍斗其人，故致于败。乃北走彭城武原县东山下，百姓随之者以万数，因名其山为徐山。”

③独孤：老而无子而又丧夫者。

④衔以东归：士礼居刊本作“衔以来归”。

⑤蛈：也作“烰（fú）”。烰，即孵。

⑥今见狗袭：《太平御览》卷三百六十十引《博物志》曰：“徐君宫人，有娠而生卵，以为不祥，弃于水滨。独孤母有犬名鹄仓，猎于水滨，得所弃卵，衔以来归。独母以为异，乃覆燸（xū）之，遂成儿，儿生而偃，故以为名。徐君宫中闻之，乃更录取。长而仁智，袭君徐国，后鹄仓临死，生角而九尾，实黄龙也。偃王葬之徐界中，今见有狗垄。”垄，坟冢。

⑦偃王既其国：范校，“其国”上据张皋文校云：“当有一袭字。”

⑧上国：指的是宗主国周。

⑨陈、蔡：古国名。陈国故城在今河南淮阳，前 478 年，楚国派兵北伐，杀死陈愍（mǐn）公，消灭了陈国。蔡国故城在今河南上蔡，前 447 年，蔡国被楚国灭。

⑩遂因名为弓:《太平御览》卷三百四十七引《博物志》曰:“偃王既治其国,仁义著闻,欲舟行上国,乃通沟陈、蔡之间,得朱弓矢,以己得天瑞,遂因名为号,自称徐偃王。”弓,疑为“号”。

⑪闻言:《稗海》本作“斗害”。

⑫彭城:地名,春秋时宋邑,秦置彭城县,在今江苏徐州。武原县:古县名,西汉置,在今江苏邳(pī)州西北。

⑬徐山:在今江苏邳州西南。

⑭石室:古代宗庙中藏神主的石函。《左传·庄公十四年》:“先君桓公命我先人典司宗祏(shí)。”杜预注:“宗祏,宗庙中藏主石室。”

【译文】

《徐偃王志》上说:徐国国君的宫女怀孕后生下一只蛋,认为是不吉祥的,在水边扔掉了它。孤寡老妇人有一条名叫鹄苍的狗,正好在水边追捕猎物,得到了这只被抛弃的蛋,就把它衔回家了。孤寡老妇人觉得这只蛋很奇异,就用身子捂暖它,于是孵出了一个孩子,这孩子出生时是仰卧着的,所以便用“偃”来取名。徐国国君在宫中听说这件事,就重新抚养了这孩子。他长大后仁慈又聪明,继承了徐国的君位。后来鹄苍临死的时候长出了角和九条尾巴,这狗原来是黄龙。徐偃王在徐国境内埋葬它,现在还可以看见有座狗坟。偃王继承王位后,以仁义著称,他想乘船到上游的周王国去,就在陈国与蔡国之间开凿了一条运河,挖到了红色的弓和箭,认为自己得到了上天赐予的祥瑞之物,于是就用自己的名字作号,称自己为徐偃王。江淮一带的诸侯都服从他,服从的达三十六个国家。周穆王听说后,派遣使者乘着四匹马驾的车,一天就到了楚国,让楚王讨伐徐偃王。偃王仁爱,不忍心互相争斗残害,他的百姓被楚国打败,逃跑到彭城武原县东山下。跟随偃王的百姓按万计算,后来就命名这座山为徐山。山上立了个石龛,有偃王的神位,百姓向他祈祷。现在仍被保存着。

252 海水西[①]，夸父与日相逐走[②]，渴，饮水河渭[③]。不足，北饮大泽[④]，未至，渴而死。弃其策杖，化为邓林[⑤]。

【注释】

①海水西：或作“北海外”或“博父西”。《山海经·海外北经》：“博父国在聂耳东，其为人大，右手操青蛇，左手操黄蛇。邓林在其东，二树木。一曰博父。”袁珂认为，博父国即夸父国。

②夸父(fǔ)：古神话中的英雄名。《山海经·大荒北经》：“大荒之中有山，名曰成都载天。有人珥两黄蛇，把两黄蛇，名曰夸父。后土生信，信生夸父。夸父不量力，欲追日景，逮之于禺谷。将饮河而不足也，将走大泽，未至，死于此。”

③渭：渭水，黄河最大支流。源于甘肃东部，横贯陕西全境，在潼关附近注入黄河。

④大泽：大湖沼，大薮泽。

⑤化为邓林：毕沅注《山海经》“化为邓林”条说：“邓林即桃林也，邓、桃音相近。高诱注《淮南子》云：‘邓，犹木。’是也。《列子》云：‘邓林弥广数千里。’盖即《中山经》所云‘夸父之山，北有桃林’矣。其地则楚之北境也。”

【译文】

在博父国的西面，夸父同太阳一起竞相追逐，口渴了，就去喝黄河和渭河的水。水不够解渴，又想到北方喝大泽的水，但还没走到，就渴死了。临死时他抛掉的手杖，便变成了邓林。

253 澹台子羽渡河[①]，赍千金之璧于河[②]，河伯欲之，至阳侯波起[③]，两鲛挟船[④]，子羽左掺璧，右操剑，击鲛皆死。既渡，三投璧于河伯，河伯跃而归之[⑤]，子羽毁而去[⑥]。

【注释】

①澹台(tán tái)子羽：即澹台灭明，字子羽，澹台是复姓，春秋时鲁国人，孔子弟子。虽貌丑，但勤修行，有声望，使孔子改变看法。《史记·仲尼弟子列传》："澹台灭明，武城人，字子羽。少孔子三十九岁。状貌甚恶。欲事孔子，孔子以为材薄。既已受业，退而修行，行不由径，非公事不见卿大夫。南游至江，从弟子三百人，设取予去就，名施乎诸侯。孔子闻之，曰：'吾以言取人，失之宰予；以貌取人，失之子羽。'"为人懂礼，并且不谄媚。《论语·雍也》曰："子游为武城宰。子曰：'女得人焉耳乎？'曰：'有澹台灭明者，行不由径，非公事，未尝至于偃之室也。'"其子则因溺水而死。《太平御览》卷五百五十六引《博物志》曰："澹台子羽渡水而子溺死，人将葬之。灭明曰：'此命也。吾岂与蝼蚁为亲，鱼鳖为仇？'于是，遂以水葬之。"

②赍(jī)千金之璧于河：据《太平御览》卷九百三十所引《博物志》曰："澹台子羽赍千金之璧渡河，河伯欲之，阳侯波起，两鲛夹船。子羽左操璧，右操剑，击鲛皆死。既济，三投璧于河，河伯三跃而归之，子羽毁璧而去。"赍，怀抱着，带着。璧，平圆形中间有孔的玉，古代用作礼器，亦可作饰物。

③阳侯波：波神掀起的巨浪。《淮南子·览冥训》"阳侯之波"条注云："阳侯，陵阳国侯也。其国近水，休(nì)水而死。其神能为大波，有所伤害，因谓之阳侯之波。"《汉书·扬雄传》注应劭曰："阳侯，古之诸侯也。有罪自投江，其神为大波。"

④鲛：通"蛟"。古代传说中一种能发洪水的龙。挟：用胳膊夹着，挟持。

⑤河伯跃而归之："跃"字上宜补"三"，《太平御览》卷九百三十引有之，且与上文呼应。

⑥子羽毁而去：《水经注·河水》卷五："昔澹台子羽赍千金之璧渡

河，阳侯波起，两鲛夹舟。子羽曰：'吾可以义求，不可以威劫。'操剑斩蛟，蛟死波休，乃投璧于河。三投而辄跃出，乃毁璧而去，示无吝意。"可参看。

【译文】

澹台子羽横渡黄河，带着价值千金的玉璧渡到河中，河神很想得到这块玉璧，以至于波神掀起了巨浪，两条蛟龙夹住船，子羽左手拿着玉璧，右手握着宝剑，攻击蛟龙，将其全都杀死。渡河之后，子羽三次投璧给河神，河神三次跃出水面归还玉璧，最后子羽毁掉玉璧就离开了。

254 荆轲字次非[①]，渡，鲛夹船，次非不奏[②]，断其头，而风波静除。周日用曰："余尝行经荆将军墓，墓与羊角哀冢邻[③]，若安伯施云：'为荆将军所伐[④]，乃在此也。'其地在苑陵之源[⑤]，求见其墓碑，将军名乃作'次非'字也。"

【注释】

①荆轲：战国时刺客，卫国人，为燕太子丹门客，受太子丹命至秦刺秦王，惜其不中，被杀。

②次非不奏：《太平御览》卷九百三十："又曰荆佽(cì)飞渡江，两蛟夹其船，佽飞下剑尽断其头，而风波静。"

③羊角哀：人名，战国时燕人，生卒年不详。与左伯桃为友，闻楚王善待士，同赴楚，途中为保全羊角哀献出自己的食物与衣物而死，后羊角哀成功后以死谢恩，被称为羊左之交。

④为荆将军所伐：士礼居刊本作"昔□安伯旐(zhào)左为荆将军所伐"，疑有错简。当作"昔安西左伯旐为荆将军所伐"。旐，即"桃"。

⑤苑陵：秦始皇十七年(前230)设苑陵县，治所苑陵城(今河南新郑)，属颍川郡。

【译文】

荆轲字次非，渡河时蛟龙夹住他的船，次非用力挥剑，斩断了蛟龙的头，于是风平浪静。周日用说："我曾经经过荆轲将军的坟墓，坟墓与羊角哀的坟墓相邻，像安伯施所说：'左伯桃被荆将军讨伐，就是在这里。'这个地方在苑陵的源头，寻求见到他的墓碑，将军名就是以'次非'为字的。"

255 东阿王勇士有蕃丘䜣，过神渊，使饮马，马沉。䜣朝服拔剑，二日一夜，杀二蛟一龙而出，雷随击之，七日夜，眇其左目①。

【注释】

①"东阿王勇士有蕃丘䜣(xīn)"几句：《韩诗外传》卷十载："东海有勇士，曰菑丘䜣，以勇猛闻于天下。遇神渊，曰：'饮马。'其仆曰：'饮马于此者，马必死。'曰：'以䜣之言饮之。'其马果沉。菑丘䜣去朝服拔剑而入，三日三夜，杀三蛟一龙而出。雷神随而击之，十日十夜，眇其左目。"与此条内容近似，可参看。眇(miǎo)，弄瞎。

【译文】

东阿王有个勇士名叫蕃丘䜣，他经过神渊的时候，命仆人给马喝水，马却沉入水中。蕃丘䜣脱下朝服拔出剑跳入水里，二天一夜，杀死了两头蛟一头龙才出来，雷神紧随而来，用雷电来攻击他，七天七夜，弄瞎了他的左眼。

256 汉滕公薨①，求葬东都门外②。公卿送丧，驷马不行，跼地悲鸣③，跑蹄下地得石④，有铭曰⑤："佳城郁郁⑥，三千年见白日，吁嗟滕公居此室⑦。"遂葬焉⑧。

【注释】

①滕公：即夏侯婴（? —前 172），汝阴文侯，又称滕公，泗水郡沛县（今江苏徐州沛县）人，一直担任太仆，因曾任滕令，故称滕公。薨（hōng）：古代诸侯或有爵位的大官死去称“薨”。

②东都门：城门名。汉代长安城东门之一，即宣平门。

③跼（jú）地悲鸣：《太平御览》卷五百五十六引《博物志》又曰：“汉滕公夏侯婴死，公卿送葬至东郭门，外四马不行，掊地悲鸣，即掘马蹄下得石椁，其铭曰：‘佳城郁郁，三千年见白日，于嗟滕公居此室。’乃葬所地，故谓之马冢焉。”掊，《汉书·郊祀志》师古注云：“掊，谓手杷（pá）土也。”在此应理解为马停步不前，用蹄子杷土。

④跑蹄下地得石：《北堂书钞》卷九十二、《太平御览》卷五百五十六引作“即掘马蹄下得石椁”。跑，即“刨”，用脚刨地。椁（guǒ），内棺外椁，棺材外面套的大棺材。

⑤铭：即墓志铭。铸、刻或写在器物上记述生平、事迹或警诫自己的文字。

⑥佳城：墓地。郁郁：幽暗貌。柳宗元《亡妻弘农杨氏志》：“佳城郁郁，闭白日兮。”

⑦吁嗟：叹词，表示忧伤或有所感。

⑧遂葬焉：焉，兼词，在这里。《太平御览》卷五百五十六作“乃葬所地，故谓之马冢焉”。《北堂书钞》卷九十二引作“乃葬斯地，故谓为马冢”。《史记·樊郦滕灌列传》司马贞《索隐》案：“姚氏云：《三辅故事》曰：‘滕文公墓在饮马桥东大道南，俗谓之马冢。’”

【译文】

汉朝滕公夏侯婴去世，在东都门外寻找安葬的地方。公卿官员们送葬，拉棺椁的四匹马不再前行，用蹄子边刨地边悲伤地哀鸣，人们在它蹄子刨地处掘开得到一具石棺，上有铭文，写道：“墓地里多幽暗，三千年才见太阳，哎呀，滕公将要常住在此。”于是在这里埋葬他。

257 卫灵公葬[①]，得石椁，铭曰："不逢箕子[②]，灵公夺我里[③]。"

【注释】

①卫灵公(前540—前493)：姬姓，名元。是春秋时期卫国第二十八代国君。

②不逢箕子：此句应作"不冯其子"。祝鸿杰校据《庄子·则阳》作"不冯其子，灵公夺而里之"。冯，通"凭"。依靠。其，代词，这些。

③灵公夺我里：里，埋葬地。郭象注"灵公夺而里之"条："古之葬者谓子孙无能凭依以保其墓，灵公得而夺之。《释文》一本作夺而埋之，是也。'夺而里'，而，汝也。里，居处也。"

【译文】

卫灵公下葬的时候，得到一具石棺，上面刻有铭文说："不能依靠这些孩子，灵公夺取我的埋葬地。"

258 汉西都时[①]，南宫寝殿内有醇儒王史威长死[②]，葬铭曰："明明哲士[③]，知存知亡。崇陇原亹[④]，非宁非康。不封不树[⑤]，作灵乘光。厥铭何依，王史威长。"

【注释】

①西都：指长安(今陕西西安)。与东汉都城洛阳(今河南洛阳)相对举。

②寝殿：宗庙中收藏祖先衣冠之殿堂。醇儒：学识精粹纯正的儒者。王史威长：王史，复姓，源于姬姓，出自西周时期周共王后裔太史官姬宰，是以官职称谓为氏。

③明明：明察贤明之士。哲士：明达而有才智的人。

④陇(lǒng)：山名，绵延于甘肃、陕西交界的地方。亹(wěi)：水流进貌。

⑤不封不树：封，聚土为坟。树，坟上植树作为标记。《广雅·释丘》："封，冢也。"《周易·系辞下》："古之葬者，厚衣之以薪，葬之中野，不封不树。"孔颖达疏："不积土为坟，是不封也；不种树以标其处，是不树也。"

【译文】

西汉建都长安时，南宫的宗庙里有纯粹的儒家学者名叫王史威长去世了，安葬的铭文上写道："明达贤明的哲人，知晓人世的存与亡。崇高的陇山，流水静淌的原野，却没有宁静与安康。既不起坟又不在坟上植树，却依然显灵驾驭神光。这铭文指的是谁，就是王史威长。"

259 元始元年[①]，中谒者沛郡史岑上书[②]，讼王宏夺董贤玺绶之功[③]。灵帝和光元年[④]，辽西太守黄翻上言[⑤]："海边有流尸，露冠绛衣[⑥]，体貌完全，使翻感梦云：'我伯夷之弟，孤竹君也[⑦]。海水坏吾棺椁，求见掩藏[⑧]。'民有襁褓视[⑨]，皆无疾而卒。"

【注释】

①元始元年：即公元元年。元始(1—5)，是西汉时汉平帝刘衎(kàn)的年号。

②中谒者：汉官名，为国君掌传达。史岑：《后汉书·文苑列传》："初，王莽末，沛国史岑子孝亦以文章显，莽以为谒者，著颂、诔、《复神》《说疾》凡四篇。"李贤注："岑，一字孝山，著《出师颂》。"

③讼王宏夺董贤玺绶(xǐ shòu)之功：王宏，即王闳(hóng)，是王莽

的侄子,汉哀帝时任中常侍。哀帝因宠幸大司马董贤,临终时,把玉玺印绶交给董贤,王闳看到国家没有确立皇位继承人,禀告元后,请求夺取玉玺印绶,持剑逼迫董贤交还后上交太后。朝廷称赞他的壮举。后王莽篡汉,出京为东郡太守,王莽兵败后,独自保全东郡三十余万户,归降更始帝刘秀。董贤(前22—前1),为人貌美,深受汉哀帝喜爱,与哀帝有“断袖之谊”,哀帝临死时,甚至把皇帝印绶送给他。但为人软弱,被王闳夺去印绶后,回家与妻自杀。玺绶,古代印玺上所系的彩色丝带。此借指印玺。

④灵帝和光元年:和光,应作“光和”,是东汉皇帝汉灵帝刘宏的第三个年号(178—184)。按,《太平御览》卷五百四十九引《博物志》曰:“灵帝光和元年,元辽西太守黄翻言:海边有流灵,冠绛衣尸体完,令感梦曰:‘我伯夷弟,孤竹君也。海水坏吾棺,求见掩藏。’”

⑤辽西太守黄翻上言:黄翻,一作“廉翻”。《水经注·濡水》引“令支有孤竹城,故孤竹国也。《史记》曰:孤竹君之二子伯夷、叔齐,让国于此,而饿死于首阳。汉灵帝时,辽西太守廉翻梦人谓己曰:‘余孤竹君之子,伯夷之弟。辽海漂吾棺椁,闻君仁善,愿见藏覆。’明日视之,水上有浮棺,吏嗤笑者,皆无疾而死。”

⑥露冠:即“繁露”,古代帝王贵族冕旒(liú)上所悬的玉串。绛(jiàng):赤色,火红。

⑦孤竹君也:应为“孤竹君之子也”。范校据《史记·伯夷列传》《水经注·濡水》《文选·桓元子〈荐谯元彦表〉》及《路史·后纪》等补。

⑧求见掩藏:见,用在动词前,表示对动作的一种承受。《孔雀东南飞》:“君既若见录。”《陈情表》:“慈父见背。”皆如此类。

⑨民有襁褓(qiǎng bǎo)视:襁褓,背负婴儿用的宽带和包裹婴儿的被子。后亦泛指婴儿包或者婴幼儿。此句借助《水经注·濡水》“吏嗤笑者”定语后置句式,宜为“民有襁褓者视”,可以理解为“家

中有婴幼儿的民众只是看看热闹(即说这些人没有出手援助)”。

【译文】

汉平帝元始元年,中谒者沛郡人史岑上书,颂扬王闳夺回董贤手中皇帝玉玺的功劳。汉灵帝光和元年,辽西太守廉翻禀告说:“海边有飘来的尸体,戴着缀玉的帽子,穿着深红色的衣服,身体容貌完好无损,让廉翻感应做梦说:‘我是伯夷的弟弟,孤竹君的儿子。海水把我的内棺外椁毁坏了,请求掩埋我。’家中有婴幼儿的只是看看热闹,没有出手援助的民众,家中的婴幼儿都没有患病就夭折了。”

260 汉末关中大乱,有发前汉时冢者,人犹活[1]。既出,平复如旧。魏郭后爱念之[2],录著宫内,常置左右。问汉时宫中事,说之了了,皆有次序。后崩,哭泣过礼,遂死焉。

【注释】

①人犹活:《太平御览》卷五十“疏属山”条注云:“汉宣帝时使人凿上郡发磐石,石室中得一人,徒裸被发反缚械一足,时人不识,乃载之于长安,帝以问群臣,群臣莫能知。刘子政案此言之,宣帝大惊,于是时人争学《山海经》矣。论者多以为是,其尸象非真体也。意识者以为灵怪化论,难以理测,物禀异气,出于不然,不可以常理推之,可以近较察之矣。魏时有人发故周灵王冢,得殉葬女子不死,至数日而有气,数月而能语,状如二十许女子。人送诣京师,郭太后爱养之,恒不离左右。十余年太后崩,哀思哭泣,一年余而死,即此类也。”此类记载又见《事类赋》卷七、《太平寰宇记》卷三八、《野客丛书》卷二三。

②郭后:魏文帝的皇后,后被魏明帝曹叡逼死。

【译文】

汉朝末年,关中大乱,有人掘开了西汉时的坟墓,里面的宫女还活着。出墓穴后，就恢复到旧时的模样了。魏国郭后爱怜她，将她收养在宫内，常常让她跟随在自己身边。当问她汉时宫中的事情时，她能清清楚楚说出，都有条理。后来郭后死了，宫女痛哭不已，超越了平常的礼法，于是也死了。

261 汉末发范友明冢[①]，奴犹活。友明，霍光女婿[②]。说光家事废立之际多与《汉书》相似[③]。此奴常游走于民间，无止住处，今不知所在。或云尚在，余闻之于人，可信而目不可见也。

【注释】

①汉末发范友明冢：友明，应作“明友”，下文与此同。“冢”上应加“奴”字。《汉书·霍光金日磾传》：“乃徙光女婿度辽将军，未央卫尉，平陵侯范明友为光禄勋。”

②霍光（？—前68）：字子孟，河东平阳（今山西临汾）人，西汉权臣、政治家，麒麟阁十一功臣之首，大司马霍去病异母弟。汉昭帝死后，迎立昌邑王刘贺为帝，27天即废，又迎立汉宣帝。

③说光家事废立之际多与《汉书》相似：《太平御览》卷五百五十八引《博物志》曰：“汉末发范明友冢，奴犹活。明友是霍光女婿。奴记言光家事废立之际多与《汉书》相应。”

【译文】

汉朝末年掘开范明友家奴的坟墓，家奴还活着。范明友，是霍光的女婿。讲起霍光的家事以及废旧帝、迎立新帝这些情况，大多和《汉书》相对应。这个家奴常常在民间游历，没有固定的住址，现在不知在哪里。有人说他还活着，我从别人那里听说这件事，这是可以相信的，但没有亲眼见过他。

262 大司马曹休所统中郎谢璋部曲义兵奚侬恩女年四岁①,病没故②,埋葬五日复生。太和三年③,诏令休使父母同时送女来视④。其年四月三日病死,四日埋葬,至八日同墟人采桑⑤,闻儿生活。今能饮食如常。

【注释】

①大司马:官名,掌国家军权。曹休(? —228):字文烈,沛国谯(今安徽亳州)人。曹操的族侄,曾任征东大将军,封长平侯。中郎:官名,秦置,汉沿用。担任宫中护卫、侍从。属郎中令。分五官、左、右三中郎署。各署长官称中郎将,省称中郎。《太平御览》卷八百八十七"中郎"下有"将"字,中郎将为统领中郎的官。部曲:部属,部下。义兵:古时统治阶级为保卫其利益而临时组织的武装。奚侬恩:《太平御览》卷八百八十七引《博物志》:"又曰:魏大司马曹休所统中郎将谢璋部曲义兵奚侬恩女年四岁,病死故,埋藏五日复生。太和三年七月,诏令休使父母持送女来视之。其年四月三日病死,四日埋藏,至八日同墟人采桑,闻儿啼声,即语侬妻往发视,儿生活。今能饮食如常。"

②病没故:因病死亡。没,通"殁"。

③太和三年:229 年。太和,魏明帝曹叡的年号(227—233)。

④诏令休使父母同时送女来视:此句应作"诏令休使父母持送女来视之"。据《太平御览》卷八百八十七补正。

⑤墟:墟里,村落。

【译文】

魏大司马曹休统辖的中郎将谢璋,他的部属武装中有个叫奚侬恩的,他的女儿四岁时因病而死,埋葬五天后又复活了。太和三年,魏明帝下诏书命曹休让女孩的父母送孩子来,让他亲眼看看。这一年四月三日,女孩病死了,四日埋葬,到了八日,同村人去采桑,听到小孩的啼哭声，就立即告诉奚侬恩的妻子前往掘坟探穴，一看孩子又复活了。现在这孩子能像平常一样吃喝。

263 京兆都张潜客居辽东[①]，还后为驸马都尉、关内侯[②]，表言故为诸生，太学时[③]，闻故太尉常山张颢为梁相[④]，天新雨后，有鸟如山鹊，飞翔近地，市人掷之，稍下堕，民争取之，即为一员石[⑤]。言县府，颢令搥破之[⑥]，得一金印，文曰“忠孝侯印”。颢表上之，藏于官库。后议郎汝南樊行夷校书东观[⑦]，表上言尧舜之时，旧有此官，今天降印，宜可复置。

【注释】

①京兆都：官名，汉代管辖京兆地区的行政长官，职权相当于郡太守，后因以称京都地区的行政长官。辽东：指辽河以东的地区，今辽宁的东部和南部。战国、秦、汉至南北朝设郡。

②驸马都尉：官名，汉武帝时始置驸马都尉，皇帝出行掌副车，皇帝自己乘坐的车驾为正车。驸，即副。秩比二千石，为侍从近臣。魏晋沿置，与奉车、骑都尉并号三都尉，多用作宗室、外戚、功臣子、贵族、亲近之臣的加官，或亦加于尚（婚娶）公主者。关内侯：爵位名，秦汉时置，为二十等爵级的第十九级，位在彻（通）侯之次。一般封有食邑，有按规定户数征收租税之权。

③太学：我国古代设于京城的最高学府。西周已有太学之名。汉武帝元朔五年（前 124）立五经博士。弟子五十人，为西汉置太学之始。东汉太学大为发展，顺帝时有二百四十房，一千八百五十室。质帝时，太学生达三万人。魏晋到明清，或设太学，或设国子学（国子监），或两者同时设立，名称不一，制度亦有变化，但均为传授儒家经典的最高学府。

④太尉：官名，秦至西汉设置，为全国军政首脑，与丞相、御史大夫并称三公。汉武帝时改称大司马。东汉时太尉与司徒、司空并称三公。张颢：字智明，冀州常山（今河北石家庄）人。灵帝光和元年（178），由太常迁太尉，旋罢。《后汉书·孝灵帝纪》曰："三月辛丑，大赦天下，改元光和。太常常山张颢为太尉。……九月，太尉张颢罢。"李贤注："颢字智明。《搜神记》曰：'颢为梁相，新雨后，有鹊飞翔近地，令人擿（zhì）之，堕地化为圆石。颢命椎破，得一金印，文曰忠孝侯印。'"李贤注引与《搜神记》卷九原文稍有差异。

⑤员：通"圆"。

⑥搥（chuí）：敲打。

⑦议郎：官名，汉代设置，为光禄勋所属郎官之一，掌顾问应对，无常事。汉秩比六百石，多征贤良方正之士任之。晋以后废。汝南：郡名，汉高帝四年（前203）置。治平舆（今河南平舆北），辖境相当今河南颍河、淮河之间。东观：东汉洛阳南宫内观名。汉章、和二帝时为皇宫藏书之府。后因以称国史修撰之所。

【译文】

京都长官张潜在辽东旅居，还朝后受封做驸马都尉、关内侯，他上奏表说，原来在太学做学生时，听说原来的太尉、常山人张颢做梁相时，天刚下过雨后，有只像山鹊的鸟，飞翔时贴近地面，街市上的人掷击它，这鸟便渐渐下落，人们争着去抢它，竟然变成了一块圆石。禀告官府后，张颢命令敲破石头，从中得到一枚金印，上面文字是"忠孝侯印"。张颢表奏朝廷献上这方印，便收藏在官库里。后来，东汉的议郎、汝南人樊行夷在东观校勘图书时，上表说尧舜的时候原本有这个官，现在上天降下这方印章，应该恢复设置这一官职。

264 孝武建元四年①，天雨粟②。孝元景宁元年③，南阳阳郡雨谷[④]，小者如黍粟而青黑，味苦；大者如大豆赤黄，味如麦。下三日生根叶，状如大豆，初生时也。

【注释】

①孝武建元四年：前137年。建元，汉武帝年号（前140—前135）。

②雨（yù）：下雨，落下。粟：古代泛称谷类。

③孝元景宁元年：景，应作"竟"。竟宁，汉元帝年号，竟宁元年即公元前33年，共享1年。

④阳郡：应作"山都"。山都，《汉书·地理志》记载，秦置南阳郡，山都为南阳郡三十六县之一。按，《太平御览》卷八百三十七引《博物志》又曰："孝元竟宁元年，南阳山都雨谷，小者如黍粟而青黑，味苦；大者如米豆赤黄，味如麦。下三日生根叶，状如大豆，初生时。"

【译文】

汉武帝建元四年，天上落下了谷物。汉元帝竟宁元年，南阳郡山都也普降谷物，小的像黏黄米但是青黑色，味道苦；大的像赤黄色的大豆，味道像麦子。落下三天后，生出根和叶子，初生的时候，样子像大豆。

265 代城始筑[①]，立板干[②]，一旦亡，西南四五十板于泽中自立。结草为外门[③]，因就营筑焉。故其城直周三十七里，为九门，故城处为东城。

【注释】

①代：代州，在今山西代地一带。城：城墙。

②板干：即版干。版，打土墙用的夹板。干，是竖在夹板两旁起固定作用的木柱。《太平御览》卷一百九十二引作"版"，可为证。

《左传·僖公三十年》:"朝济而夕设版焉。"

③结草为外门:《太平御览》卷一百九十二引《博物志》:"代城始筑,立版干,一旦亡,西南五十里于泽中自立,结苇为门,因就营筑焉。其城圆周三十七里,为九门,故城处呼曰东城。"

【译文】

代州的城墙开始修筑时,立起夹板和木柱,但一天早上都丢失了,只有西南面尚有四五十块夹板在沼泽里竖立。人们编织芦苇作城门,于是在这里就地开始修筑城墙。所以这城墙周长三十七里,有九个门,原先筑城墙的地方称为东城。

卷八

【题解】

本卷广收经史、杂传、传闻、轶事，所涉人物众多，上至远古帝王，下至射手车夫，覆盖面广。从内容看，对正史有补充价值。黄帝登仙，舜之二妃斑竹泪，是对前圣的追思钦慕；禹退作三城，是对圣王善补过精神的颂扬。大姒梦棘庭，说明武王姬发应天命而代商，伐纣于牧野的具体情况，可补正史之不足。周成王行冠礼的祝雍祷辞，汉昭帝刘弗陵的冠辞，皆是福泽万民、治国理政的美好祝语。难能可贵的是，此卷保留了求雨、止雨祝词，不同于《春秋繁露》所记的土龙求雨法和击鼓祈晴法，是求雨、止雨的祷辞，可丰富古代礼俗，加深对诸如《汤祷篇》等的认识。

选录孔子及其门人轶事，诸如孔子父母防墓崩塌，二小儿辩日，子路捕鸟，西狩获麟等，可以看出孔子孝心、智者谦虚、祥瑞现于末世的忧伤，澹台灭明的高风大义，子路与子贡听劝止行，不动社鸟的知错之举，皆于史有补。骆驼知水脉，本性使然；楚熊渠子射石没羽，情急使然，皆有补于史。

燕太子丹质于秦，《史记》虽有记，但“乌生头，马生角”显系汉代方士的附会假托，于史无补。后卷所记方术之事渐多，詹何钓盈车之鱼，薛谭学讴，赵襄子遇出石涉火之人，惊弓之鸟，刺客列传，汉武帝会西王母，君山潜通吴包山，皆附会荒诞，并无实据，但这些材料恰恰为后来小说家提供了较好的素材与发挥空间。

史补

266 黄帝登仙，其臣左彻者削木象黄帝，帅诸侯以朝之。七年不还，左彻乃立颛顼。左彻亦仙去也。

【译文】

黄帝成仙后，他的臣子左彻就砍削木头雕了一尊黄帝像，并率领诸侯来朝拜它。过了七年，黄帝还没有回来，左彻就立颛顼做天下共主。后来左彻也成仙离去了。

267 尧之二女，舜之二妃，曰湘夫人。舜崩，二妃啼，以涕挥竹，竹尽斑①。

【注释】

①竹尽斑：竹子有斑点或斑纹。传说娥皇和女英闻舜死讯，泪洒竹上，留下印痕，是为斑竹。

【译文】

尧的两个女儿，也就是舜的两个妃子，称为湘夫人。舜死后，二位妃子啼哭不已，把眼泪挥洒在竹子上，竹子上全留下了斑痕。

268 处士东鬼块责禹乱天下事①，禹退作三章②。强者攻，弱者守，敌战③，城郭盖禹始也④。

【注释】

①处士：本指有才德而隐居不仕的人，后亦泛指未做过官的士人。

东鬼块：即东里块，人名，姓东里，名块。《汉魏丛书》本作“东里”，《太平御览》卷一百九十二及卷三百二十并引作“里”。按，《太平御览》卷一百九十二：“处士东里块责禹乱天下，禹退作三城。强者攻，弱者守，敌者战城郭，禹始也。”

②禹退作三章：章，应作“城”。范校据《太平御览》卷一百九十二、董斯张《广博物志》卷七并引“章”作“城”。范校据《淮南子》疑“城”上应有“仞之”二字，即“禹退作三仞之城”。

③敌战：《太平御览》卷一百九十二作：“敌者战。”

④城郭盖禹始也：城郭，内城曰城，外城曰郭。《吕氏春秋·君守》《淮南子·原道训》并言城乃鲧作。《淮南子·原道训》：“昔者夏鲧作三仞之城，诸侯背之。……禹知天下之叛也，乃坏城平池。”

【译文】

一个名叫东里块的士人责备禹扰乱天下事，禹就退回去自省，修筑了三仞高的城墙。力量强大的据此进攻，力量弱小的据此自守，敌战的据此作战，修筑内外城墙大概是从禹开始的。

269 大姒梦见商之庭产棘[①]，乃小子发取周庭梓树[②]，树之于阙间[③]，梓化为松柏棫柞[④]。觉惊以告文王，文王曰：慎勿言。冬日之阳，夏日之余[⑤]，不召而万物自来。天道尚左，日月西移；地道尚右，水潦东流。天不享于殷，自发之夫生于今十年[⑥]，禹羊在牧[⑦]，水潦东流[⑧]，天下飞鸿满野[⑨]，日之出地无移照乎[⑩]。

【注释】

①大姒（sì）：即太姒，有莘（shēn）氏之女，周文王妻，武王母。

②发：姬发，周武王。

③阙：空缺。

④棫（yù）：白桵（ruǐ），一种小树，丛生，茎上有刺，果实紫红色，可以吃。柞（zuò）：栎（lì）的通称。

⑤夏日之余：《稗海》本、纷欣阁本"余"作"阴"。

⑥自发之夫生于今十年：范校据士礼居刊本、《逸周书·度邑解》《史记·周本纪》，"夫"并作"未"，"十"应作"六十"。陈逢衡《逸周书补注》云："《史记正义》谓六十年从帝乙十年至伐纣年，此盖从《周本纪》推算。据《纪年》'帝乙九年，帝辛五十二年周师伐殷'，则六十年当自帝乙初年算起。"朱右曾《逸周书集训校释》："《明堂篇》言武王克商后六年崩，《路史·发挥》引《竹书》'武王崩年五十四'，则克商时年四十有八也。此溯天命去殷至今六十年，故云未生。"综合不同的年代推算系统，从天命显现灭殷时，即从有异象算起取其整时六十年，似从武王享年五十四而来。

⑦禹羊在牧：禹羊，即"夷羊"。《国语·周语上》："商之兴也，梼杌次于丕山；其亡也，夷羊在牧。"韦昭注："夷羊，神兽。牧，商郊牧野也。"高诱注《淮南子·本经训》"夷羊在牧"条为："夷羊，土神。殷之将亡，见于商郊牧野之地。"夷羊，高诱认为是土神，韦昭认为是神兽，未知孰是。后也用以比喻乱世中的贤者。

⑧水潦（lǎo）：因雨水过多而积在田地或流于地面。

⑨飞鸿：蝗虫之类的害虫。

⑩日之出地无移照乎：移照，易地而照。祝鸿杰按，从"天不享于殷"至"飞鸿满野"几句，《史记·周本纪》中记载大同小异，是武王伐纣后对周公讲的一番话，"发"是武王自称。这里移作文王的言辞，殊为不妥。前人对此已提出质疑："此合《周书》四篇语为一条，张华不应有此巨谬，疑为后人删并，然文理又似相属，何也？"（见《指海》本钱熙祚校语）。

【译文】

周文王的妃子太姒梦见商族的庭院里生长着荆棘，是她的小儿子姬发取来周族庭院的梓树，在荆棘丛中的空缺处种植，梓树立刻变成了松树、柏树、棫树和柞树。太姒惊醒后，便把梦中事告诉了文王，文王说：千万不要说出去。冬天的太阳，夏天的阴凉，不用召请，可万物都会自动前来。天的法则崇尚左，日月向西边移动；地的法则崇尚右，地面上的积水向东边流动。上天不享受殷商的祭品，从姬发出生时到今天已经六十年了，神兽出现在商郊的牧野一带，积水往东流，蝗虫遍布田野，从地平线上升起的太阳不会换地方来照耀吗？

270 武王伐殷，舍于几[①]，逢大雨焉。衰舆三百乘[②]，甲三千，一日一夜，行三百里以战于牧野。

【注释】

①舍于几：舍，筑舍，驻扎。几，应作“戚”。《荀子·儒效》：“武王之诛纣也，……朝食于戚，暮宿于百泉，厌旦于牧之野。”戚，卫国邑名，在今河南濮阳一带。

②衰舆：士礼居刊本作“乘舆”。乘舆，旧指皇帝或诸侯坐的车舆，这里指战车。

【译文】

周武王攻伐殷商纣王，军队驻扎在戚地，在这里遇上了大雨。武王率领三百辆战车，三千名士兵，一天一夜，行军三百里到牧野来决战。

271 成王冠[①]，周公使祝雍曰[②]：“辞达而勿多也。”祝雍曰：“近于民，远于佞，近于义[③]，啬于时，惠于财，任贤使能[④]。陛下摛显先帝光耀[⑤]，以奉皇天之嘉禄钦顺，仲壹之言曰[⑥]：

遵并大道[7]，郊域康阜[8]，万国之休灵，始明元服[9]，推远童稚之幼志，弘积文武之就德[10]，肃勤高祖之清庙[11]，六合之内[12]，靡不蒙德，岁岁与天无极[13]。"右孝昭周成王冠辞。

【注释】

①成王：指周成王姬诵（前1055—前1021）。姬姓，名诵，周武王姬发之子，母邑姜（齐太公吕尚之女），西周王朝第二位君主，在位21年。冠：帽子，这里指行加冠礼。古代男子二十岁举行结发戴冠的冠礼仪式，表示已经成人自立。

②周公使祝雍曰：此句应为"周公使祝雍祝王曰"。范校据《大戴礼记·公冠》及《说苑·修文篇》宜补二字。周公，姓姬名旦，文王四子，武王弟，成王的叔父。武王死时成王幼小，由周公摄政。祝雍，一个叫雍的管理祭礼的人。祝，祭祀时司祭礼的人。《说文解字·示部》："祝，祭主赞词者。"职业加名是古代的构名法之一，如庖丁、师旷、优孟、弈秋。卢辩注《大戴礼记·公冠》此句云："雍，太祝。当左与王为祝辞，于冠告焉。辞多则史，少则不达。"

③"近于民"几句：《说苑·修文》引卢辩注曰："《后汉书·礼仪志上》注有'远于年，近于义'二句。"《后汉书·礼仪志》《大戴礼记·公冠》及《孔子家语·冠颂》"近于民"下均有"远于年"三字。此前后完整句应为"近于民，远于年；近于义，远于佞"。佞(nìng)，善辩，巧言谄媚之人。

④任贤使能：《说苑·修文》引卢辩注曰："任，《大戴》作'亲'。《家语·冠颂篇》作'亲贤而任能'。"清王聘珍注《大戴礼记·公冠》谓："此成王冠辞也。《公冠》本经止此。"自此之下为《汉昭帝冠辞》。

⑤摛(chī)显：散布显扬。

⑥仲壹之言曰：此句应作“钦顺仲春之吉日”，与上句后两字相连。范校据《后汉书·礼仪志》注、《大戴礼记·公冠》改。钦顺，敬顺。仲春，古人按孟、仲、季划分四时，孟春，阴历一月，仲春，阴历二月，季春，阴历三月。夏秋冬依此类推。

⑦遵并：一本作“普遵”。

⑧郊域：范校据《大戴礼记·公冠》疑为“邠（彬）或（彧）”之误。邠或，即彬彧，文质彬彬、有文采。康阜：安康富庶。

⑨元服：帽子。《汉书·昭帝纪》：“（元凤）四年春正月丁亥，帝加元服。”颜师古注：“元，首也。冠者，首之所著，故曰元服。”

⑩弘积文武之就德：就，《大戴礼记》作“宠”。

⑪肃：恭敬。清庙：即太庙。古代帝王的宗庙。

⑫六合：天地四方。此指整个宇宙的巨大空间。

⑬岁岁：也作“永永”。无极：无穷尽，无边际。

【译文】

周成王行冠礼时，周公让祝雍为成王祷告说：“言辞达意即可，不必多。”祝雍祷告说：“希望我王接近百姓，健康长寿，合于正义，远离小人，不违农时，施财惠民，亲近使用贤能的人。汉昭帝行冠礼时的祝辞是：陛下显扬先代帝王的光耀，来接受上天赐予的福禄，敬顺仲春的吉日，让众民普遍遵守正道，让众生彬彬有礼、安乐富庶，让万邦生灵吉庆美满，今天开始戴上这璀璨夺目的桂冠，推广童年时远大的志向，广积文王、武王的美好品德，恭敬勤勉地祭祀高祖的宗庙，天地四方之内，没谁不蒙受您的恩泽，愿您永远长久地与天同齐共存。”以上是汉昭帝和周成王行冠礼时的祝辞。

272《止雨》祝曰：天生五谷①，以养人民，今天雨不止，用伤五谷，如何如何，灵而不幸②，杀牲以赛神灵③。雨则不止，鸣鼓攻之，朱绿绳萦而胁之④。

【注释】

①五谷：五种谷物，所指不一。《周礼·天官冢宰·疾医》："以五味、五谷、五药养其病。"郑玄注："五谷，麻、黍、稷、麦、豆也。"《孟子·滕文公上》："树艺五谷，五谷熟而民人育。"赵岐注："五谷为稻、黍、稷、麦、菽也。"《楚辞·大招》："五谷六仞。"王逸注："五谷，稻、稷、麦、豆、麻也。"

②灵而不幸：此句应作"社灵幸为止雨"。范校据《春秋繁露·止雨》补改。社灵，土地神。《春秋繁露·止雨》："祝之曰：'雨以太多，五谷不和，敬进肥牲，以请社灵，社灵幸为止雨，除民所苦，无使阴灭阳。阴灭阳，不顺于天。天意常在于利民，愿止雨。敢告。'"

③赛：旧时祭祀酬报神恩的迷信活动。

④朱绿绳萦而胁之：《春秋繁露·止雨》："以朱丝萦社十周。"《后汉书·礼仪志上》注引《公羊传》曰："日有食之，鼓，用牲于社，求乎阴之道也。以朱丝萦社，或曰胁之，或曰为暗。恐人犯之，故萦之也。"朱绿，当为"朱丝"。

【译文】

《止雨》祝辞说：上天降生了五谷，来养活人民，现在天下雨不停止，因此损伤了五谷，怎么办怎么办，希望土地神给我们止雨，我们将宰杀牲畜来酬谢回报土地神。如果雨还是不停止，我们就敲着鼓去声讨他，还要用红丝绳捆绑他胁迫他。

273《请雨》曰：皇皇上天①，照临下土②，集地之灵，神降甘雨，庶物群生，咸得其所。

【注释】

①皇皇：昭著貌，光明貌。

②照临：照射到。

【译文】

《请雨》的祝辞说：光明昭著的上天啊，俯照着下面的土地，汇集地上的灵气，天神降下甘雨，世间的万物众生，都得到了它们适宜的生存环境。

274《礼记》曰[①]：孔子少孤，不知其父墓。母亡，问于邹曼父之母[②]，乃合葬于防[③]。防墓又崩[④]，门人后至[⑤]。孔子问来何迟，门人实对，孔子不应，如是者三，乃潸然流涕而止曰[⑥]："古不修墓。"蒋济、何晏、夏侯玄、王肃皆云无此事[⑦]，注记者谬，时贤咸从之。周日用曰："四士言无者，后有何理而述之。在愚所见，实未之有矣。且徵在与梁纥野合而生[⑧]，事多隐之。况我丘生而父已死，既隐何以知之，非问曼父之母，安得合葬于防也。"

【注释】

①《礼记》：亦称《小戴礼记》，儒家经典之一。为秦汉以前各种礼仪论著的选集。相传大都由孔子弟子及其后学所记，由西汉戴圣编纂。是研究中国古代社会情况、儒家学说和文物制度的参考书。

②邹：地名，在今山东曲阜东南五十里，叔梁纥因功封邹邑大夫。曼父（fǔ）：人名，春秋时鲁国人。

③防：即防山。在曲阜东三十里，有梁公林，为孔子父母埋葬处。

④防墓又崩：孔子在防地为父母修的高坟，遇雨崩塌了。《礼记·檀弓上》："孔子既得合葬于防，曰：'吾闻之，古也墓而不坟。今丘也，东西南北之人也，不可以弗识也。'于是封之，崇四尺。孔子先反，门人后。雨甚，至。孔子问焉，曰：'尔来何迟也？'曰：

‘防墓崩。’孔子不应。三。孔子泫(xuàn)然流涕曰：‘吾闻之，古不修墓。’”

⑤门人后至：《礼记·檀弓上》记此句前有“孔子先反”句。

⑥潸(shān)：伤心流泪的样子。

⑦蒋济(188—249)：字子通，楚国平阿(今安徽怀远)人。三国后期曹魏名臣。何晏(?—249)：字平叔，南阳宛(今河南南阳)人。三国时期曹魏大臣、玄学家，曾作《论语集解》。王肃(195—256)：字子雍，东海郡郯县(今山东临沂郯城西南)人。三国时期曹魏著名经学家，司徒王朗之子、晋文帝司马昭岳父。王肃早年任散骑黄门侍郎，袭封兰陵侯。曾为《论语》《孔子家语》等作注。

⑧且徵在与梁纥野合而生：此指梁纥老而徵在少，非当壮室初笄之礼，故云“野合”。谓不合礼仪。

【译文】

《礼记》上说：孔子三岁时父亲去世，所以不知道父亲的墓地在哪里。母亲死后，他向邹人曼父的母亲打听后，才在防山合葬父母。后来防山的坟墓又崩塌了，弟子后到家。孔子询问为什么晚回来，弟子按照实情回答，孔子没有应声，弟子又重复了三遍，孔子伤心地流下了眼泪，泪水止住后说：“古人是不在墓地上堆土为坟的。”蒋济、何晏、夏侯玄、王肃都认为没有这回事，是注释记录的人弄错了，当时的贤人都认同这个观点。周日用说：“说没有这回事的四个人，在后面却没有什么理由来阐述这件事。在我看来，实在没有这件事了。况且颜徵在和叔梁纥不合礼法就生了孔子，事情很隐秘。更何况孔丘出生，他的父亲就已经死了，已经隐秘此事又凭什么知道这件事，不是询问曼父的母亲，怎么会在防山合葬父母呢？”

275 孔子东游，见二小儿辩斗。问其故，一小儿曰：“我以日始出时去人近，而日中时远也。”一小儿曰：“以日出而远[①]，而日中时近。”一小儿曰：“日初出时大如车盖[②]，及日中时如盘盂[③]，此不为远者小而大者近乎？”一小儿曰：“日初出沧沧凉凉[④]，及其中而探汤[⑤]，此不为近者热而远者凉乎？”孔子不能决，谓两小儿曰[⑥]：“孰谓汝多知乎？”亦出《列子》。周日用曰：“日当中向热者，炎气直下也，譬犹火气直上而与旁暑，其炎凉可悉耳。是明初出近而当中远矣，岂圣人肯对乎？”

【注释】

①以日出而远：《列子·汤问》作“一儿以日初出远”。

②车盖：古代车上遮雨蔽日的篷。状如伞，有柄。

③盂（yú）：古代一种盛液体的器皿。

④沧沧凉凉：寒凉。

⑤及其中而探汤：《列子·汤问》：“及其日中如探汤。”而，应作“如”。探汤，手伸进热水中。

⑥谓两小儿曰：《列子·汤问》作“两小儿笑曰”。

【译文】

孔子在东方游历，看见两个小孩在辩论。孔子询问他们争论的原因，一个小孩说：“我认为太阳刚出来时离人近，可是到了中午时离人就远了。”另一个小孩说：“我认为太阳刚出来时离人远，可是到了中午时离人就近。”一个小孩说：“太阳刚出来时，大的像车盖，到中午时却像盘盂那样大，这不是远的小近的大吗？”另一个小孩说：“太阳刚出来时天气微凉，到中午时热得像把手放进汤锅里，这不是近的热远的凉吗？”孔子不能决断，两个小孩说：“谁说你多智慧呢？”这件事也出自《列子》。周日用说：“太阳处在天空正中接近最热时，热气垂直向下走，这就好像火气直着向上升，就会给旁边带来炎热，它的凉热可以全知道了。这就是太阳刚刚出来近正中时离得远了，难道圣人肯回答吗？”

276 子路与子贡过郑神社[①]，社树有鸟[②]，神牵率子路[③],子贡说之[④],乃止。

【注释】

①神社:祭土地神的地方。

②社树:古代封土为社,各随其地所宜种植树木,称社树。

③神牵率子路:《艺文类聚》卷九十引作"子路捕鸟神社牵挛子路",宜补。率,《汉魏》本作"挛",宜改。挛,牵系不绝。

④说(shuì):劝说。

【译文】

子路和子贡经过郑国的土地庙,庙中树上有鸟,子路便去捕鸟,土地神拽住子路,子贡劝说土地神,土地神才松开子路。

277《春秋》哀公十四年[①]:春,西狩获麟[②]。《公羊传》曰:"有以告者,孔子曰:'孰为来哉[③]!孰为来哉!'"卢曰:"以其时非应,故孔子泣而感之。麟日生三策[④],盖天使报圣人。"

【注释】

①《春秋》:相传孔子据鲁史编撰而成的编年体史书。记载自鲁隐公元年(前722),迄鲁哀公十四年(前481)共242年的历史。

②西狩获麟:鲁哀公十四年(前481)春,鲁国家臣叔孙氏在鲁国西部大野泽狩猎,他的车夫钼商捕获一头怪兽,孔子往观,认为是麒麟。《左传·哀公十四年》:"春,西狩获麟。"杜预注:"麟者,仁兽,圣王之嘉瑞也。时无明王,出而遇获。仲尼伤周道之不兴,感嘉瑞之无应,故因《鲁春秋》而修中兴之教,绝笔于获麟之一句,所感而作,固所以为终也。"

③孰为来哉:孔子认为麟是"仁兽",天下有道时才出现,现在天下

无道，出非其时且被微贱之人猎获，因而伤感麟为谁而来。孰为，为谁。

④日生：士礼居刊本、《稗海》本作“口吐”。

【译文】

《春秋·哀公十四年》：春天，在西部狩猎，捕获一头麒麟。《公羊传》说：“有人把获麟的事告诉了孔子，孔子说：‘你是为谁而来的啊！你是为谁而来的啊！’”卢注释说：“因为它出现的时候不应该，所以孔子为它感伤哭泣。麒麟口吐三策，大概是上天派它来禀报圣人。”

278《左传》曰：叔孙氏之车子钼商获麟[①]，以为不祥。

【注释】

①叔孙氏之车子钼(chú)商获麟：叔孙氏，春秋时鲁国的三大贵族之一，与孟孙氏、季孙氏俱是鲁桓公的后代，故并称“三桓”。杜预注以“车子”连文，钼商为人名。服虔以“车”为驾车的人，“子”为姓，“钼商”为名。王肃《孔子家语》用服说。王引之《经义述闻》以“子钼”为氏，“商”为名。王引之论述有理有据，可从。

【译文】

《左传》上说：叔孙氏的车夫钼商捕获一头麒麟，认为是不吉祥的事。

279 燕太子丹质于秦[①]，秦王遇之无礼，不得意，思欲归。请于秦王，王不听，谬言曰：“令乌头白，马生角，乃可。”丹仰而叹，乌即头白；俯而嗟，马生角。秦王不得已而遣之，为机发之桥，欲陷丹。丹驱驰过之，而桥不发。遁到关[②]，关门不开，丹为鸡鸣，于是众鸡悉鸣，遂归。

【注释】

①燕太子丹（？—前226）：姬姓，名丹，燕王喜之子，战国末期燕国太子。当时秦已攻灭韩、赵等国，次将及燕。秦灭韩前夕，燕太子丹被送至秦国当人质，受辱后于燕王喜二十三年（前232）逃回燕国。他以暗杀秦王嬴政来阻挡秦国的兼并之势，曾策划过荆轲刺秦的暗杀事件，事情败露后，燕王喜担心秦国出兵攻打燕国，便杀了太子丹，将其头颅献秦以求和。《史记·刺客列传》："燕太子丹者，故尝质于赵，而秦王政生于赵，其少时与丹驩。及政立为秦王，而丹质于秦。秦王之遇燕太子丹不善，故丹怨而亡归。归而求为报秦王者，国小，力不能。"质，为人质。

②关：指函谷关。据《史记·孟尝君列传》："孟尝君至关，关法鸡鸣而出客，孟尝君恐追至，客之居下坐者有能为鸡鸣，而鸡齐鸣，遂发传出。"可证，秦函谷关有鸡鸣出客的法令。

【译文】

燕太子丹在秦国当人质，秦王对待他不讲礼数，他心里很不如意，想要回家。他向秦王提出请求，秦王不接受，还荒谬地说："要让乌鸦头变白，马长出角，才能放你走。"太子丹仰天叹息，乌鸦就真的白了头；低头叹息，马就真的长出角了。秦王没有办法，就放他走了，但故意设置了一座用机关制动的桥，想陷害太子丹。太子丹骑马奔驰跑过桥，桥上机关并没有发动。逃到函谷关，关门还没有打开，太子丹就学鸡打鸣声，于是众鸡全都跟着叫起来，他就回到了燕国。

280 詹何以独茧丝为纶[①]，芒斜为钩[②]，荆筱为竿[③]，割粒为饵，引盈车之鱼于百仞之渊，汩流之中[④]，纶不绝，钩不申，竿不挠。

【注释】

①詹何：战国时哲学家，楚国术士。继承杨朱的"为我"思想，认为"重生"必然"轻利"，反对纵欲自恣的行为。接近道家思想。纶：较粗的丝线，多指钓鱼的丝线。

②芒斜为钩：斜，《列子·汤问》《太平御览》卷七百六十七作"针"。芒针，针身纤细而长，形如麦芒。芒是草的末端，形容细。《太平御览》卷七百六十七："詹何以独茧之丝为纶，芒针为钩，荆筱为竿，剖粒为饵，引盈车之鱼于百仞之渊。"

③荆筱（xiǎo）：细荆条。筱，小竹。

④汩（yù）流：急流。

【译文】

詹何用单个蚕茧上抽下来的丝作钓丝，用细长的针作钓钩，用细柔的荆条作钓竿，剖开饭粒作鱼饵，从几十丈的深渊和滚滚洪流中钓起了一条可以装满一车的大鱼，而且钓丝不被拉断，鱼钩不被拉直，钓竿不被拉弯。

281 薛谭学讴于秦青[①]，未穷青之旨[②]，于一日遂辞归。秦青乃饯于郊衢[③]，抚节悲歌[④]，声震林木，响遏行云[⑤]。薛谭乃谢求返，终身不敢言归。秦青顾谓其友曰："昔韩娥东之齐[⑥]，遗粮[⑦]，过雍门[⑧]，鬻歌假食而去[⑨]，余响绕梁[⑩]，三日不绝，左右以其人弗去。过逆旅[⑪]，凡人辱之[⑫]，韩娥因曼声哀哭[⑬]，一里老幼喜欢抃舞[⑭]，弗能自禁，乃厚赂而遣之[⑮]。故雍门人至今善歌哭，效娥之遗声也。

【注释】

①薛谭学讴(ōu)于秦青:薛谭、秦青,古代传说中秦国的两位善歌的人。讴,歌唱。

②旨:《列子·汤问》作“技”。

③秦青乃饯于郊衢:《列子·汤问》作“秦青弗止,饯于郊衢”。衢,十字路口,四通八达的道路。

④抚:通“拊”。拍打。节:一种古代乐器,用竹编成,上合下开,形状像箕,可拍打成声,用作歌唱的伴奏,调整音乐的节奏。

⑤遏(è):阻止。

⑥韩娥:古代传说中韩国善于歌唱的人。

⑦遗:《列子·汤问》《太平广记》卷二百六作“匮”。匮,缺乏。

⑧雍门:齐国的城门。

⑨鬻(yù)歌假食而去:《列子·汤问》作“鬻歌假食,既去而”。鬻,卖。假,借。

⑩余响绕梁:此句也作“余响绕梁欐(lì)”。梁欐,栋梁。

⑪逆旅:旅舍。

⑫凡人:《列子·汤问》《太平广记》卷二百六作“逆旅人”。

⑬韩娥因曼声哀哭:曼,长。后面省略了“一里老幼悲愁,垂泪相对,三日不食。遽尔追之。娥还,复为曼声长歌”六句。范校据《稗海》本、《古今逸史》本及《列子》补。

⑭抃(biàn)舞:因欢欣而鼓掌舞蹈。抃,两手拍击。

⑮厚赂:丰厚地赠送财物。赂,财物。

【译文】

薛谭向秦青学习唱歌,还没有学尽秦青的全部技法,在某一天就辞别回家。秦青于是在城郊四通八达的大道上为他饯行,在宴席上敲着节拍放声悲歌,歌声振动林木,响声遏制住了飘动的浮云。薛谭于是道歉请求返回,终其一生也不敢说回家的事了。秦青回头对他的友人说:“从前韩娥向东到齐国去，缺少粮食，经过雍门时，靠卖唱换取食物才能继续赶路，她歌声的余音在屋梁上久久回响，三天都没断绝，附近的人还以为她没有离开。她经过旅店时，旅店里的人侮辱她，韩娥于是拉长声音哀伤地哭起来，全乡的男女老幼都为她悲愁，相对流泪，三天没有吃饭。大家立刻去追赶她。韩娥回来后，又为大家放声高歌，全乡的男女老少都欢喜地鼓掌跳舞，不能自我控制，于是赠送丰厚的财物送她上路。所以齐国雍门一带的人至今还擅长唱歌和悲哭，这是仿效韩娥遗留下来的声音啊。

282 赵襄子率徒十万狩于中山[①]，藉芿燔林[②]，扇赫百里[③]。有人从石壁中出，随烟上下，若无所之经涉者[④]。襄子以为物，徐察之，乃人也。问其奚道而处石，奚道而入火，其人曰："奚物为火[⑤]？"其人曰："不知也。"魏文侯闻之[⑥]，问于子夏曰[⑦]："彼何人哉？"子夏曰："以商所闻于夫子，和者同于物[⑧]，物无得而伤，阅者游金石之间及蹈于水火皆可也[⑨]。"文侯曰："吾子奚不为之？"子夏曰："刳心知智[⑩]，商未能也。虽试语之，而即暇矣[⑪]。"文侯曰："夫子奚不为之？"子夏曰："夫子能而不为。"文侯不悦[⑫]。

【注释】

①赵襄子：即赵无恤，春秋末晋国大夫，赵简子之子。曾联合韩、魏二卿，三家分晋。狩：冬天打猎。中山：古国名，春秋末年鲜虞人所建，在今河北定州、唐县一带，后为赵所灭。

②藉芿(réng)：践踏乱草。燔(fán)：焚烧。

③扇：通"煽"。扇动，播扬。引申为炽盛。赫：显耀，形容气势盛。

④"有人从石壁中出"几句：指此人走过火烧的地方，安然无恙。

⑤奚物为火：祝鸿杰认为"奚物为火"以下几句脱文较多，当据《列

子·黄帝》补足为:"其人曰:'奚物而谓石?奚物而谓火?'襄子曰:'而向之所出者,石也;而向之所涉者,火也。'其人曰:'不知也。'"而,你。向,刚才。

⑥魏文侯:战国时魏国的建立者。

⑦子夏(前507—前420):卜氏,名商,字子夏,尊称"卜子"或"卜子夏"。春秋时卫国人,是孔子的弟子,比孔子小44岁,"孔门十哲"之一,属于"文学"科。魏文侯尊之为老师。

⑧和者:得纯和之气的人。同于物:身心与外物协同、融合一致。

⑨物无得而伤,阅者游金石之间及蹈于水火皆可也:阅,应作"阂"。与上句连"物无得伤阂者"。伤阂,伤害,阻碍,阻隔。此句《列子·黄帝》作"物无得伤阂者,游金石,蹈水火,皆可也"。

⑩刳(kū)心知智:刳心,剔除思虑,摒弃智巧,道家指澄清内心的杂念。刳,从中间破开再挖空。此句《列子·黄帝》作"刳心去智"。去智,摒弃智慧。老子《道德经》第十九章"绝圣弃智",可为证。

⑪虽试语之,而即暇矣:《列子·黄帝》作"虽然,试语之有暇矣",意为试着说说还是可以的。

⑫不悦:《列子·黄帝》作"大说"。说,同"悦"。高兴,喜悦。宜从改之。

【译文】

赵襄子带领十万人马在中山国狩猎,践踏乱草,焚烧树林,炽烈的火势播扬百里。忽然有个人从悬崖的石壁中钻出来,随着烟火上下飘浮,安然无恙。赵襄子认为是鬼怪,慢慢观察他,竟然是人。赵襄子就问他凭什么道术能住在石壁里,凭什么道术能钻进大火中,那人说:"什么东西叫作石壁?什么东西叫作火?"襄子说:"刚才你所出来的地方叫石壁,刚才你所涉历的东西叫作火。"那人说:"不知道。"魏文侯听说这件事,问子夏:"他究竟是什么人?"子夏回答说:"依据我从孔夫子那里听到的言论来说,保全纯和之气的人,身心与外物融合一致,任何外物都不能伤害和阻隔他，在金属石头里游走以及在水火中跳跃都可以。”文侯又问：“您为什么不做这样的事呢？”子夏回答：“剔净思欲、摒弃智慧，我还不能做到。尽管如此，试着谈谈这些道理还是可以的。”文侯又问：“那么孔夫子为什么不做这样的事呢？”子夏回答：“夫子能做得到，但他不做。”魏文侯听了十分高兴。

283 更羸谓魏王曰①：“臣能射，为虚发而下鸟②。”王曰：“然可于此乎③？”曰：间有鸟从东来，羸虚发而下之也。

【注释】

①更羸（léi）：战国魏人，神射手。也作“更羸”“甘蝇”。

②虚发：只拉弓弦而无箭。

③然可于此乎：《战国策·楚策》此句为：“然则射可至此乎！”更羸曰：“可。”宜补。

【译文】

更羸对魏王说：“我擅长射箭，能拉空弓就射下鸟。”魏王说：“你的射箭水平真能达到这个程度吗？”更羸说：“可以。”不一会有鸟从东方飞来，更羸只拉弓弦而不上箭，就射下鸟来。

284 澹台子羽子溺水死①，欲葬之②，灭明曰：“此命也，与蝼蚁何亲③？与鱼鳖何仇？”遂使葬④。

【注释】

①澹台子羽子溺水死：《太平御览》卷五百五十六引《博物志》曰：“澹台子羽渡水而子溺死，人将葬之。灭明曰：‘此命也。吾岂与蝼蚁为亲，鱼鳖为仇？’于是，遂以水葬之。”

②欲葬之:此句应为“弟子欲收而葬之”。范校据《文选·马季长〈长笛赋〉》“澹台载尸归”句注引及《事文类聚》卷十七补正。

③蝼蚁:蝼蛄(gū)与蚂蚁。蝼蛄,昆虫名。背部茶褐色,腹部灰黄色,前脚大,呈铲状,善于掘土,有尾须。生活在泥土中,昼伏夜出,吃农作物嫩茎。有的地区叫“土狗子”。

④遂使葬:遂,后有“不”字。范校据士礼居刊本补。《文选·马季长〈长笛赋〉》李善注引为“弟子曰:‘何夫子之不慈乎?’对曰:‘生为吾子,死非吾鬼。’遂不收葬。”

【译文】

澹台灭明的儿子被水淹死了,弟子们想收殓并埋葬他,灭明说:“他的死是命中注定的,为什么与蝼蚁亲近,与鱼鳖为仇呢?”于是不让弟子们收葬自己的儿子。

285《列传》云[①]:聂政刺韩相[②],白虹为之贯日[③];要离刺庆忌[④],彗星袭月;专诸刺吴王僚[⑤],鹰击殿上。

【注释】

①《列传》:指《史记·刺客列传》,但这篇列传上未载白虹贯日之类事。在《战国策·魏策》上却有类似句子:“夫专诸之刺王僚也,彗星袭月;聂政之刺韩傀也,白虹贯日;要离之刺庆忌也,仓鹰击于殿上。”

②聂政:战国时齐国勇士。韩烈侯时,严仲子和韩相国韩傀争权结怨,求其刺死韩傀,后自杀死。事见《战国策·韩策》和《史记·刺客列传》。

③白虹为之贯日:聂政刺杀韩相,感应上天,一道白气直冲太阳。

④要离:春秋末吴国勇士。庆忌:吴王僚之子。伍子胥把要离推荐给吴王阖闾(公子光),谋刺在卫国的吴公子庆忌。他请吴王断

其右手，焚烧其妻，诈罪出逃。到卫国后投奔庆忌，当同舟渡江时，趁庆忌不备刺死庆忌，他也自杀。事见《吴越春秋·阖闾内传》。

⑤专诸：春秋时吴国人。吴王僚：吴王寿梦第三子夷昧之子。寿梦长子诸樊，诸樊之子公子光（即吴王阖闾）欲杀吴王僚自立为王，伍子胥把专诸推荐给阖闾。专诸藏匕首在鱼腹中，进餐时，献鱼，因而刺杀了吴王僚。事见《左传·昭公二十七年》和《史记·刺客列传》。

【译文】

《刺客列传》上说：聂政刺杀韩相国的时候，一道白气直冲太阳；要离刺杀庆忌的时候，彗星侵袭了月亮；专诸刺杀吴王僚的时候，老鹰在宫殿上扑击。

286 齐桓公出，因与管仲故道[①]，自燉煌西涉流沙往外国[②]。沙石千余里[③]，中无水，时则有伏流处[④]，人莫能知，皆乘骆驼，骆驼知水脉，过其处辄停不肯行，以足踢地，人于其踢处掘之，辄得水。

【注释】

①管仲（约前723—前645）：字仲，名夷吾，颍上（今安徽颍上）人，春秋时期法家代表人物。齐相。在他的辅佐下，齐桓公（公子小白）成为春秋时第一个霸主。

②燉煌：即敦煌，在今甘肃。流沙：沙漠。沙常因风吹而转移流动，故称流沙。

③沙石千余里：沙石，也作“流沙”。《初学记》卷二十九“驼第七”之“知水脉”条引：“敦煌西度流沙往外国，流沙千余里，中无水，时

有伏流处，人不能知，皆乘橐驼，驼知水脉，遇其处停不肯行，以足蹋地，人于其所蹋处掘之，辄得水矣。”

④伏流：地下河，潜行于地下的流水。

【译文】

齐桓公出行，与管仲一起循着旧道，从敦煌向西穿过沙漠前往外国。一千多里的沙漠，途中没有水，有时虽有地下河，但没有人能知道，都乘着骆驼，骆驼了解水脉，经过有地下河的地方就会停住脚步，不肯前进，用脚来踩踏地面，人们在它踩过的地方向下挖掘，就能找到水源了。

287 楚熊渠子夜行[①]，射穷石以为伏虎[②]，矢为没羽。

【注释】

①熊渠子：即熊渠，熊绎(yì)五世孙。子，爵位。楚国善射者。《韩诗外传》卷六：“昔者楚熊渠子夜行，见寝石以为伏虎，弯弓而射之，没金饮羽，下视知其为石。”

②穷：应作“寝”。寝石，横卧的石头。《荀子·解蔽》：“冥冥而行者，见寝石以为伏虎也。”范宁认为“寝石乃陵寝之石，有作虎形而置于通路者”。

【译文】

楚人熊渠子夜间走在路上，射中路旁一块横卧的石头，把它当成趴着的老虎，箭头深入石头，连尾部羽毛都隐没不见了。

288 汉武帝好仙道，祭祀名山大泽以求神仙之道。时西王母遣使乘白鹿告帝当来[①]，乃供帐九华殿以待之。七月七日夜漏七刻[②]，王母乘紫云车而至于殿西，南面东向[③]，头上戴七种[④],青气郁郁如云。有三青鸟,如乌大,使侍母旁。时设九微灯[⑤],帝东面西向。王母索七桃,大如弹丸,以五枚与帝,母食二枚。帝食桃辄以核著膝前,母曰:"取此核将何为?"帝曰:"此桃甘美,欲种之。"母笑曰:"此桃三千年一生实。"唯帝与母对坐,其从者皆不得进。时东方朔窃从殿南厢朱鸟牖中窥母[⑥],母顾之谓帝曰:"此窥牖小儿,尝三来盗吾此桃。"帝乃大怪之。由此世人谓方朔神仙也。

【注释】

①西王母:中国古代神话中的女仙人。旧时以为长生不老的象征。

②夜漏:夜间的时刻。漏,古代滴水计时的器具。刻:计时单位,因漏壶的箭上刻符号表时间,故称。《汉书·哀帝纪》:"漏刻以百二十为度。"颜师古注:"旧漏昼夜共百刻,今增其二十。"

③南面东向:"向"后应补"坐"。范校据《汉武内传》补。"南面"应与上句相连。

④头上戴七种:七,疑当作"玉"。范校引道藏本、《太平御览》卷三百九十二引改。种,应作"胜"。范校据《海录碎事》卷五、《山海经·大荒西经》改。胜,即玉胜,玉制的发饰。《山海经·西山经》:"西王母其状如人,豹尾虎齿而善啸,蓬发戴胜。"郭璞注:"蓬头乱发;胜,玉胜也。"

⑤九微灯:灯名。《汉武内传》记有"九光之灯,九微之灯"。

⑥牖(yǒu):窗户。

【译文】

汉武帝爱好成仙的道术,他祭祀名山大川以访求成神仙之法。当时西王母曾派遣使者乘着白鹿,禀告武帝她将要来访的消息,武帝就在承华殿张设了帷帐等待她的到来。七月七日晚上夜漏下了七刻,西王母乘着紫云车就先来到了殿的西南面，然后移步到面朝东的位置上坐了下来，她头上戴着玉制的首饰，黑发像云彩般浓密。有三只青鸟，像乌鸦那么大，左右侍候着西王母。当时宫殿里陈设点燃九微灯，武帝在殿的东面，面朝向西。西王母取来七枚仙桃，像弹丸那么大，把五枚桃子给武帝，自己吃了两枚。武帝吃桃子时，把桃核放在膝前，西王母问："留下这桃核要做什么？"武帝回答说："这桃子甘甜鲜美，我想种它。"西王母笑着说："这种桃树要三千年才结一次果实。"当时只有武帝与西王母相对而坐，他们的侍从都不能进入。这时东方朔偷偷从殿南面厢房雕有朱鸟的窗户中窥探西王母，西王母回头看了看他，对武帝说："这个在窗边偷看的小儿，曾经三次来偷我这桃子。"武帝大为惊异。从此世上的人都说东方朔是个神仙。

289 君山有道与吴包山潜通①，上有美酒数斗，得饮者不死。汉武帝斋七日，遣男女数十人至君山，得酒欲饮之，东方朔曰："臣识此酒，请视之。"因一饮致尽。帝欲杀之，朔乃曰："杀朔若死，此为不验。以其有验，杀亦不死。"乃赦之。

【注释】

①君山：山名。在湖南洞庭湖口，又名湘山。包山：山名，位于江苏苏州吴中西南太湖中，山下有洞庭穴，为地脉。或称为"洞庭西山"。一作"苞山"。《山海经·海内东经》注："入洞庭下"条曰："洞庭，地穴也，在长沙巴陵。今吴县南太湖中有包山，下有洞庭，穴道潜行水底，无所不通，号为地脉。"此事不见于《史记》《汉书》之"东方朔传"，见于《汉武故事》。

【译文】

君山下有一条通道与吴地包山暗中相通，君山上有几斗美酒，能喝到此酒就不会死。汉武帝斋戒了七天，派了几十个男女到了君山，得到美酒，想要喝时，东方朔说："我能辨识这种酒，请允许我看看酒。"于是他端酒一饮而尽。武帝想要杀他，东方朔就说："杀我，倘若我死了，说明这酒是不灵验的。如果这酒真的灵验，杀我也不会死。"武帝于是赦免了他。

卷九

【题解】

《杂说上》内容驳杂，巫史兼有。在古史方面，292 到 295 四条从《逸周书·史记解》中选材，集中论说上古诸侯国灭亡的历史。“西夏仁而去兵”“玄都废人事天”，榆君“孤而无使”，有巢贵乱臣，清阳穷兵黩武、重色误国，有洛穷奢极欲，诸侯国因之亡国，带有客观而深刻的历史反思意味。

汉魏巫风大炽、谶纬方术流行，很多条目涉及神话、卜筮、祥瑞、精怪、鬼神等内容：西王母、九天君的职掌，《神仙传》所记星宿下凡，男女交感而生子，东方句芒等神话；卜筮则有蓍龟的选用及其方法，《归藏》所引占辞，验辞等；瑞应则谈“天人感应”的灵验之别，武帝时“麟凤数见”，皆应天命而至，王莽篡位后亦多祥瑞，但“多无实应”，系臣子编造求媚之举；精怪集中论说水、石、土、火四怪之名，鼠咬牛、食豆，以及旋风的形成等，皆怪诞不经；鬼神则记鬼火、咤声，尽管不能科学认知，但体现了对自然现象的关注。黄帝三百年之说，则在看似虚诞的背后，暗含了神话历史化的解释倾向，带有进步性。此卷所记曾子的名言，则富有人生智慧。

杂说上

290 老子云[①]:“万民皆付西王母[②],唯王、圣人、真人、仙人、道人之命上属九天君耳[③]。”

【注释】

①老子:姓李名耳,字聃(dān),一字伯阳,或曰谥伯阳。春秋末期人,生卒年不详。曾任周朝守藏史之职。

②付:属。西王母:在此纯属附会神仙家言。

③真人:道家称存养本性或修真得道的人,亦泛称“成仙”之人。九天君:道教中的神名。

【译文】

老子说:“万民众生都归属西王母统领,只有帝王、圣人、真人、仙人、道人的命运归属于九天神君统领。”

291 黄帝治天下百年而死。民畏其神百年,以其数百年[①],故曰黄帝三百年。上古男三十而妻[②],女二十而嫁。曾子曰[③]:“弟子不学古知之矣,贫者不胜其忧,富者不胜其乐。”

【注释】

①以其数百年:数,《汉魏丛书》本及《大戴礼记·五帝德》作“教”。《大戴礼记·五帝德》:“宰我问于孔子曰:‘昔者予闻诸荣伊令,黄帝三百年。请问黄帝者人邪?抑非人邪?何以至于三百年乎?’……孔子曰:‘黄帝,少典之子也……生而民得其利百年,死而民畏其神百年,亡而民用其教百年,故曰三百年。’”

②上古男三十而妻：此条应另起，误与上条连。范校据《大戴礼记·本命》"中古男三十而娶，女二十而嫁，合于五也，中节也。太古男五十而室，女三十而嫁，备于三五，合于八十也"，疑"上古"应作"中古"。妻，娶妻。

③曾子：《通典》卷五十九引《尚书大传》曰："孔子曰：'男子三十而娶，女子二十而嫁。'"

【译文】

黄帝治理天下一百年后就死了。人民敬畏他的神明一百年，沿用他的教化一百年，所以说黄帝治天下三百年。中古时，男子三十岁才娶妻，女子二十岁才出嫁。曾子说："弟子们不学习古礼可以知道结果了，贫困的人不能承受他的忧愁，富贵的人不能承受他的快乐。"

292 昔西夏仁而去兵，城廓不修，武士无位，唐伐之，西夏亡[①]。昔者玄都贤鬼神道[②]，废人事，其谋臣不用，龟策是从[③]，忠臣无禄，神巫用国[④]。

【注释】

①"昔西夏仁而去兵"几句：《逸周书·史记解》："昔者西夏性仁非兵，城郭不修，武士无位，惠而好赏，屈而无以赏。唐氏伐之，城郭不守，武士不用，西夏以亡。"西夏，相传为我国古代西方的小国名。《穆天子传》卷四："自阳纡（yū）西至于西夏氏，二千又五百里。自西夏至于珠余氏及河首，千又五百里。"《路史·国名纪》："西夏，今鄂，故大夏，有夏水，汉水也。《周书》云：'西夏仁而去兵，城郭不修，武士无位，尧伐亡之。'"陈逢衡注云："此盖立国于夏水之西，故云西夏。"

②玄都：上古诸侯国名。《路史·国名纪》："玄都，少昊时诸侯。……《周书》云：昔玄都氏谋臣不用，龟策是从，忠臣无禄，神

巫用国而亡。”刘师培认为玄都似即《楚语》所说的九黎。

③龟策：古时占卜的用具。龟，龟甲。策，古代用蓍(shī)草占卜。

④神巫用国：《逸周书·史记解》：“昔者玄都贤鬼道，废人事天，谋臣不用，龟策是从，神巫用国，哲士在外，玄都以亡。”神巫用于国，导致哲士在外，玄都国因此灭亡。

【译文】

从前西夏国崇尚仁爱就解除了军事武装，城墙不修整，武士无地位，后来唐尧攻伐它，西夏就灭亡了。从前玄都国尊崇鬼神之道，废弃人事，侍奉上天，它的谋臣不被任用，而是听从龟卜蓍筮行事，忠臣没有官职俸禄，神巫被国家任用。

293 榆炯氏之君孤而无使，曲沃进伐之以亡[①]。

【注释】

①榆炯氏之君孤而无使，曲沃进伐之以亡：《逸周书·史记解》：“昔者曲集之君伐智而专事，强力而不贱其臣，忠良皆伏，愉州氏伐之，君孤而无使，曲集以亡。”榆炯，当为愉州，古诸侯国。阚骃《十三州志》：“愉州国即岐周，其立国在古公亶父未自邠迁岐之前。而《西山经·西次四经》又有中曲之山，当即愉州所伐曲集之国，故孔云皆古诸侯。”潘振云：“孤，犹云独夫也。无使，无忠良可使也。”曲沃，据《逸周书·史记解》，当为“曲集”。曲集，古诸侯国。

【译文】

愉州国的国君残暴无道、众叛亲离，没有忠良可以使用，曲集国进攻它，就灭亡了。

294 昔有巢氏有臣而贵任之，专国主断，已而夺之。臣

怒而生变，有巢以民[①]。昔者清阳强力，贵美女，不治国而亡[②]。

【注释】

①“昔有巢氏有臣而贵任之”几句：《逸周书·史记解》：“昔者有巢氏有乱臣而贵，任之以国，假之以权，擅国而主断。君已而夺之，臣怒而生变，有巢以亡。”陈逢衡云：“有巢氏盖夏商时侯国，施彦士曰：疑即南巢。周为巢伯国，今庐州府东一百八十里巢县是。”

②“昔者清阳强力”几句：《逸周书·史记解》：“昔者绩阳强力四征，重丘遗之美女，绩阳之君悦之，荧惑不治，大臣争权，远近不相听，国分为二。”可参看。清阳，古国名。《路史·国名纪》作“青阳”，《逸周书·史记解》作“绩阳”。重丘，潘振云：“国名，在春秋为齐地。襄公二十五年，诸侯同盟于重丘。今山东东昌府之茌(chí)平县，即古重丘也。”贵，此为赠送之意。

【译文】

从前，有巢氏有乱臣获取了显贵的地位，有巢氏把国事托付给他们，于是他们专擅国事，主宰裁断大权，后来，有巢氏夺回了权力。乱臣恼怒之下就爆发叛乱，有巢氏因此亡国。从前，清阳国的国君凭借强大的军事力量四处出征，重丘国采用进献美女的计策，导致清阳国君不再治理国事就灭亡了。

295 昔有洛氏宫室无常，囿池广大，人民困匮。商伐之，有洛以亡[①]。

【注释】

①“昔有洛氏宫室无常”几句：《逸周书·史记解》：“昔者有洛氏宫

室无常，池囿广大，工功日进，以后更前，民不得休，农失其时，饥馑无食，成商伐之，有洛以亡。”有洛氏，古国名，洛宁（古称崤地，是中国古代沟通洛阳与西安两地的官道）则是有洛氏的活动中心。无常，不固定。囿（yòu）池，苑囿池沼，为君主游玩休憩、打猎的场所。匮（kuì），缺乏。

【译文】

从前有洛氏宫殿不固定，园林池沼面积广大，导致人民生活困苦资财缺乏。后来商汤攻伐它，有洛氏因此灭亡。

296《神仙传》曰：“说上据辰尾为宿[①]，岁星降为东方朔[②]。傅说死后有此宿，东方生无岁星。”

【注释】

①说（yuè）上据辰尾为宿：说，指傅说，古虞国（今山西平陆）人，商王武丁的贤相。传说他死后升天，化为傅说星，处于箕、尾二星宿（xiù）间。辰，即心宿。心宿与箕、尾二星宿相距不远，同属于东方苍龙七宿（角、亢、氐、房、心、尾、箕）。

②岁星降为东方朔：岁星，星名，即木星。《汉武故事》记载，东方朔死，上疑之，问使者。曰：“朔是木帝精为岁星，下游人中，以观天下，非陛下臣也。”本注云：“一本云朔死乘云飞去，仰望大雾，望之不知所在。朔在汉朝，天上无岁星。”按，董斯张《广博物志》卷二引《西京杂记》：“东方朔云：‘天下无知我者，唯历官大伍公知之。’帝召问之，曰：‘诸星在，唯岁星不见。’”

【译文】

《神仙传》上说：“傅说升天后占据心、尾二宿之间，变成了傅说星，岁星下凡，变成了东方朔。傅说死后，方才有这傅说星，东方朔活着时，天上便没有了岁星。”

297 曾子曰[①]:"好我者知吾美矣,恶我者知吾恶矣。"

【注释】

①曾子(前505—前435):名参(shēn),字子舆,春秋末年鲁国南武城(故城在今山东平邑附近)人,比孔子小四十六岁。孔子道统的继承人。与颜回、孔伋、孟轲一道成为陪祀孔子的"四配"。

【译文】

曾子说:"喜欢我的人知道我的好处,厌恶我的人知道我的坏处。"

298 思士不妻而感,思女不夫而孕[①]。后稷生乎巨迹[②],伊尹生乎空桑[③]。

【注释】

①思士不妻而感,思女不夫而孕:《列子·天瑞》张湛注说:"《大荒经》曰:'有思幽之国,思士不妻,思女不夫。精气潜感,不假交接而生子也。'"思,想念,爱慕。感,交感,相应。

②后稷生乎巨迹:后稷之母姜原在野外见巨人迹,履之,后受孕生后稷。这是关于后稷诞生的神话传说。

③伊尹生乎空桑:伊尹,也作"伊挚",商初大臣,名伊,尹是官名。《列子·天瑞》张湛注:"传记曰:'……有莘氏女子采桑,得婴儿于空桑之中,故名之曰伊尹,而献其君,令庖人养之,长而贤,为殷汤相。'"《吕氏春秋·本味》记述比较完整:"有侁(shēn)氏女子采桑,得婴儿于空桑之中,献之其君。其君令烰(páo)人养之。察其所以然,曰:'其母居伊水之上,孕,梦有神告之曰:"臼出水而东走,勿顾。"明日,视臼出水,告其邻,东走十里,而顾其邑尽为水,身因化为空桑',故命之曰伊尹。此伊尹生空桑之故也。

长而贤。汤闻伊尹,使人请之有侁氏。有侁氏不可。伊尹亦欲归汤。汤于是请取妇为婚。有侁氏喜,以伊尹为媵(yìng)送女。”伊尹由厨入宰,以“至味”说商汤,佐商汤灭夏,规正天下,代天立言,为万民楷模。商汤死后,伊尹历外丙、仲壬,又做了商汤长孙太甲的保衡。太甲不守祖训,伊尹流放他于桐宫,与诸大臣开始“共和执政”。太甲守宫三年,伊尹作《太甲》三篇,反复警戒教诲,太甲悔过返善,复归亳(bó)都。伊尹还政太甲,继续辅政。又作《咸有一德》申诫太甲而自身致仕而退。

【译文】

思慕女性的男子不娶妻也能与女子交相感应,思恋男性的女子不嫁丈夫也能怀孕。后稷是他母亲踩了巨人足迹后怀孕生下来的,伊尹是从母亲变的空心桑树中生出来的。

299 箕子居朝鲜,其后伐燕,之朝鲜,亡入海为鲜国①。师两妻墨色②,珥两青蛇③,盖勾芒也④。

【注释】

①“箕子居朝鲜”几句:《后汉书·东夷列传》:“昔武王封箕子于朝鲜,箕子教以礼义田蚕,又制八条之教。其人终不相盗,无门户之闭。妇人贞信。饮食以笾豆。其后四十余世,至朝鲜侯准,自称王。汉初大乱,燕、齐、赵人往避地者数万口,而燕人卫满击破准而自王朝鲜。”据此,“其后伐燕,之朝鲜”疑当作“其后燕伐之王朝鲜”。

②师两妻墨色:《山海经·海外东经》:“雨师妾在其北,其为人黑,两手各操一蛇,左耳有青蛇,右耳有赤蛇。一曰在十日北,为人黑身人面,各操一龟。”疑“师两妻”为“雨师妾”。

③珥(ěr):戴,挂。

④勾芒：鸟身人面，乘两龙。《山海经·海外东经》："东方句芒，鸟身人面，乘两龙。"此句与上句不相连，看来张华抄《山海经》时，删除之多，致误。

【译文】

箕子受封居住在朝鲜，这以后燕国攻伐朝鲜，在此称王，当地人逃亡到朝鲜半岛，建立朝鲜国。雨师妾国的人通身黑色，耳朵上挂着两条青蛇，大概就是东方的木神勾芒。

300 汉兴多瑞应①，至武帝之世特甚，麟凤数见。王莽时②，郡国多称瑞应③，岁岁相寻，皆由顺时之欲，承旨求媚，多无实应，乃使人猜疑。

【注释】

①瑞应：古代以为帝王修德，时世清平，天就降祥瑞以应之，谓之瑞应。

②王莽（前45—23）：字巨君，魏郡元城（今河北邯郸大名）人。西汉孝元皇后王政君侄，初为新都侯，后毒死汉平帝，自称假皇帝。初始元年（8）称帝，改国号为新。

③郡国：郡和国的并称。汉初，兼采封建及郡县之制，分天下为郡与国。郡直属中央，国分封诸王、侯，封王之国称王国，封侯之国称侯国。南北朝仍沿郡、国并置之制，至隋始废国存郡。

【译文】

汉王朝兴起时，上天多有祥瑞回应，到武帝的时代特别多，麒麟和凤凰多次出现。王莽篡权时，各郡国多称说祥瑞事，年年相继不断，都因为顺从时俗的欲望，承继君王的旨意逢迎谄媚，但大多没有实际的应验，这就让人产生疑惑了。

301 子胥伐楚[①],燔其府库[②],破其九龙之钟。

【注释】

①子胥:即伍子胥(? —前484),名员(yún),春秋楚国人。其父伍奢、其兄伍尚均被楚平王杀害,子胥逃奔吴国,辅佐吴王伐楚报仇,五战攻入楚都郢,掘平王墓,鞭尸三百。吴王夫差击败越国,越请和,子胥劝谏不从,夫差听信伯嚭(pǐ)之谗言,逼迫伍子胥自杀。

②燔(fán):烧。府库:旧指国家贮藏财物、兵甲的处所。

【译文】

伍子胥攻伐楚国,焚烧了楚国的仓库,砸破了郢都铸有九龙的大钟。

302 蓍一千岁而三百茎,其本以老[①],故知吉凶。蓍末大于本为上吉,茎必沐浴斋洁食香[②],每日望浴蓍[③],必五浴之。浴龟亦然。《明夷》曰[④]:"昔夏后茎乘飞龙而登于天[⑤],而牧占四华陶[⑥],陶曰:'吉。'昔夏启茎徙九鼎[⑦],启果徙之。"

【注释】

①其本以老:其,应作"同"。祝鸿杰据《太平御览》卷七百二十八、九百三十一所引改。《太平御览》卷七百二十八:"龟三千岁游于卷耳之上,蓍千岁而三百茎,同本以老故知吉凶。""又曰筮必沐浴斋洁烧香,每朔望浴蓍,必五浴之。浴龟亦然。"《太平御览》卷九百三十一:"又曰龟三千岁犹旋卷耳之上,蓍千岁三百茎,同本以老知吉凶。"

②茎必沐浴斋洁食香:茎,应作"筮"。食,应作"烧"。范校据《稗

海》本、纷欣阁本、《太平御览》卷七百二十八等改。范校以为下后筮、启筮、舜筮、桀筮、鲧筮并同。筮，用蓍草占卜凶吉。《周易》的占筮之数是用五十根蓍草表示，其中只用四十九根（虚空一根代表天，不用）。把四十九根蓍草任意分为两份来象征天地两仪，任选一根悬挂（于左手小指间）以象征天地人三才，每四根一组揲算蓍草，用以象征四季，把揲算剩余的蓍草归附夹勒（左手无名指中）用来象征闰月，五年再出现闰月，于是再把（左侧）揲算剩余的蓍草夹勒（在左手中指间）而后另起一卦反复揲算。天的数字象征有一、三、五、七、九等五个奇数，地的数字象征有二、四、六、八、十等五个偶数，五位奇偶数互相搭配而各能谐和，五个天数和是25，五个地数和是30，天地的象征数一共是55。这就是《周易》用数字象征形式形成变化组合来沟通鬼神世界的办法。

③每日望浴蓍：《太平御览》卷七百二十八“日”作“朔”。朔，阴历初一。望，阴历十五。

④《明夷》：此为古占卜书《归藏》的篇名。

⑤昔夏后筮乘飞龙而登于天：夏后，指夏朝君王启。筮，应作“筮”。后句同此。据《太平御览》卷九百二十九引“《归藏·明夷》曰：昔夏后启土乘龙飞以登于天，皋陶（gāo yáo）占之曰：‘吉。’《周易·乾卦》曰：‘云行雨施，品物流形，时乘六龙。’”疑此为乾卦之象：乾为天，六爻皆由阳统，故曰“时乘六龙以御天”。

⑥而牧占四华陶：牧，应作“枚”。四华，应作“皋”。据《太平御览》卷九百二十九引删正。枚占，指占卜。皋陶，上古传说中的东夷首领，偃姓。皋陶是轩辕黄帝与正妃嫘祖的嫡系曾孙，曾被舜任为掌管刑法的官。皋陶是与尧、舜、大禹齐名的“上古四圣”之一。

⑦九鼎：古代象征九州，系传国重器。

【译文】

蓍草长一千年,有三百条茎在同一根上,因为老,所以能预知吉凶。蓍草末梢比根大是最吉利的,用蓍草占卜必须沐浴斋戒、净化身心、焚香,每月阴历初一、十五浸洗蓍草,一定要浸洗蓍草五次。浸洗龟甲也是这样。《明夷》上说:“从前夏代国君启占卜得乘飞龙而登天卦辞,就问占于皋陶,皋陶说:‘吉。’从前夏启占卜得迁移九鼎卦辞,夏启后来果然迁移九鼎了。”

303 昔舜茎登天为神,牧占有黄龙神曰[①]:“不吉。”武王伐殷而牧占蓍老[②],蓍老曰:“吉。”桀茎伐唐[③],而牧占荧惑曰[④]:“不吉。”昔鲧茎注洪水,而牧占大明曰[⑤]:“不吉,有初无后。”

【注释】

①牧:应作“枚”。本段皆如此。有黄龙神:即黄龙神。有,词头,“有巢氏”诸如此类。

②蓍老:应作“耆老”。耆老,指德高望重的老人。

③唐:陶唐氏,远古传说的部落名。

④荧惑:古指火星,因隐现不定,令人迷惑,故名。《吕氏春秋·制乐》:“荧惑在心。”高诱注:“荧惑,五星之一,火之精也。”

⑤大明:泛指日、月。

【译文】

从前舜占卜登天变为神仙,向黄龙神问卜,占辞说:“不吉。”周武王讨伐殷商前向老人问卜,占辞说:“吉。”夏桀进攻陶唐氏前,向火星问卜,占辞说:“不吉。”从前鲧占卜倾泻洪水,向日月问卜,占辞说:“不吉,有开端但没结果。”

304 蓍末大于本为卜吉[①],次蒿[②],次荆[③],皆如是。龟、蓍皆月、望浴之[④]。

【注释】

①蓍末大于本为卜吉:《太平御览》卷七百二十七:"蓍末大于本为上吉,蒿(hāo)末大于本次吉,荆末大于本次吉,箭末大于本次吉,竹末大于本次吉,蓍一五神,蒿二四神,荆三三神,箭四二神,竹五一神,筮五犯皆臧,五筮之神明皆聚焉。"

②蒿:蒿草。

③荆:也称为"楚",落叶灌木,枝条可编筐篮等。古人占卜首选蓍草,无蓍草可用蒿,无蒿可用荆。

④月:应作"朔"。

【译文】

蓍草末梢比根大是最吉利的,其次是蒿草,再次是荆草,都是这样。龟甲、蓍草每月阴历初一、十五都要浸洗它们。

305 水石之怪为龙、罔象[①],木之怪为夔、罔两[②],土之怪为羵羊[③],火之怪为宋无忌[④]。

【注释】

①水石之怪为龙、罔象:裴骃《史记集解》引韦昭曰:"龙,神兽也,非常见,故曰怪。或曰:'罔象食人,一名沐肿。'"《国语·鲁语下》:"季桓子穿井,如获土缶,其中有羊焉。使问之仲尼曰:'吾穿井而获狗,何也?'对曰:'以丘之所闻,羊也。丘闻之:木石之怪曰夔、蝄蜽,水之怪曰龙、罔象,土之怪曰羵羊。'"

②木之怪为夔、罔两:《国语·鲁语下》《史记·孔子世家》《孔子家

语·辩物》作“木石之怪曰夔、蝄蜽”。夔，一足兽，状如人。蝄蜽，又作“魍魉”。山精，好学人声而迷惑人。

③羵(fén)羊：又作“坟羊”。古为土中所生之怪。裴骃《史记集解》引唐固曰：“坟羊，雌雄未成者。”

④宋无忌：又作“宋毋忌”。传说中的火仙。《史记·封禅书》：“宋毋忌、正伯侨、充尚、羡门高最后皆燕人，为方仙道，形解销化，依于鬼神之事。”司马贞《索隐》：“乐产引《老子戒经》云：‘月中仙人宋无忌。’《白泽图》云：‘火之精曰宋无忌’，盖其人火仙也。”

【译文】

水中的精怪叫龙、罔象，山林中的精怪叫夔、罔两，土中的精怪叫羵羊，火中的精怪叫宋无忌。

306 斗战死亡之处，其人马血积年化为磷[①]。磷著地及草木如露[②]，略不可见[③]。行人或有触者，著人体便有光，拂拭便分散无数，愈甚有细咤声如炒豆，唯静住良久乃灭。后其人忽忽如失魂，经日乃差[④]。今人梳头脱著衣时，有随梳解结有光者，亦有咤声。

【注释】

①磷：俗称鬼火，迷信者以为是幽灵之火，故称。实为动物尸骨中分解出的磷化氢的自燃现象，多见于盛夏之夜。因为盛夏天气炎热，温度很高，化学反应速度加快，磷化氢易于形成。由于气温高，磷化氢也易于自燃。

②磷著地及草木如露：《太平御览》卷三百七十五：“战斗死亡处，有人马血积年化为磷。磷著地及草木如霜露，略不可见。人行或有触，著体便有光，拂拭便分散无数，又细咤声如沙豆，住久乃

灭。其人忽忽如失魂，经日乃差。”

③略：全，皆。

④经日：整天，终日。差（chài）：病愈。

【译文】

在战斗造成人马死亡的战场上，那里的人和马的血经过多年就变化成为磷火。磷火附着在地面及草木上就像霜露一样，全都看不见。偶尔有接触到它的过路人，它附着到人体上便会发光，拂拭它就会分散成无数小磷火，如再用力，就会有像炒豆一样的细细的爆裂声，只有停下来静止很久才会熄灭。后来这个人会恍恍惚惚，好似失去了魂魄，过一天后才能好转。今人梳头和脱、穿衣服的时候，随着梳子梳理和解衣结时会发光，也会有爆裂声。

307 风山之首方高三百里[①]，风穴如电突深三十里[②]，春风自此而出也。何以知还风也[③]？假令东风，云反从西来，诜诜而疾[④]，此不旋踵[⑤]，立西风矣。所以然者，诸风皆从上下[⑥]，或薄于云，云行疾，下虽有微风，不能胜上，上风来到反矣[⑦]。

【注释】

①风山：古代传说中的山名。山有穴，风从中出，故名。

②突：洞穴。

③还（xuán）风：旋风。

④诜诜（shēn）：众多的样子。

⑤旋踵（zhǒng）：掉转脚跟。形容时间短促。

⑥诸风皆从上下：《稗海》本作“诸风皆从上而下”。

⑦上风来到反矣：到，《稗海》本、《汉魏丛书》本作“则”。

【译文】

风山的顶峰方圆高达三百里，山上风穴如同电穴一样深三十里，春风是从这里吹出去的。凭什么知道吹出的是旋风呢？假设正刮着东风，云反而从西方飘起来，云团很多，且飘得很快，这样的情况下等不一会，很快就变为刮西风了。这样变化的原因，是因为各种各样的风都是自上向下的，有的逼近云层，云的飘行很快，下面即使有微风，也不能抵挡来自上面的风，上面的风一来就掉头了。

308《春秋》书“鼷鼠食郊牛[①]，牛死”。鼠之类最小者，食物当时不觉痛。世传云：亦食人项肥厚皮处，亦不觉。或名甘鼠。俗人讳此，所啮衰病之征[②]。

【注释】

①鼷(xī)鼠食郊牛：鼷鼠，鼠类之最小者。郊牛，用于郊祭的牛。古代在郊外祭祀天地叫郊祭，祭祀时要用猪、牛、羊等牲畜作为祭品。小鼷鼠啮食祭祀天地之牛的角。占象者认为，郊祀为重祀，鼠失其性，使祭祀不成，谓国将败亡。《左传·成公七年》：“七年，春，王正月，鼷鼠食郊牛角，改卜牛。鼷鼠又食其角，乃免牛。”《左传》记载鼷鼠食郊牛事共三次，成公七年(前584)、定公十五年(前495)以及哀公元年(前494)。准备郊祭用的牛若受伤，就改用它牛占卜其吉凶。郊祭未卜日，谓之牛；卜得日，改曰牲。“伤郊牛事”可参阅僖公三十一年(前629)并宣公三年(前660)经传及注。

②啮(niè)：咬。

【译文】

《春秋》上记载：“鼷鼠食吃郊祭牛的牛角，牛因此而死去。”鼷鼠是鼠类中最小的一种，被它吃的动物当时并不觉得疼痛。世上人传说：鼷鼠也吃人脖子上皮肉肥厚的地方，人也不感到疼痛。鼷鼠又名甘鼠。一般人都避忌这种老鼠，因为被它所咬之处是衰弱疾病的征兆。

309 鼠食巴豆三年[①]，重三十斤。

【注释】

①巴豆：植物名。产于巴蜀，其形如豆，故名。中医药上以果实入药。有大毒。

【译文】

老鼠吃三年巴豆，重可达三十斤。

卷十

【题解】

《杂说下》相对于《杂说上》，“巫”的色彩加重，“史”的意味含而不露。“孕妇著婿衣冠绕井三匝必生男”以及“胎教”二则，都是英国人类学者弗雷泽所谓“交感巫术”使然，通过“相似律”与“接触律”起作用。胎教食忌既有相似律又有接触律，食兔肉生兔唇，吃生姜就多指，显然不科学。胎教之法，古已有之，书中部分内容从正反两方面对胎教问题进行探讨，有辩证意味。怪梦二则，人睡在带上梦蛇，鸟衔人发梦飞，皆是通过相似律来推衍。直接叙述仙妖道术的事例即为“天门郡飞仙”与“八月浮槎”，一实一虚，现实与浪漫交织，叙事曲折与新奇想象完美融合，成为后代小说家重要的创作母题。

“豫章郡士大夫遗弃前妻”，名士饮酒、醒酒、醉酒，皆为当时士风的折射：一方面士大夫抛弃糟糠，不念其操劳辛苦，反而喜新厌旧，行文中极尽鞭挞笔伐之旨；另一方面写名士好酒，实则是魏晋士人“越礼教，任自然”观念的反映，怪诞不经仅是表象，借酒消愁则为实情。“千日醉”较阮籍八十余日更为夸张荒诞，但魏晋名士人生况味于此可见一斑。在一些看似荒诞不经的描写背后，隐藏着“史”的真实信息。再有，关于蜂蜡的产地与采集方法的记述，对于今天的养蜂人来说，也是有借鉴意义的。

杂说下

310 妇人妊娠未满三月，著婿衣冠，平旦左绕井三匝，映详影而去，勿反顾，勿令人知见，必生男[①]。周日用曰："知女则可依法。或先是男如何？余闻有定法，定母年月日与受胎时日，算之，遇奇则为男，遇偶则为女，知为女后即可依法[②]。"

【注释】

①"妇人妊娠未满三月"几句：《异苑》卷八："妇人妊孕未满三月，著婿衣冠，平旦左绕井三匝，映井水详观影而去，勿返顾，勿令婿见，必生男。"匝（zā），周。

②知为女后即可依法：后，也作"胎"。《越缦堂读书记》："所云定男女法，今俗行之，用加减法。"

【译文】

妇女怀孕没有满三个月的时候，穿戴上丈夫的衣帽，早晨从左边绕水井走三周，映照井水，详细地察看自己的倒影，然后离开，不要回头看，不要让丈夫看见，这样必定生男孩。周日用说："知道生女孩那么可以依法禳祷。或是先生男怎么样呢？我听说有固定的方法，固定母亲年月日与受孕怀胎的时间日子，计算它，遇到奇数天那么就是男孩，遇到偶数天那么就是女孩，知道是女胎那么就能依此法禳祷。"

311 妇人妊娠，不欲令见丑恶物、异类鸟兽。食当避其异常味，不欲令见熊罴虎豹，御及鸟射射雉[①]，食牛心、白犬肉、鲤鱼头[②]。席不正不坐，割不正不食。听诵诗书讽咏之音[③]，不听淫声，不视邪色[④]。以此产子，必贤明端正寿考。所谓父母胎教之法[⑤]。卢氏曰："子之得清祀滋液则生仁圣[⑥]，谓错乱之年则生贪淫，子因父气也。”故古者妇人妊娠，必慎所感，感于善则善，恶则恶矣。妊娠者不可啖兔肉⑦。又不可见兔，令儿唇缺。又不可啖生姜，令儿多指⑧。

【注释】

①御及鸟射射雉：不可解，疑有误字。范校疑当作“及狂鸟秩秩雉，不”。狂鸟、秩秩，均为鸟名。《尔雅·释鸟》郭璞注曰：“狂鸟，五色，有冠。”《山海经·大荒西经》：“有五采之鸟，有冠，名曰狂鸟。”《尔雅·释鸟》：“秩秩，海雉。”注曰：“如雉而黑，在海中山上。”雉，俗称野鸡。

②食牛心：此句应作“不食牛心”。

③诵：朗读。诗书：指《诗经》《尚书》等儒家经典。讽咏：讽诵吟咏。

④邪色：不正之色。两色相杂即为不正之色。正指青、赤、黄、白、黑五种纯正的颜色。《礼记·玉藻》：“衣正色，裳间色。”孔颖达疏引皇侃曰：“正谓青、赤、黄、白、黑五方正色也。不正，谓五方间色也，绿、红、碧、紫、骊黄是也。”

⑤胎教：孕妇谨言慎行，心情舒畅，给胎儿以良好影响，谓之“胎教”。

⑥清祀：古代十二月腊祭的别称。始于殷，后代因循未改。一说始于伊耆。汉蔡邕《独断》卷上：“四代腊之别名：夏曰嘉平，殷曰清祀，周曰大蜡，汉曰腊。”

⑦啖(dàn)：吃。

⑧令儿多指：多，也作“盈”。《齐民要术》卷三“种姜”条：“妊娠不可食姜，令子盈指。”《法苑珠林》卷二十八：“妊娠者不可食姜，令儿盈指。”《太平御览》卷九百七十七：“又曰任娠者不可啖生姜，令儿盈指。”

【译文】

妇女怀孕后，不要让她看丑恶的东西和怪异的鸟兽。饮食应当避忌有不正常味道的食品，不要让她看见熊罴虎豹，以及狂鸟、海雉、野鸡，不要吃牛心、白狗肉、鲤鱼头。座席不摆正不坐，割肉不方正不吃。要常听吟咏《诗》《书》的声音，不要听靡靡之音，不要看混杂不纯的颜色。按此法生下的孩子，一定是聪明、正直而又长寿的。这就是父母胎教的方法。卢氏曰："孩子得到腊祭的滋养就会生的仁爱圣德，若是混乱之年就会生的贪婪淫邪，孩子继承父亲的秉性。"所以古时候妇女怀孕后，一定要谨慎对待所处的环境，受到好环境的影响，生的孩子就好，受到坏环境的影响，生的孩子就坏。怀孕的人不能吃兔肉。又不能看见兔子，否则就会让孩子变成兔唇。又不能吃生姜，否则就会让孩子多长出手指。

312 异说云：瞽叟夫妇凶顽而生舜[①]。叔梁纥，淫夫也，徵在失行也，加又野合而生仲尼焉[②]。其在有胎教也[③]？卢氏曰："夫甲及寅申生者圣，以年在岁，德在甲寅，壬申生者则然矣。亦由先天也，亦由父母气也。古者元气清，故多圣。今者俗淫阴浊，故无圣人也。"

【注释】

①瞽(gǔ)叟：舜的父亲。瞽，本义是眼睛瞎，引申指没有识别能力。在此指后者。《史记·五帝本纪》："舜父瞽叟顽，母嚚(yín)。"《异苑》卷八："瞽瞍生舜。徵在生孔子，其有胎教也哉？"

②加又野合而生仲尼：司马贞《史记索隐》："今此云'野合'者，盖谓梁纥老而徵在少，非当壮室初笄之礼，故云野合，谓不合礼仪。"野合，不合礼仪的婚配。

③其在：《四库全书》本作"安在"，指在哪里。

【译文】

有不同意见说：瞽叟夫妇凶暴愚顽却生下了舜。叔梁纥是个淫荡的男子，徵在是个失去操行的女人，加上他们是不合礼仪成婚生下孔子的。在哪里有胎教呢？卢氏说："甲日和寅申生下的孩子成圣，因年在岁星，德行在甲寅，壬申日出生的也这样。也是从先天，也来自父母的秉性。古代的始元之气清正，所以多生圣人。现在世俗淫荡阴气污浊，所以没有生出圣人。"

313 豫章郡衣冠人有数妇①，暴面于道②，寻道争分铢以给其夫舆马衣资③。及举孝廉④，更取富者⑤，一切皆给先者⑥，虽有数年之勤，妇子满堂室，犹放黜以避后人。

【注释】

①豫章郡：郡名，今江西一带，治所在南昌。衣冠：代指士大夫。《隋书·地理志下》："豫章之俗，颇同吴中，其君子善居室，小人勤耕稼。衣冠之人，多有数妇，暴面市廛，竞分铢以给其夫。及举孝廉，更要富者，前妻虽有积年之勤，子女盈室，犹见放逐，以避后人。俗少争讼，而尚歌舞。"

②暴（pù）面：抛头露面。

③寻道：范校疑为衍文，当删。分铢：形容极少。分，古代极小的计量单位。铢，古代重量单位，二十四铢等于旧制一两（亦有其他说法，标准不一）。

④孝廉：意为孝顺亲长、廉能正直。汉代选举官吏有两种科目：一为秀才，二为孝廉。孝，指孝子。廉，指廉洁高士。

⑤取：同"娶"。

⑥先者：指前妻。

【译文】

豫章郡的士大夫有几个老婆，她们在街市上抛头露面，与人争蝇头微利，用此来供给丈夫的车马衣物之需。等到丈夫被选拔为孝廉后，又重新娶个富有的女子，一切钱财皆由前妻供给，前妻虽然有多年的辛劳，子女满堂，但仍然被放逐抛弃，来让位给新妇。

314 诸远方山郡幽僻处出蜜腊[①]，人往往以桶聚蜂，每年一取。

【注释】

①蜜腊：即蜂蜡，蜜蜂腹部的蜡腺分泌的蜡质，是蜜蜂造蜂巢的材料。通称黄蜡。可用于制药膏、化妆品、上光剂或模型等。《太平御览》卷九百五十："诸远方山郡僻处出蜜蜡。蜜蜡所著，皆绝岩石壁。蜂飞去不还。余窠乃蜡著石不尽者，有鸟，形小于雀，群飞千数来啄之。至春都尽，其处皆破如磨洗。至春，蜂皆还洗处，结窠如故。年年如此，物无错乱者。人亦各各占其平处，谓之蜡蜜。鸟谓之灵雀，捕搏终不得也。"

【译文】

一些远方山郡中的幽深偏僻处出产蜜蜡，人们常常用桶聚养蜜蜂，每年取一次蜜蜡。

315 远方诸山蜜腊处，以木为器，中开小孔，以蜜腊涂器，内外令遍。春月蜂将生育时，捕取三两头著器中，蜂飞去，寻将伴来，经日渐益，遂持器归[①]。

【注释】

①"远方诸山蜜腊处"几句：《太平御览》卷九百五十："《博物志》曰远方诸山出蜜蜡处，其处人家有养蜂者，其法以木为器，或十斛、五斛，开小孔，令才容蜂出入，以蜜蜡涂器，内外令遍，安著檐前或庭下。春月，此蜂将作窠生育，时来过人家围垣者，捕取得三

两头,便内著器中。数宿蜂出飞去,寻将伴来还,或少经日渐益不可复数,遂停住往来,器中所滋长甚众。至夏,开器取蜜蜡,所得多少随岁中所获丰俭。”卢氏曰:“春至秋末,始有蜜,晚者至冬,余所见。今云夏,未详其故。”

【译文】

远方群山中出产蜜蜡的地方,那里有养蜂的人家,取蜜蜡的方法是用木料做个器具,中间开一个小孔,把蜜蜡涂在器具上,内外都要涂遍。春天,蜜蜂将要生育时,捕得两三头蜜蜂放入器具中,蜜蜂会飞出去,不久又带着同伴飞回来,过一段时间蜜蜡就逐渐长满了,于是就可以拿着器具回家了。

316 人藉带眠者[①],则梦蛇。

【注释】

①藉:坐卧在某物上。

【译文】

躺卧在带子上睡觉的人,就会梦见蛇。

317 鸟衔人之发,梦飞[①]。

【注释】

①鸟衔人之发,梦飞:《列子·周穆王》:“飞鸟衔发则梦飞。”衔,用嘴含,用嘴叼。

【译文】

飞鸟嘴叼人的头发,这个人就会梦见自己也能飞了。

318 王尔、张衡、马均昔冒重雾行，一人无恙，一人病，一人死。问其故，无恙人曰："我饮酒，病者食，死者空腹。"[①]

【注释】

①"王尔、张衡、马均昔冒重雾行"几句：《艺文类聚》卷二"雾"条："王肃、张衡、马均昔俱冒雾行，一人无恙，一人病，一人死。问其故，无恙者云：'我饮酒，病者饱食，死者空腹。'"《太平御览》卷十五："王尔、张衡、马均者昔俱冒雾行，一人无恙，一人病，一人死。无恙者饮酒，病者食，死者空腹。"王尔，应为"王肃"。王肃、张衡皆东汉人，马均未详，类推也应为东汉人。

【译文】

王肃、张衡、马均三人从前一起冒着浓雾行路，一人平安无事，一人患了疾病，一人死亡。问是什么原因，那个平安无事的人说："我喝了酒，生病的人吃了食物，死去的人空腹。"

319 人以冷水自渍至膝[①]，可顿啖数十枚瓜。渍至腰，啖转多。至颈可啖百余枚。所渍水皆作瓜气味，此事未试。人中酒不解[②]，治之，以汤自渍即愈，汤亦作酒气味也。

【注释】

①渍（zì）：浸泡。

②中（zhòng）酒：醉酒。

【译文】

人用冷水浸泡自己的脚，水一直浸到膝盖处，便可一顿吃几十只瓜。浸泡到腰部，就可以吃更多的瓜。浸泡到颈部，能够一顿吃一百多只瓜。浸泡过的水都有瓜的气味，这件事没有尝试过。人喝醉了酒不能解酒，醒酒的方法是，用热水浸泡自己就会马上恢复，浸泡过的热水也会有酒的气味了。

320 昔刘玄石于中山酒家酤酒[①]，酒家与千日酒[②]，忘言其节度。归至家当醉，而家人不知，以为死也，权葬之。酒家计千日满，乃忆玄石前来酤酒，醉向醒耳。往视之，云玄石亡来三年，已葬。于是开棺，醉始醒。俗云："玄石饮酒，一醉千日。"

【注释】

①中山：郡名，西汉时置郡，治所在今河北定州。酤(gū)酒：买酒。

②千日酒：传说中的酒。传说中山人狄希能造此酒，饮后醉千日，后以之称好酒。

【译文】

从前，刘玄石在中山郡的一家酒店里买酒，酒店主人卖给他千日酒，却忘了告诉他喝酒的量度。刘玄石回到家后喝得大醉，家里人不知道是醉酒，以为他死了，就备办棺材将他装殓安葬了。酒家到了满一千天的时候，才想起刘玄石以前来买酒的事，料想他醉酒也该醒过来了。前去看望他，刘家的人说玄石已死三年了，早已安葬。于是打开棺材，醉酒的玄石才醒过来。人们传说："玄石饮酒，一醉千日。"

321 旧说云天河与海通。近世有人居海渚者[①]，年年八月有浮槎去来[②]，不失期。人有奇志，立飞阁于查上[③]，多赍粮[④]，乘槎而去。十余日中犹观星月日辰，自后茫茫忽忽亦不觉昼夜[⑤]。去十余日，奄至一处[⑥]，有城郭状[⑦]，屋舍甚严。遥望宫中多织妇，见一丈夫牵牛渚次饮之[⑧]。牵牛人乃惊问曰:“何由至此?”此人具说来意,并问此是何处,答曰:“君还至蜀郡访严君平则知之[9]。”竟不上岸,因还如期。后至蜀,问君平,曰:“某年月日有客星犯牵牛宿[10]。”计年月,正是此人到天河时也。

【注释】

①海渚(zhǔ):海岛。

②浮槎(chá):木筏。传说中来往于海上和天河之间的木筏。

③飞阁:高阁。查:也作“槎”。

④赍(jī)粮:携带粮食。

⑤芒芒忽忽:即恍恍惚惚、迷迷糊糊的样子。

⑥奄(yǎn):突然。

⑦城郭:内城、外城,这里泛指城市。

⑧渚:水中小块陆地。次:水旁。《左传·僖公十九年》:“夏,宋公使邾文公用鄫子于次睢(suī)之社。”孔颖达疏:“次,谓水旁也。”

⑨严君平(前86—10):名遵,汉代蜀人。以卜筮为业,宣扬忠孝信义。《隋书·经籍志》著录《老子指归》十一卷,阐明是严遵所著,新旧《唐书》皆有著录,已佚。

⑩客星:指非常之星。其出也无恒时,其居也无定所,忽见忽没,或行或止,不可推算,如客寓于星辰之间,故谓之客星。有时亦指彗星。在这里指做客银河的有奇志的人。牵牛宿:星宿名。二十八星宿之一,玄武七宿的第二宿。有星六颗。又称牵牛。

【译文】

旧时传说天上的银河与地上的大海是相通的。近代有人住在海岛上,每年八月有木筏往来,从来不误期限。有个胸怀奇志的人,在木筏上建了一座高阁,带上许多粮食,乘上木筏向银河驶去。十多天里,还能看到日月星辰,从这以后恍恍惚惚也就感觉不出白天和黑夜。离开十多天，突然到了一个地方，有城市的模样，房屋十分整齐。远远望见宫室内有很多织布的女子，又看见一位男子正牵着牛在岛边给牛饮水。牵牛人于是惊奇地问道："你从哪里到这里来的？"这人详细说明了来意，并且询问这是什么地方，牵牛人回答说："你回到蜀郡去拜访严君平就知道了。"这人最终没有上岸，最后按期返回。后来到了蜀郡，问严君平，说："某年某月某日，有一颗客星冒犯了牵牛星。"计算一下年月，正是这人到达银河的时候。

322 人有山行堕深涧者，无出路，饥饿欲死。左右见龟蛇甚多，朝暮引颈向东方，人因伏地学之，遂不饥，体殊轻便，能登岩岸。经数年后，竦身举臂[1]，遂超出涧上，即得还家。颜色悦怿[2]，颇更黠慧胜故[3]。还食谷，啖滋味，百余日中复本质。

【注释】

①竦(sǒng)身：耸身，纵身向上跳。竦，同"耸"。

②悦怿(yì)：光润悦目。怿，喜悦。

③黠(xiá)慧：狡猾聪慧。

【译文】

有一个出行时掉进深涧的人，没有出去的路，饿得快要死了。在身边看见许多龟蛇，从早到晚伸长头颈面向东方，这个人就趴在地上学龟蛇的样子，于是就不再饥饿，身体变得十分轻便，能攀登山崖峭壁。经过几年后，他纵身举起手臂向上跳，果然就跳出了深涧，于是就能回家了。他的气色变得光润悦目，人变得比从前更聪明智慧。他恢复吃谷食，吃美味，过了一百多天，又回复到原来的本性。

323 天门郡有幽山峻谷[①]，而其上人有从下经过者[②]，忽然踊出林表，状如飞仙，遂绝迹。年中如此甚数，遂名此处为仙谷。有乐道好事者[③]，入此谷中洗沐，以求飞仙，往往得去。有长意思人，疑必以妖怪，乃以大石自坠，牵一犬入谷中，犬复飞去。其人还告乡里，募数十人执杖擖山草伐木至山顶观之[④]，遥见一物长数十丈，其高隐人，耳如簸箕。格射刺杀之。所吞人骨积此左右有成封[⑤]。蟒开口广丈余，前后失人，皆此蟒气所噏上[⑥]。于是此地遂安稳无患。

【注释】

①天门郡：郡名，三国时，吴国始设郡，治所在今湖南石门。隋开皇中废。

②而其上人有从下经过者：上，《四库全书》本作“土”。

③乐道：指喜欢修道的人。好事：指喜欢道术事的人。

④擖（jiā）：折，斩断。

⑤成封：也作“如阜”。“封”和“阜”都有“土堆、土山”的意思。

⑥噏（xī）：吸。

【译文】

天门郡有幽深的山谷，有从山谷下面走过的土著居民，会忽然腾跃出山林之外，样子像飞仙，一会儿就不见踪影了。一年中像这种的情况非常多，人们就命名这个地方叫“仙谷”。有些喜欢修道的好事的人，便走进这山谷里洗澡，以此谋求成为飞仙，常常能实现飞升而去。有个有智谋才干的人，怀疑是妖怪，就身拴一块大石头自己坠下，又牵着一条狗进入山谷中，狗又飞走了。这个人回去告诉了同乡的人，并招募了几十个人手执木杖，斩断山草，砍去林木，来到山顶观看，远远望见一个长几十丈的怪物，高大能遮掩常人，耳朵像簸箕那么大。这人便与怪物格斗，放箭射它，最后把它刺死了。再一看，这怪物吞噬的人骨头聚积在四周都成堆了。这条蟒蛇张开嘴宽度达一丈多，前前后后失踪的人，都是这条蟒蛇吸气吸上去的。自从怪物一死，这一带就太平安定，再也没有祸患了。

中华经典名著

全本全注全译丛书

（已出书目）

周易
尚书
诗经
周礼
仪礼
礼记
左传
韩诗外传
春秋公羊传
春秋穀梁传
孝经·忠经
论语·大学·中庸
尔雅
孟子
春秋繁露
说文解字
释名
国语
晏子春秋
穆天子传
战国策
史记
吴越春秋
越绝书
华阳国志
水经注
洛阳伽蓝记
大唐西域记
史通
贞观政要
营造法式
东京梦华录
唐才子传
大明律
廉吏传
徐霞客游记

读通鉴论
宋论
文史通义
老子
道德经
帛书老子
鹖冠子
黄帝四经·关尹子·尸子
孙子兵法
墨子
管子
孔子家语
曾子·子思子·孔丛子
吴子·司马法
商君书
慎子·太白阴经
列子
鬼谷子
庄子
公孙龙子(外三种)
荀子
六韬
吕氏春秋
韩非子
山海经
黄帝内经
素书
新书
淮南子
九章算术(附海岛算经)
新序
说苑
列仙传
盐铁论
法言
方言
白虎通义
论衡
潜夫论
政论·昌言
风俗通义
申鉴·中论
太平经
伤寒论
周易参同契
人物志
博物志
抱朴子内篇
抱朴子外篇
西京杂记
神仙传
搜神记

拾遗记
世说新语
弘明集
齐民要术
刘子
颜氏家训
中说
群书治要
帝范·臣轨·庭训格言
坛经
大慈恩寺三藏法师传
长短经
蒙求·童蒙须知
茶经·续茶经
玄怪录·续玄怪录
酉阳杂俎
历代名画记
唐摭言
化书·无能子
梦溪笔谈
东坡志林
唐语林
北山酒经(外二种)
容斋随笔
近思录
洗冤集录

传习录
焚书
菜根谭
增广贤文
呻吟语
了凡四训
龙文鞭影
长物志
智囊全集
天工开物
溪山琴况·琴声十六法
温疫论
明夷待访录·破邪论
陶庵梦忆
西湖梦寻
虞初新志
幼学琼林
笠翁对韵
声律启蒙
老老恒言
随园食单
阅微草堂笔记
格言联璧
曾国藩家书
曾国藩家训
劝学篇

楚辞

文心雕龙

文选

玉台新咏

二十四诗品·续诗品

词品

闲情偶寄

古文观止

聊斋志异

唐宋八大家文钞

浮生六记

三字经·百家姓·千字文·弟子规·千家诗

经史百家杂钞